黄若来 著　中国现代爱情小说

图书在版编目（CIP）数据

墓地樱花 / 黄若来著. —— 北京 ：中国文联出版社，2015.9
ISBN 978-7-5190-0357-9

Ⅰ. ①墓… Ⅱ. ①黄… Ⅲ. ①长篇小说－中国－当代
Ⅳ. ①I247.5

中国版本图书馆CIP数据核字(2015)第223430号

墓地樱花

作　　者　黄若来

出 版 人：朱　庆
终 审 人：奚耀华　　复 审 人：王　军
责任编辑：郭　锋　　责任校对：王洪强
封面设计：清　风　　责任印制：陈　晨

出版发行：中国文联出版社
地　　址：北京市朝阳区农展馆南里10号，100125
电　　话：010-65389152（咨询）65067803（发行）65389150（邮购）
传　　真：010-65933115（总编室），010-65033859（发行部）
网　　址：http://www.clapnet.cn
E - mail：clap@clapnet.cn　　hus@clapnet.cn

印　　刷：北京毅峰迅捷印刷有限公司
装　　订：北京毅峰迅捷印刷有限公司
法律顾问：北京天驰君泰律师事务所徐波律师
本书如有破损、缺页、装订错误，请与本社联系调换

开　　本：880×1230　　1/32
字　　数：200千字　　印 张：10
版　　次：2015年10月第1版　　印 次：2016年7月第2次印刷
书　　号：ISBN 978-7-5190-0357-9
定　　价：32.00元

墓地樱花
摄影师：汤小杏
人　物：杨艾琳

墓地樱花
摄影师：唐磊
人　物：廖银玥

自序

2006年6、7月份（准确日期想不起来，只依稀记得天气刚好变得炎热），开始着手《墓地樱花》的创作（说“创作”似乎有点抬举自己，但又找不出别的合适词语），2011年的4月3日，在正文末尾加上“全文完”三个字。我当时本来很想大醉一场，或者去西水河边大喊几声“我好了不起”之类的话，一番思虑后又没有那样做，而是立刻着手修改工作，至2012年11月，才好歹完工。完工后仍觉不妥，便再次修改一遍，还想修改第三遍，不料因生计问题耽搁了两年。直到2015年5月，才再次想起它，此后便是对它无止休的重铸和打磨。

我说这些，不表示它就一定会被人喜欢。只能说明身为作者的我根本就没有什么才华，个人的创作水平还没有达到一锤定音的高度。比方说我在修改的过程中，就发现大量对读者而言可能痛苦的东西，于是一一删之，颇有点重新来过的味道。初稿的28万字，定稿时只剩下18万字多点了。作为我本人，倒是希望字数越少越好。

动笔之初，我的想法比较简单：写一篇让人伤心难过的恋爱小说，于是联想到2003年那一场声势浩大的“非典”。但是在漫长的创作过程中，为了弥补故事的完整性，又不得不加入一些涉及神学、医学等多个领域的东西。我在这些领域的知识近乎为零，所以只好翻阅和搜集资料，光是这项工作，就花掉接近一半的时间。其结果，成了一篇看似简单，实则不是特别简单的东西（这当然是我自以为是的看法）。

诚然，这是一篇现实主义风格的小说，故事就发生在你和我的身边。情节的设计，不亚于我读过的任何一篇同类型小说（当然我读过的作品不多，只是对喜欢的百读不厌，说成是一只井底之蛙一点也不过分）。比较适合在校大学生，以及年龄老大不小的70后和80后。

另外，这篇东西献给我的大学，以及我接触过的一些女孩和男孩，里面真实地引用了他们的姓名——这也是我坚持写完的一个原因（并非主要原因）。还借用了一些认识但未结识的人的生活和人生。“我”并不是我，因此您在读它的时候，请尽量把自己放置进去。“我”就是您。不想拉远与读者之间的距离，正如我不想自己的东西无人问津一样，那是我正在追求，且会一直追求下去的。

最后，感谢林少华老师（上大学时一直在读林少华老师的译著，他是我的老师，我的朋友，我的知音）。感谢摄影师汤小杏小姐提供和模特杨艾琳小姐授权的封面。感谢摄影师唐磊先生提供和模特廖银玥小姐授权的扉页。感谢我的家人、同学、朋友，谢谢你们忍耐我这么长的时间。感谢读过这篇东西的读者朋友们的包容，因为无论怎么看，它都是一篇让人高兴不起来的东西。

黄若来

目录

献给死去和活着的人

第一章 橘子洲

女孩每天都会跑来我的住处。天一亮就出门，天一黑就回来，简直如一只幽灵一般。几乎不说话，即便是说话，内容也只有只言片语。上面穿一件透明得可以看清楚内衣轮廓的白色雪纺衫，下面穿一条短到大腿根儿的蓝色牛仔裤，一头细密的长发染成金黄色，里面好像有很多虱子一样，她老是掏出双手去挠，以致头发任何时候都显得乱糟糟的。

胸部很丰满，不是E杯就是F杯，臀部富有光泽，腰部极具曲线，本来的玉骨冰肌也晒得恰到好处。可是我没有兴趣。任凭谁也提不起非礼的兴趣。一块鸡蛋大小的疤挂在鼻翼右侧的脸蛋正中间，颜色和形状都很令人胆战，和一条蜷缩成一团的蛔虫差不多。

随身携带一个没有牌子的褐色小挎包，里面塞满了各式各样的发圈和散乱的零钱，没有替换衣服，只是把当天穿过的，利用晚上时间清洗干净，晾在檐廊里，再在早上收回，中间找不到别的衣服，就把我的一件大号T恤套在上身，当做睡裙穿。

至于白天她究竟去了何处，做了何事，我一概不知。我既没有问，她又没有说起。

每天晾完衣服，她会坐在床沿发呆五至二十分钟，然后乖乖地躺下睡觉。如果当日的气温够高的话，那么她就会把身上的T恤揭掉，而以一副全裸的姿态横在那里，有好几次，我在半夜里起来撒尿，都误以为那是一具刚刚停止呼吸的女尸。起先，

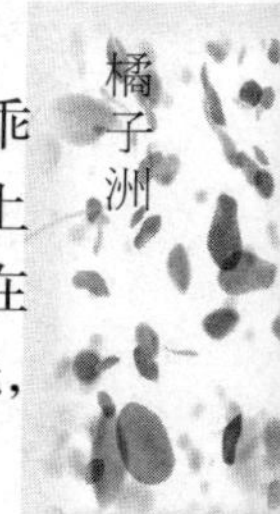

我不敢靠近她，只是从仓库里翻出一张竹席，睡在床边的地板上。后来我感冒了，索性不脱衣服，在床的彼头搞到一块很小的地盘。这是一个极限，且里面蕴藏一股杀机，一旦我在睡梦中不小心触摸到她的一根脚趾，她便如同一只受惊的袋鼠，迅速地坐起身，给我一记猝不及防的耳光，然后操起枕头下面的一把水果刀，摆出一副自卫的架势。

“可以看，往前一步取你的狗命！”她恫吓我。

*

两个星期过后，女孩把出门的时间突然调短了，开始扫地、抹窗、洗衣服，还煮武汉热干面给我吃。

“我叫王静。”当天下午，她自报家门，“那么你的名字呢？”

“黄弟。”我回答。

“好凶悍的一个名字。”

“可能。”

“不是‘可能’，确实很凶悍，感觉不是一个顽固派，就是一个自恋狂。还不如‘黄瓜’好听。”

我忍气吞声。

女孩交抱双臂，坐在我的对面。我正襟危坐，正拿一种凝眸五星红旗的崇敬眼神望着他。两人之间隔着一张餐桌。吃空的两个面碗，摆在圆形桌面的两头，宛如两座遥遥相望的环形山。

“你家里很有钱？”女孩又问。

“有几把火钳。”我回答。

“想当一个皇帝？或者，家里人把你宠幸得像是一个皇帝？”

“开什么国际玩笑。”

我的语气似乎重了一点，她的情绪上来了，若有所思。她思考什么的表情很有戏剧感，上嘴唇自然地微微上扬，眉头紧琐，又顷刻瓦解，俨然一个失败的肥皂泡鼓吹游戏。

女孩站起身，一边收拾餐桌，一边问：

“我的命是你救的？”

“救命？也太夸张了吧。”

“我那天喝高了，是被你背回这里来的？”她换了一种说法。

“是的。”我回答。

“如此说来，我身上的衣服也都是被你脱下来的喽？”

我点头，“上面脏得不可开交，有好多菜渣，有一股酒味儿，有几片血迹。不是都洗得很干净了么？花了人家好长的时间呢。”

“看了？”

“看了？”我不解。

“这个地方。”女孩指着自己的胸部。

“偏着脑袋。必要时才瞟那么一眼，确认位置。”

“确认位置？”

“比如胸罩带钩的吻合方式呀，牛仔裤的拉链被卡住了呀。”

“看见了？”

“看见了，那是后来你故意让我看见的。当时没有看清，说了只是瞟。”

“我不在乎被你看，那无关紧要。作为对救命之恩的一种报答方式，让你看也说得过去。后来的情况你也晓得，想看就看呗，脱光衣服让你看个够。我只是，对你当初的那一种无耻行为感到失望。”

“呃。”

“借宿一个月，没有问题吧？”

“没有问题。”

“以后就叫你‘黄瓜’。‘皇帝’这个名字，会叫人把吃进胃里的东西统统都吐出来的。你也可以管我叫静儿。”

“王婆。”

“再叫一声？”说着，女孩伸出右手的食指和中指，对准

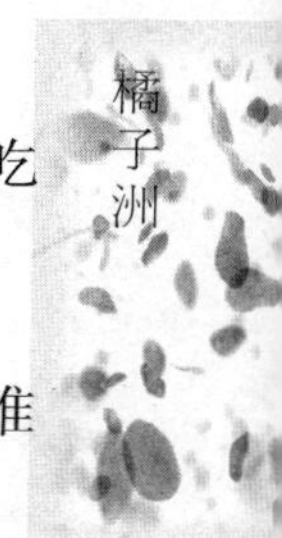

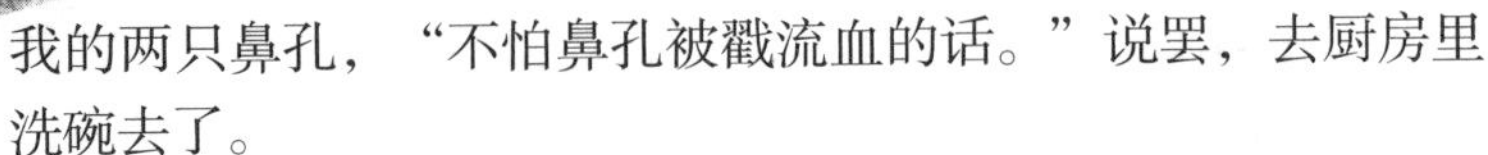

我的两只鼻孔，“不怕鼻孔被戳流血的话。”说罢，去厨房里洗碗去了。

*

对小部分城里人而言，我住处的条件应该还是算可以的，起码在建筑面积和环境上都享有得天独厚的优势。一栋单层瓦屋，远远观之，形状颇像一顶卓别林头上的礼帽。一室一厅，一厨一卫，再加上一个连我自己都不知道里面究竟装满了什么的地下室仓库。墙壁上的石灰块儿摇摇欲坠，水泥地板千疮百孔。卧室里的墙壁上贴一幅小虎队的演唱会海报。床头柜上摆一只机器猫形状的闹钟。没有电视机之类的现代化设备，除去一套简单的炊具，再就是缺胳膊少腿的几张桌椅。一张席梦思大床倒是崭新的，搬进这里之时，到东方家园采购的。

屋前有一个面积达一百二十平方米的庭院，里面野草丛生，层叠如盖，经常有毒蛇出没，我就逮住过一条。一堵一人多高的环形竹制栅栏把庭院同一片茂密的丛林隔开。院门旁一棵不大也不小的石榴树上，挂着一只颜色发黑的鸟笼。算不得一只鸟笼，只剩下几根竹条的残骸而已。一望见那只鸟笼的残骸，我就会想起在我很小的时候，看见的我外公站在石榴树下逗鸟的情景。

位置在岳麓山的西面，属于山麓和山腰之间的一栋贫民窟式建筑。上山无路，横亘着密不透风的树林。下山的话，只需拐两道弯，便徜徉在西二环的附道上了。极目远眺，整个窑山坡尽收眼底。

便是一所这样的房子。

它是我考进大学那一年，我外婆奖励给我的一件礼物，说什么学习方便些。除一所房子外，礼物还包括一架宗申牌摩托车和一部诺基亚牌手机。

外婆并不是亲外婆，而是我后妈的母亲，膝下只有一对儿女，老伴五年前死于脑梗塞。书香门第，把祖上的基业全部捐献给了国家，换来的是半个世纪的铁饭碗。

如同我后妈没有生育能力，她哥哥的生育能力也好不到哪里去，婚后第七年，才喜得一个爱女，此后再无添丁。

如果活着的话，那么表妹就只小我一岁。

被绑架的时候，表妹还不满六岁。那天正值放学时间，头戴防护头盔的一个青年男子蹲在我表妹所在幼儿园的大门旁，没有牌照的一辆摩托车停在他的手边。我舅舅从面包车上下来，只是去了一趟附近的一家水果店，回来的时候就发现刚才还坐在助手席上玩橡皮泥的女儿不见了。开车追出三公里，追到的不是女儿，而是女儿在电话那头的求救声。三天后，我舅舅站在摩托车男子指定的一座立交桥上，把塞满假钞的一个皮包扔给桥下的摩托车男子，摩托车男子接住皮包，突破警察的包围圈，逃之夭夭了，我表妹再也没有回来。

我是这么看的：由于我表妹惨遭不测，我舅舅又无别的子嗣，所以我外婆才送给我房子——准确地说不是送，而是借——毕竟，没有血缘，就没有关联。

我在这里逍遥自在了三年多，一直都没有人表示异议。除了王静，那是一个意外。

*

星期五的下午，坐在食堂里等待开餐时，我的手机响了。李自由在电话里头说家里出大事了，得赶紧回湘潭一趟，问能否借我的宗申一用。

“那车子有力。”他奉承道。

“我在学校的食堂里，来吧。”我说。

“我在师大。”

“你跑去师大干吗？”

“约会。”李自由神气十足地回答。

“坐公共汽车回来。我在食堂里等你。”

“好远。你过来？”

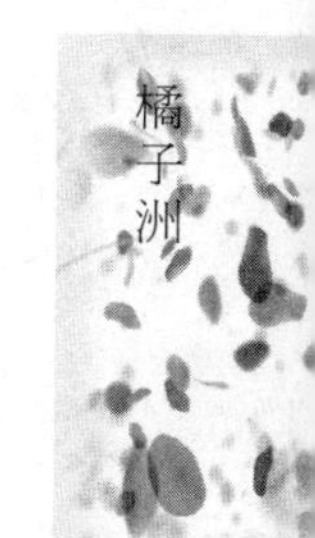

"借人家东西，还要人家送东西上门，什么逻辑！"我有点压不住火。

"拜托了。"

李自由说了师大附近一家网吧的名字，约我过去碰头。

那个时候的网吧，每个人都有一杯茶水奉送。QQ号码只有八位数，视频聊天还没有出来，也没有语音。部分机器用胶合板隔开，制作成一个一个独立的空间，号称雅座。

我钻进一个雅座，一边浏览时事新闻，一边同一个陌生的QQ好友聊天。女性，二十八岁。除此之外，资料栏里再无有价值的信息。起先，两人都只是在迁就对方似的东拉西扯：是哪个地方人呀？叫什么名字呀？喜欢听谁的歌呀？闲聊了大概二十分钟，对方突然冒出一句：

"脱。"

"脱？"我不解。

"脱掉裤子。"

"干吗要脱掉裤子？"

"让我看看你的那儿。"

"哪儿？"

"把儿。"

"是个男的吧？"

"是个美女。"

"有何凭证？"

"如果我是在向你撒谎的话，那么我就被商纣王和西门庆一起拉进一间阴暗的小屋里，后面发生的事，我不说你也应该想象得到。"

我回复："脱了。"

"人家也脱了呢。"

"呃。"

"快要脱光了呢，只剩下一条带有蕾丝花边的丁字裤，是粉红色的呢。”

我选中“吃惊”，点击“发送”。

“你说，我是把这条丁字裤直接脱掉呢？还是从床头柜上拿起预备好的一把剪刀，在它中间剪开一道和我嘴唇一样大小的口子？”

得得，什么人呀，这是。

“要是你对丁字裤暂时还上不来感觉的话，那么就先从我的上面开始也是可以的。上面好大，好白，咬一口？”

我选择“流汗”，点击“发送”。

“下面好湿了呢，人家，伸出四根手指摸一下？”

时间显示过了三十分钟，我走出雅座，在网吧大厅里转了一圈，不见李自由，扫兴折回。

“在摸？”对方再次发来信息。

“在摸。”我搪塞道。

“湿湿的，滑滑的，没有欺骗你吧？”

“或许。”

“进来？”问号后面加了个吻。

从雅座外面突然传来一声巨响，貌似一台电脑桌被掀翻了。接着有人咆哮，有人起哄，有人调解。此类脑袋不开窍的事，我见过多次，什么位置不好啦，鼠标不行啦，死机啦。我打开音乐播放器，戴上一副耳机，索性来个不闻不问。

“亲爱的，哪里都行。”

“哦？”

“到底哪里要好些呢？是手上，脸上，还是嘴里？”

我点开网易新闻，三分钟没有搭理她。

“如果你嫌麻烦的话，那么直接里面也是可以的喔，我不怕怀孕的。”

得得，我关掉QQ，摘下耳机，沉进沙发，深深地吸一口气，缓缓地呼出，心想：李自由放我鸽子不成？

起身离座时，被绊了一下，险些栽个跟头。乖乖！沙发上居然还有别人，是一个女孩，歪坐在出口那一头。何时溜进来的呢？我纳闷儿。

“借过。”我大声说。

女孩没有吱声。仔细一看，在打瞌睡。踢她左脚上运动鞋的鞋底，她醒了，睡眼惺忪地看了小会儿我的脸，然后“哇唔”一声，吐在沙发上。我闻到一股潲水味儿和酒味儿，也想吐。

夺门而出时，被女孩一把死死地攥住右手的衣袖。

“请带我离开。”她难受地说。

我用左手使劲地掰开她的手指，出到雅座外面。雅座外面的网吧大厅里一片狼藉，所有的电脑桌都横躺竖卧，鼠标和键盘也都扔得遍地都是，好像刚刚遭受过一场空袭一样。我喊了一声“老板”，想说这里有一个醉鬼，你处理一下。

没有看见老板，在靠近收银台的位置，看见一个女孩，两个男孩。女孩以一种跪下磕头的姿势，瘫软地趴在翻倒在地的一台显示器上。两个男孩则都想置对方于死地似的紧紧地搂成一团，下面的那位额头破裂了，上面的那位脊背中间嵌着一把砍刀，地上血流成河。

我的两条腿都不听使唤了，有点想下跪，背上汗津津的。俄顷，远处传来一阵隐隐约约的警车声。我踉踉跄跄地折回雅座，扶起女孩，冲出网吧，跨上宗申，越过湘江大桥，穿过五一大道，到达火车站时，才发现方向跑反了。心情可以理解，毕竟死了人，警察出动了，我们既是证人，又是疑犯，得逃。

回来的途中，刚把猴子石大桥甩在身后，五对奇装异服的青年男女骑着五架同样装扮奇特的摩托车从匝道下方“轰”的一声蹿了上来，围着我们打了将近两公里的呼哨，要足派头后才离开。

回到瓦屋，凌晨一点都过了。

女孩昏迷了两天。后脑勺有被什么硬物敲击过的痕迹，没有破皮，但是红肿得很厉害。我脱掉她身上所有的衣服，洗净晒干后又全部穿了回去。期间，李自由打来电话，向我解释放鸽子的事：

“本来想单独一个人回家，不料女朋友死皮赖脸地跟着，我拗不过她，她又不喜欢摩托车，两人只好一起坐大巴——”

不等李自由说完，我挂断电话。

*

上面，是我和王静初次相遇的情景。过程却是这样：两人在一个不适合相遇的情况下相遇，一起度过一段晦暗的时光后，分道扬镳了。性质同一次失败的商业合作似乎没有什么区别。

是一个学习日的下午。我放学回来，她正在卧室里收拾东西。

“一个月的期限到了。”她说。

“是啊。”我说。

“应该走了。”

我没有表示异议。

她停止收拾东西，拿一种猎人注视猎物的冷峻眼神盯着我的脸，问：“舍不得？”

“还没有吃晚饭吧？”我转移话题，“我在放学回来的路上，买了两份蛋炒饭。我的那一份吃掉了，你的这一份带回来了。喏——”我把装有盒饭的一只塑料袋放在她旁边的床头柜上，然后坐在床沿，面无表情地望着她。

她眼皮一撩，视线从盒饭转回我的脸，一字一顿地问：

“其实，你很想我再多住几天的吧？”

“不想。”我回答。

女孩头也不回地走了。

“要送吗？”我追出屋门，朝走出院门的她大声喊。

“来啊。”她大声回应。

照女孩的指示，我把宗申停靠在阜埠河路口。她下车，登

上水泥台阶，在堤坝上漫步。我吃力地把宗申推上去，跟在她的后面。

“不是说去火车站吗？”我问。

“时间还早。”她不回头地回答。

女孩且走且停。停下时，伏在堤坝右侧的大理石栏杆上，要么朝下面的湘江大吐口水，要么深情地望着对岸的橘子洲。

快走到橘子洲大桥的时候，她下到河床，很久都没有上来。我有点担心，于是小心翼翼地跟了下去，背靠防波堤，观察她的一举一动。她在江水的边上来回踱步，或蹲下，或立起，一副随时准备投江的架势。身上的白色雪纺衫被风吹紧，现出一副姣好的体型。染成金黄色的一头长发随风飘扬，神情显得楚楚动人。盯着她看的时间里，我有点感动，心想她身上的哪里都很漂亮，就是脸上的那个疤不好看。

约二十分钟后，女孩退了回来，像我一样，背靠防波堤躺下。

“坐几点的火车？”我问。

“不坐火车。”

“去火车站不坐火车？”

“坐公共汽车。”

“家在哪儿？”

没有回答。

“回到家应该很晚了吧？不害怕？”我又问。

“劫财没有。劫色的话，我反正被你糟蹋过了。”

“我糟蹋你了？”

“从来没有别的男生看过我脱光了衣服之后的样子。”

或许，我想，一个没有人要的处女。

“大不了，从此离开这个世界。”她伤感地说。

我偏头，看着她问：

“怪我？”

没有回答。

时值傍晚。湘江的尽头，变得模糊不清了。橘子洲大桥和橘子洲上，同时亮起了灯光。吸进鼻孔的湿气有所加重。哪里传来一声重型卡车的喇叭声，仿佛来自我们身后的一条公路上，又仿佛来自身前的江水里。天空快要黑尽的时候，女孩吻了我。我们并肩躺在防波堤上，她慢慢地转身，轻轻地吻在我的脸上。

“谢谢。”她温柔地说。

“谢什么呢？”

默然。

我沉溺在这个吻中，不知道它究竟意味着什么。老实说，被女孩献吻，还是头一遭。良久，我偏头，发现旁边没有人。环顾四周，还是没有人。

“王静。”我大声喊。

没有回答。投江了不成？我担心。

“王——静！”我吆喝。

“哎！”头顶终于传来一个回应声。她已经上去了，身体前倾，趴在大理石栏杆上。

“黄瓜，我搭计程车回去，不用你送了。再见！”大声说完，消失在一片暗淡的光影里。

*

王静离开了以后，我有点不习惯，坚持了五天，搬家去学校了。

*

遇见王静那一年，我二十岁，在长沙读书已经三年。

学校坐落在岳麓区，面积很大，被一堵又高又长的火砖墙包围了起来。

进得学校大门，迎面是一条笔直伸向图书馆的大道，道面很宽，同时通过两台推土机恐怕都不成问题。道路两旁的榕树浓荫蔽日，就算是在烈日炎炎的夏天，走在下面也感觉不到多少热意。大道右边是两栋五层高的教学楼，左边是包括八个篮

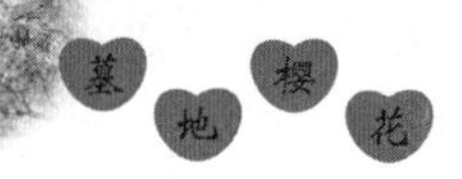

球场和一个足球场在内的一个多功能运动场,里面沙坑、爬高杆、单双杠等体育设施一应俱全。

大道在距离校门大概五十米的位置，有一个朝左的拐弯。这个拐弯将篮球场和足球场完全隔离开来，继而绕过综合楼，到得一个有林荫有石凳有石桌的如同一个广场一样的地方。广场中间立一尊大理石雕像，是一个执著于阅读的女生，手捧一本课本，坐姿优雅，工艺粗糙，两只乳房尖得出奇。医务室、招待所、女生公寓和电影院遍布广场的四周，教职工家属区也在附近，这里是A区。有ABC三个区。

我所在的男生宿舍位于校园的东南角，是横线上两栋五层建筑中更加肮脏的一栋。男生宿舍的后面，是开水房和澡堂，前面是集食堂和音乐协会于一身的一栋方形建筑，据说是民国时期的一个产物。穿过食堂的屋顶，可以从男生宿舍的楼顶望见教学楼。这些建筑连同西南方一个名字叫做“南湖”的公园一起，统称作C区。

B区包括多功能运动场，以及沿运动场呈逆时针旋转的图书馆、体育馆、实验室基地兼校办工厂和综合楼。

建成没几年的综合楼，是校园里唯一一栋看得上眼的建筑，主楼十二层，副楼七层。主楼六层以下全是教室，往上三层是计算机培训中心，顶层是由记者协会和主持人协会一起操刀的广播站，中间两层空着，走廊入口处的不锈钢门从来就没有打开过。架设在综合楼顶的一组以学校名字作为形状的铁框，白天像一条大蛇的龙骨，夜幕降临，则发出缺笔少画的黄光，成为河西大煞风景的一个样本。

据说，综合楼没有建成之前，学校的招生工作一筹莫展。建成了之后，请国务院的某某某题写了一个新的校名，这才扭转颓势。此事的真伪，看校门上方的署名便知。

总之，是一所二流大学，既没有名气，又没有竞争力，只要舍得扔钱，谁都可以进来。招生广告倒是做得半点也不马虎，有一段时间，湖南经济电视台的午间新闻一播完，它便亮相二十秒，宣称什么“一流的师资队伍，一流的教学环境，一流的办学水平”，只差没说这里就是北京大学。开学典礼上，校长操一口不知所云的方言,食堂里的几个工作人员吝啬至极，管理宿舍的一个老头耀武扬威，统统都令人不快。

之所以进到如此令人不快的这里，是因为我爸爸不想让我步入社会。他认为我以未成年人的身份步入社会，肯定会做一些触犯法律的事。我在初中的表现也确实一直令他头疼，怪就怪在高中落榜后，居然陆续收到十三张中专录取通知书。我爸爸精挑细选了一张,然后握着一根扁担,把我撵进县汽车客运站，警告我说非来这里不可，连去李小龙国际武术学校练武功都不行，因为只有在这里待满五年，才能拿到专科文凭，和我舅舅的学历一样高。

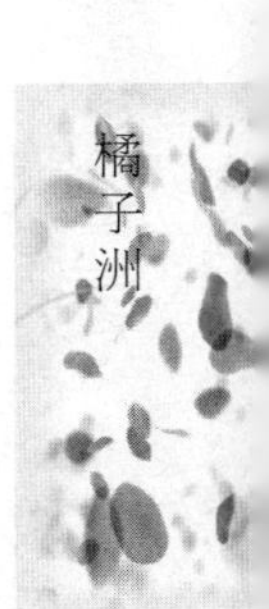

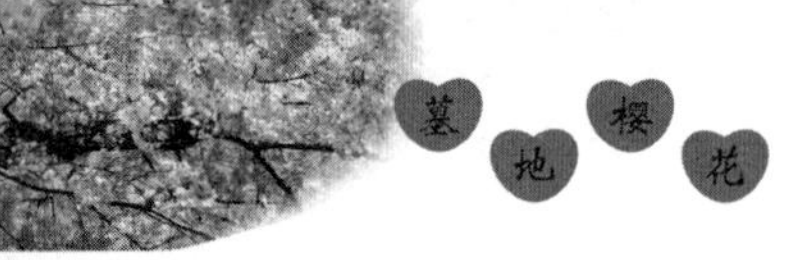

第二章 青梅竹马

说说我家。我家很特别，特别得相信的人恐怕寥寥无几，吹胡子瞪眼的却大有人在。可都是事实。而且如果不将这些事实陈述出来的话，那么张娣就无从说起。

*

我爸爸是苗寨的一个农民，妈妈也是。两人有过一对儿女，可惜都在文化大革命期间相继染上“二号病”，夭折了。很多年以后，我的出生又夺走了妈妈的生命，原因是脚先出来，难产。

妈妈死得太冤枉了。这是得知她的死因后我的感言。因为她根本就不该生我。三十三岁，是一个高龄产妇，此其一。其二，苗寨没有医院和剖腹手术，只有剪生婆和草药。其结果，痛苦挣扎了一夜，断气的时候咬断了舌头。

若干年后多了一个后妈。后妈进门那天，抱起我，说喊妈妈，我只喊姐姐。她的年龄确实不大。后来听别人说，她是一只不会生蛋的鸡，这也是她嫁进我家的原因。人家是一个城里人，哥哥还是一个当官儿的呢。

那一年，爸爸三十七岁，后妈二十五岁，可谓老牛吃嫩草。

爸爸没有兄弟姐妹。奶奶生下第一胎后，爷爷的两颗睾丸不见了，被一颗来历不明的子弹打掉的。爷爷当时的职业是土匪。

爷爷一共有三个哥哥。大哥跟随黄兴先生发动过武昌起义，北伐期间战死于九江；二哥在红四军里担任一个排长，参加过二万五千里长征，抗日战争打响后的第三年，被坂田大佐的一架轰炸机炸飞了；三哥在国军某部充当一名不起眼的炮卒，1949年，跟着蒋介石跑去台湾了。

可能想到哥哥们在战场上都没有写下光彩照人的篇章，我爷爷才决定当个土匪。他是八面山的七爷，同解放军周旋多年，两颗睾丸不见了才弃暗投明。

这些事迹，我爷爷口述的时候，我颇不以为然，家谱里记载着呢。

我们这个地方，穷山恶水，日本鬼子丢炸弹嫌浪费，内战又离得远，保住一本家谱算不得是什么难事。

家谱里还有关于我曾祖父的记载，说他是一个孤儿，在一个寺院里长大，聪明好学，还俗后考中了举人，和李鸿章在直隶一起同僚过，1898年，被慈禧太后派到南方当巡抚，万贯家私，权倾绿营。但他绝非趋炎附势之流，到香港的中环士丹顿街十三号开过会。武昌起义打响前，把乳臭未干的大儿子交给黄兴时说："贤弟勿须抬爱，生死自有天命。"言毕，归隐山林，官宦生涯至此落下帷幕。

便是这样的家，一代不如一代的家。

这么着，即便是归隐山林，我家仍然风光了很久，约莫三分之一个世纪。

当时，我曾祖父在武陵山区搞到一栋豪宅，三个女儿，两个儿子，一个正室和三个姨太太都搬进去了以后，又购置了一些土地。为了搞好关系，继了五姨太，芳龄十九，是个驼子，县太爷最小的千金，即我爷爷的生母。

除去上面这些人，还有一干丫鬟和小厮。张娣的先人，便在这干下人当中。其曾祖父，在我家专做一些收支登记入簿、撰写家谱之类的活计。后来，和一个丫鬟成了亲，生下的儿子是小厮，女儿是丫鬟。肥水不流外人田，如此传承下来。传承至今，张娣理所当然地成了我的一个丫鬟。可惜门第凋零，两人都是独苗。

早在土地革命时期，我家就没落了。在一次批斗大会上，我曾祖父背上背一块木板，上面写着“大地主”三个字，被解放军拉去游了几条街之后，枪毙了。可能想到年事已高，他没有做任何形式的反抗。曾祖父死了以后，树倒猢狲散，查封宅邸，疏散下人，大洋充公，没收土地。我爷爷忿忿不平，上山当了土匪。下人们都卷着包袱走了，唯独张娣的先人留了下来，和我的先人一起，被逐出县城，长途跋涉了三天，到得一个木楼林立的地方，那里，便是苗寨。

后来的大跃进时期，文化大革命时期，改革开放时期，先人死的死，走的走。两家人的嫡系，却一直保持着一种原汁原味的主仆关系。

打从学会说话开始，张娣就叫我少爷。她的父母如此谆谆教诲，左邻右舍也见怪不怪。

改口叫我弟弟，是在她九岁我八岁的 1989 年，苏联从阿富汗撤兵那一年。

那一年秋天的一个上午，她爹上山挖草药，从悬崖上摔了下来，英年早逝了。中午，她娘拉着她一起去赶集，说是采购丧事用品。晚上独自一个人回来的时候，张娣哭着告诉大家:“我娘跳天坑了。”

我爸爸请来几个道士，按照苗寨的风俗，盖雪蒲灯，敲花鼓，闹腾了两天。

第三天拂晓，死了的人被抬去一个名字叫做墓地樱花的地方。墓地樱花距离苗寨大概二十里的山路，是我们这里的苗人世世代代埋葬亲人的地方。那里四面环山，中间的樱花树受到苗人的保护，都是从秦代存活至今的参天古木。传说，樱花树的树根平日里汲足了尸水，春天来临的时候就在枝头开出白色的花朵，死之世界的人借助樱花的绽放感受生之世界的气息，灵魂便能够得到安息了。

葬礼结束了以后，张娣住进了我家，并且按照我爸爸的指示，改口叫我弟弟。家里的房间不够，后妈就安排张娣睡我的床，我则睡同一个房间的墙角里架起的一块门板。

我怕黑，有一个用棉被蒙住脑袋睡觉的习惯，一旦窗户外面传来猫头鹰的叫声，就把两只耳孔都用手指堵上，实在无济于事，在那年冬天的一个深夜，摸进张娣的被窝。张娣问做什么？我说外面有鬼在叫，怕，一起睡好吗？回答说好。我说我们挨着睡吧？两人挨着睡。

这是罪恶的开始。

半年后的一个夜晚，两人像平时那样躲在被窝里说悄悄话。

“我们是怎么来到世上的？”我突发奇想。

“娘说，是爹从河里捞上来的。”张娣回答。

“胡说。是女人跟男人睡了觉以后，从下面生出来的，就像母狗生小狗那样。”

“那里那么小，怎么生得出来呢？”张娣半信半疑。

“你跟我睡了这么久，怎么就是不生娃娃呢？”我自言自语。

张娣傻笑。

“你不是一个女人，或者，我不是一个男人。”我得出结论。

“娘说，长大了以后，你会成为一个新郎官儿。新郎官儿都是男人。”

“那么你呢？”

“丫鬟当然就是女人喽。娘说，我是为了伺候你，才来到这个世上的。”

“骗人，你明明也是一个男人。”

张娣对这个问题似乎相当敏感，立刻掀开蚊帐，点亮一盏煤油灯。两人褪掉裤子，就下面进行比较。张娣羡慕地说我的下面比她的下面好看。

“告诉你一个秘密。”我神秘兮兮地说。

“什么秘密？”张娣好奇地问。

“把我的下面，放进你的下面，你就能够生出娃娃了。班上的几个高个子男生都在这么说。”

“真的？”

“真的。生一个娃娃，到时候三个人一起玩儿？”

“嗯。”

我像一只乌龟那样趴在张娣的身上，不料进不去。鼓捣了半天，两人都“咯咯”的笑出声来，说痒死了，不好玩儿。

*

我和张娣之间这种两小无猜的关系，一直维持到 1994 年，然后突然破裂了。破裂了以后，童年一去不复返，取而代之的，是长达七年的焦虑的青春期。

那年我在苗寨的小学读六年级。张娣在镇上的中学读初一，寄宿，一个星期只能回家一次，需要步行两个多钟头的山路。

那个星期五，张娣没有回家。一般情况，她会赶在天黑之前到家，和家人共进晚一些的晚餐。

第二天的中午，她才回来，身上的衣服乱糟糟的，脸色刷白刷白的。爷爷严厉地问发生了什么事？张娣吞吞吐吐地回答说昨天晚上没有睡好。

中饭过后，爷爷和奶奶一起出门了。

苗寨坐落在包子形状的一座山上，山顶有一棵大槐树，据说树龄超过八百年，浓荫蔽日，树下摆有几张石桌和石椅。天气晴朗的日子，老人们大多聚集在这里拉家常和下象棋。

这里，是两老的目的地。

爸爸和后妈不在苗寨，缘故后面再说。

我则伏在堂屋神龛下的一张八仙桌上写作业。这时间里，张娣走进灶屋里烧水，然后钻进厢屋里洗澡。直到作业全部做完，又背诵了一篇课文，我才意识到情况不妙：张娣从进屋到现在，已经过去两个小时了，就算是洗完澡又接着洗衣服，也早应该出来了。

我敲响厢屋的房门，问洗好了吗？没有回答。

“如果洗好了的话，那么我就进来了喔。”

还是没有回答。

我把耳朵贴在门板上，听见一阵隐隐约约的哭声后，用身体挤开一道门缝，拉掉抵门的一把椅子，进到里面。

张娣身上没有遮盖任何东西，平直地躺在床上。

“你怎么了？”我问。

张娣兀自哭个不停。

房间里充斥一股清香扑鼻的肥皂味儿。床前摆一只大木盆，里面的半盆洗澡水已经被肥皂染成浑浊的白色，被张娣从自己身上脱下来的衣服和裤子整齐地搭在木盆旁边一把椅子的椅靠上。透过一片亮瓦倾泻下来的一片日光，投射在张娣的肚皮上，宛如镀上了一层银色的光膜。

我想到张娣可能是被同学欺负了，或者是被老师批评了，这种事在我身上就经常发生。于是向前走了几步，打算走到张娣的跟前安慰几句。

随着张娣裸体的完全呈现，我站住了：躺在床上的，并不是我所认识的那个张娣，而是另外一个张娣。我立在床前，就这一个张娣与之前的那一个张娣进行比较：胸部微微隆起了，盆骨宽些，下面黑不溜秋的。

我脸红得不行，快步退了出来。

那天晚上，我从张娣的房间里搬了出来。原因是，在我看清楚了张娣的裸体之后，下面的东西就一直没有软过。它变成了独立于身体之外的一个物件，自以为是地把裤裆顶得老高。

同样的原因，我未能入眠。

我躺在爸爸的床上，紧紧地闭住双眼，打算从一数到五百，可是还没有数到三十，脑海就被张娣的裸体完全霸占了。她的裸体触手可及地浮现在我眼前的一片黑暗之中，从身体内部渗透出来的柔和的光辉，映亮了她身上的每一寸肌肤，连细

细的毛孔都能够分辨。我握住一根硬硬的东西，正当以为用力过猛导致那里抽筋时，有东西跑出来，伴随着一股紧迫的抽搐感。

抽搐感完全消失了以后，一股罪恶感排山倒海地压了过来。我觉得自己在张娣身上干了一件天大的坏事，以致在后来相当长的一段时间里，每次和她的目光相碰，我都会惴惴不安。又不止一次地从背后注视着她，不止一次地想着她的裸体自慰后诅咒自己，这种矛盾的心理，笼罩了我的整个中学时代。

*

我能用两个字形容我的爸爸：暴君。

是的，他在我的记忆里从未对我笑过，连一声冷笑都没有。我只记得扫把、草鞋、烟杆等被他当做临时武器攻击他儿子的东西。

诚然，棍棒教育不足以称之为暴君。

之所以为他扣上这顶皇冠，主要还是因为他拆散了我和张娣。

爸爸年轻时的职业，是在苗寨附近的悬崖峭壁上采集草药，卖给城里的药材商。舅舅的副业，是倒卖药材，后妈作为舅舅的一个助手，到处收购药材。一个卖药材，一个买药材，一拍即合，还结婚了。

婚后，两人合伙倒卖药材。数年过后，用赚到的钱在县城里租了一个门面，搞起了童装批发生意，我小学结业那一年的夏天，又在县城的郊外买了一栋房子，接全家人过去享福。爷爷和奶奶拒绝离开苗寨，理由是：既然家里死了人，还下了葬，其他人就不该搬去别处。

张娣由于要照顾爷爷和奶奶，也留在苗寨。我决定留下来陪她，表明观点后，被爸爸狠狠地扇了两记耳光，拽走了。

此后，由于种种缘故，我和张娣再未见面。

第三章 情圣

“流畅的文字 + 丰富的想象力 + 准确的尺度 = 好文章。”这是我来到长沙的第二年，语文老师用粉笔写在黑板上的一句原话。

接着，他左手拄在讲台上，右手指着头顶的天花板，说：

“文字是车头，想象力是发动机，尺度是方向盘。一个都不能少，少了的话哪里也到达不了。”

在那堂课上，语文老师变成了我的一个偶像，我在内心深处原本对他怀有的诸多偏见全不见了，好像被他带进了火葬场一样。

他确实进了一个火葬场，于那堂课后的第三天死于心脏病发作。屙大便的时候，突然发病的。追悼会在青山的家里举行。前来吊唁的，大多是本校的学生。过程被记者协会的两个会员用一台摄像机拍摄了下来，还在学校的电视台里重复播放了三次，讣告以一句“无私的无产阶级革命家、文学家”开头，以一句“享年四十八岁”落尾。

我和李自由，是在追悼会结束五天后，于老师的坟前认识的。两人当时都在给老师上香。

“是你老爸？”李自由问。

“老师。”我回答，“你是李自由？”

“怎么晓得？”

“情圣。谁不晓得。”

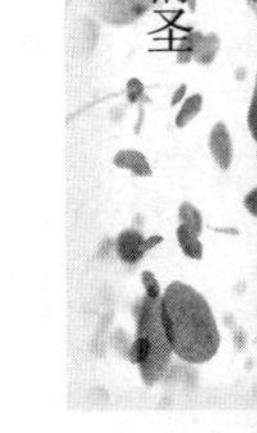

为了庆祝认识，也为了表达对老师的哀思，两人去到火车站附近的一家录像厅，看黄色录像直至第二天早上。

李自由承认自己是个情圣：

“在这所大学里，睡过三十个女孩以上的，除了你和我之外，找不出第三个。”

“我是一个处男。”我为自己翻供。

“不是说，看过三十个女孩的裸体吗？”

“那是在录像厅里。”

李自由和我同一个年级，是美术系才华横溢的一个尖子生。其多幅美术作品，多次被美术协会的成员们搬出来，摆在教学楼二栋的门前展览。都是人物油画，题材大多是一位老人的上身，技法娴熟，独具匠心，给人一种超越真实的真实感。一个学生会女干部在校报上发表过一篇署名文章，称赞李自由是本校的达·芬奇。

除绘画外，口才也非常了得，在辩论会上，凭借三寸不烂之舌以一敌三；拥有如歌神一般的嗓音，每逢歌咏比赛，便以一副黄家驹的造型登台亮相，操起一把硕大的电吉他，一边弹一边唱《大地》，引起台下众多女生尖叫不迭；此外足球踢得也很帅气。

在学校外面，李自由同样不同凡响。他结交了一帮包括草根艺人、发型设计师、城管、平面模特儿、皮条客等形形色色的人物。但是说他好话的，没有一个。男人们都说他风流，女人们都说他花心。意思我想是一样的。

他有一种神奇的能力，可以做到脚踩多只船，一只船载他逐风破浪的同时，其他船只却发现不了。靠岸后，找个理由分手，周而复始。

我指责他的感情生活糜烂。

“黄弟。”李自由直呼我的名字，“每一个基督教徒在出生的时候，都需要接受一个神父的洗礼。处女也一样。从这层意义上讲，我只是一个专门给处女洗礼的神父。”

李自由直呼谁的名字，表示他跟谁急了。

和李自由睡觉的，的确多半都是处女。他总是凭借学生画家的身份，去到别的大学，以学术交流为名，物色新生女孩。只消甜言蜜语几句，情窦初开的小妹妹们便潮红满面，再来点霸王硬上弓，洗礼便完成了。

每次听李自由说又完成一次洗礼，我就寒心不已。

寒心倒也罢了，还要受到牵连。

比方说在星期六晚上，甲拨通我的手机，哭哭啼啼地问李自由在吗？我不可能实言相告：“和丙一起开房去了。”

即便知道李自由另有新欢，愿意继续交往的也大有人在。在此类女孩的心里，存在一个破镜重圆的幻想亦未可知。但是在李自由这边，除寂寞难耐的时候才约对方出来开房外，再无别的想法。

“她们太痴情了。”我感慨道。

“并非两情相悦，也不是一厢情愿。”李自由竖起食指，开导我说，“而是一种本能的召唤。”

当然，不是谁都会上李自由的当，董小蓉就给过他一些颜色。

我的同班同学董小蓉，是河南省某位煤炭大亨的千金，地地道道的一个富二代，貌美如花，刚踏进校门，就被李自由瞄上了。

那个时候，董小蓉还不是学校文艺晚会的一个金牌主持人，而是一名不起眼的广播站播音员。李自由也不过是一个给人乳臭未干印象的平凡男生。不愿意透露姓名的谁为李自由点了一首生日快乐歌，还说“我喜欢你”。“我喜欢你”是从董小蓉的嘴里读出来的。李自由受到刺激了，像一只发情的公狗，四处搜集这个播音员的资料。当他摸清底细，站在女生公寓楼下大声宣布“董小蓉我爱你”的时候，两桶冷水从楼上泼了下来，

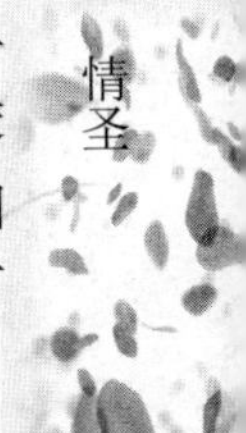

李自由感冒了，住进了医院。

一个星期后，从医院里出来的李自由左手举一把雨伞，右手举一只扩音器，站在上次的位置，身后跟来一个班的男生，个个手执脸盆、饭盆、铁桶，当战鼓用。

李自由大声喊：

“董小蓉，做我的女朋友吧！”

咚、哐、咚哐、咚咚哐……战鼓声响起。

“禽兽们，滚蛋吧！”整栋公寓楼的女生全部发怒了。

乒、乓、乒乓、乒乒乓……垃圾筐、拖把、热水瓶，纷纷落下。

李自由再次住进了医院。

“心有余悸啊。”李自由一边摇头一边说。

“你不该追求她。”我发表看法。

李自由再次摇头，说：“如果当初她接受了我的话，那么现在的我就不至于沦落为神父。”

“未必，狗改不了吃屎。”

“你以为伺候那些陌生的女孩，我就很痛快？告诉董小蓉，只要她肯接受我，我马上跑过去舔她的脚趾。”

“得了吧。”

“真的。”

“她还是没有男朋友。”

“知道。有的话，我就把那个男的投进湘江，然后找她算账。”

“算账？”

李自由用手指分开头发，露出百会穴处一道四厘米长的伤疤。

“这是那天被一只热水瓶砸中了脑袋以后，留下的一个恨的印记。总有一天，我要董小蓉以一个合适的身份抚平。”

“怎么抚平？”

“整容。”

“一个合适的身份呢？”

“不是除了我以外，别人的妻子。”

*

比起李自由，我的六个室友都要地道得多。

寝室里共有四台铁架床，都是双层结构。如果拿床号来给他们命名的话，那么就是一号君、三四五号君、七和八号君。六号床位空着，我是二号君。当然并非没有正式的名字，正式的名字其实都挺牛掰。

比方说一号君，绰号叫做“金毛狮王”。

“金毛狮王”的由来，连他自己都摸不着北：

“可能，哪一个爱读武侠小说的同学叫开的吧。”

此君拥有一脸浓密的络腮胡，和在厚度上较之老外也毫不逊色的胸毛。头三年，不敢和学校对着干，三天就得刮须一次。如今翅膀长硬了，非要等到几个女生戳他的脊梁骨说是一只大猩猩，这才偷偷地溜回寝室，轰走众人，一刮就是半个钟头。刮下的东西被八号君全部收集起来，拿去实验室用一台物理天平称过，足足有五十克重，估计连胸毛也一并刮了。

再说三号君。

人称“乔丹”，或者是“奥尼尔”。他本人倒是只对前者情有独钟，理由是奥尼尔太过于彪悍，自己运球如行云流水，扣篮花样百出，无论怎么看，都是乔丹的影子。尽管如此，在球场上飞扬跋扈时，仍有为数不少的女生为他呐喊助威：“奥尼尔，撞死他！”这是一件奈何不了的事，总不至于跑过去告诉人家，自己真是迈克尔·乔丹。

此君侠肝义胆。上个学期，本班的一个男生和别班的一个男生在同一个澡棚里洗澡，为了一个水蓬头而大打出手，结果牙齿被对方敲落了两颗。乔丹听说后，立刻跑去那个别班男生所在的寝室，将其从五楼踢到四楼，再从四楼踢到三楼，最后从三楼踢进了医院。

四号君、八号君。

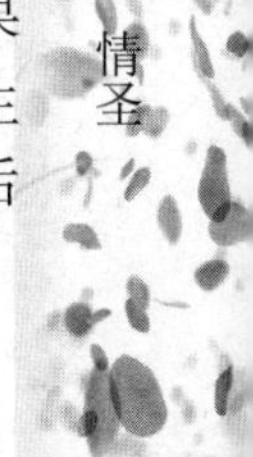

前者矮矮胖胖，皮肤黝黑，“牛群”是也。后者高高瘦瘦，面皮白净，“冯巩”是也。“牛群”和“冯巩”都是自称，人称“黑白无常”，以一对杰出的相声搭档自居，是学校历次文艺晚会的灵魂人物。问题是我没少捧文艺晚会的场，却从未目睹二人在舞台上的飒爽英姿。听我如此一说，白无常一脸不屑地解释：

“你捧场的那些文艺晚会，都邀请不动我们。”

“档次的问题。”黑无常补充。

“校庆四十周年的大型文艺晚会上，也没有看到你们呀？”

两人对望一阵，说：

“那是今年发生的事吧？我们的身价，去年就已经飙升到三位数了，如今谢绝义演。”

我钦佩得不行，索要签名，两人立刻把名字签写在我的背上，然后分别抱起各自的吉他，一边弹一边唱《拍着饭盆为你唱一首歌》，说是向我展示一下他们的唱功。

据说——说的人是一号君——《拍着饭盆为你唱一首歌》是由黑无常填词，由白无常作曲。歌词凄婉，曲调哀怨。创作动机，是为了吸引楼下经过的打开水的女生。歌曲曾经发表在TOM原创音乐网上，有歌迷留言：“与其说是一首音乐，莫如说是一首哀乐。”“听完后竟产生一种自杀的冲动。”黑白无常每次一起坐在窗台上弹唱这首歌曲时，不光如愿以偿地引起了楼下女生们的注意，还招来了诸如“你妈是不是死了”的慰问声。同室者也按捺不住绝望的心情，在二十秒内逃遁得无影无踪。

我也不例外，只听了个开头，就以小便的名义走掉了。

小便时，有同学指着我的背，哈哈大笑。我问笑啥？他说阴茎。我脱下身上的衬衣，看见白色的背部用黑色的水芯笔写着八个大字：“我是笨蛋”“我是混蛋”，两句对联的中间果然画了一根挂着两颗蛋的阴茎。

得得，找黑白无常索命去了。

五号君。

“狼狗”是也。绰号确实不怎么优雅，却是我朝夕相处多日后，最为崇拜的一位。计算机三级、剑桥商务英语三级、大学英语六级证书在手，电工证、焊工证、钳工证也都没有落下。此番成就，吾辈奋斗十年恐怕也难以实现。

七号君。

绰号叫“波斯三爷”。“波斯”只是“Boss”的音译，暗示此君是一个阔佬。坐在学生服务中心主任的位置大搞商务运作，投机倒把无所不能，在荷花塘有一个店面，兜售复读机、Call 机、照相机等高科技商品。有钱，从头到脚穿的全是品牌货，若打劫此人，进账可能够吃两年。三爷的确遭人打劫过，这也是他搬进宿舍的原因。二年级时，三个笨贼闯进他在雨花区的寓所，只敲诈五百元就逃之夭夭了，殊不知五十万都不是问题。

不光有钱，还有爱。每次爱心捐款数他捐得最多。为歌咏比赛搞赞助，末了上台为冠军颁奖。为了追求湖南大学的谁，硬是租下谁宿舍楼旁的一面巨型广告牌，打出一幅接近七层楼高的求爱广告。我是那个谁的话，肯定很想嫁给他。

和我住在同一个寝室里的，便是这样一群声色犬马的人物。

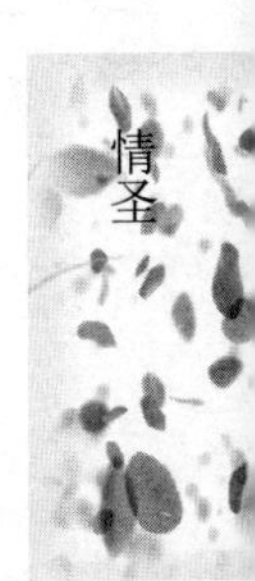

第四章 伊人如斯

星期六的中午，我见到张娣了。

算起来，从岳麓山下的瓦屋搬进学校的宿舍已有两个星期的时间。我当时正坐在寝室里白无常的床上打麻将，对手是金毛狮王、乔丹、黑无常。没有正规的麻将桌，就用一张抽屉代替。抽屉很大，与其说正在打麻将，莫如说正在进行一项比较手臂长短的运动。乔丹打出一只幺鸡，我条一色和牌，起身收票子时，有人敲门：

“嗵嗵嗵！”声音急迫。

“报口号。”诸君齐呼。

“嗵嗵嗵！”

“狗娘养的报口号！”放炮后心情似乎不佳，乔丹有点来火。

“嗵嗵嗵嗵嗵嗵嗵嗵！”

诸君面面相觑，然后把手里的烟头迅速装进一个茶杯，盖上盖子。接着卷起麻将，塞进门边的一个水桶里，再在水桶上面搭一条皱巴巴的内裤。内裤不知道是谁的，上面居然看得见精斑。

来人五十岁上下，中等个头，人称周扒皮，是男生宿舍的管理员，一个退役军人，生平最大的喜好，就是摆开军步，在宿舍的走廊里游荡，看哪里不顺眼，就喝斥两句。

“怎么现在才开门？”周扒皮问。

没有一个人搭理他。

“又抽烟了？”周扒皮拱了拱两只鼻孔。

四人歪坐在床，都装出一副与己无关的样子。

周扒皮查看垃圾篓、床底、抽屉底，搜寻了半天，一无所获。金毛狮王被他盯住脸时，立刻还以颜色，睁大双眼说：

“属狗的吧？”

“是啊，抓抽烟还不容易，去蹲厕所啊。”众人打哈哈。

“别让我逮住你们！”周扒皮气得发抖，扬长而去。

此人纯属人间俗物，在新生的面前耀武扬威，面对丝毫不把自己放在眼里的老生，反倒没辙了。

约三分钟后，周扒皮杀了一个回马枪，推开寝室门，径直走到我的跟前，问：

“你叫黄弟？”

我“是啊”了一声。

“去值班室。”

“做什么？”

“去就知道了。”说完走了，也不管我究竟去不去。

值班室位于宿舍一楼的出口右侧。房门左边挨墙的一条长椅上，并肩坐着两个学生，一男，一女。男生我认识，周扒皮的一个助手，每天晚上十点半一到，就举着一个大号手电筒挨门挨户地查房，是一个让人心情极其不愉快的角色。女生则顺眼多了，秀色可餐，可惜不认识。两人正低语交谈着什么。

我进去时，女生抬头看了一眼我的脸，男生则连眼皮都不眨一下，兀自朝女生嘀嘀咕咕，八成想泡人家。

我见周扒皮迟迟不肯现身，便坐在他的专属太师椅上，无所事事地翻阅胸前办公桌上的一本《职业与技术》。约十分钟后，周扒皮终于回来了。一只脚都迈进门坎了，还回头和谁寒暄。我有点来气，心想是你找我，不是我找你，当即起身，想问有何贵干。不料女生快我一步，她像遇见失散多年的亲爹一样，

深情地迎了上去。

“老伯，人不在吗？”她期待地问。

“没有来吗？”周扒皮环顾值班室，然后指着我，“不是他？两栋宿舍楼里，名字叫黄弟的，只有他。”

我莫名其妙起来，盯着眼前的这个女生。她也全神贯注地审视我这一存在。我对她毫无印象。她是一个如公主一般漂亮的女孩，简直就是偶像剧里的女主角。如果在哪里见过的话，那么肯定记得。

“你，找我有事？”我试着问。

女生没有回答，而是继续拿一种女主角凝视男主角的眼神看我的脸。我产生一种被英国女王选中的感觉，身体轻飘飘的。

良久，女生拿一种马上就要哭出来似的声音说：

“我是张娣。”

*

六年不见，张娣长高了，发型也变了。那个时候的学生头修剪得整整齐齐，一副乖乖女的妆扮。而今一头长长的秀发在脑后高高地扎成一只马尾，垂在额前的空气刘海自然地卷曲着，显得既文静，又典雅。上面是一件水红色T恤，T恤外面套一件不提拉链的白色休闲衫，下面是一条蓝色牛仔裤和一双白色波鞋。

我努力回忆张娣以前的模样，但是记不确切。怎么回事呢？而且随着此刻对她印象的加深，记忆里她的形象逐渐模糊开来。模糊不掉的，是在那个夏日午后，我目睹过的她洗完澡后的样子。听我如此一说，张娣脸红地低头，不过没有责怪的意思。

两人漫步在铺满鹅卵石的一条小道上，张娣走在前面，我拉开三步距离跟在后面。周围到处是树，树干都不粗，却修长得可以，树冠如雨伞一般伸展开来，把明媚的天空遮蔽得严严实实。从叶间射下的密密麻麻的日光的光点，宛如一只只披着光亮的蝴蝶，在张娣的背上飞舞。两人步行了小会儿，在一条石凳上坐下。

“你们学校真美。”张娣羡慕地说。

“适合拍拖。”我说。

“拍拖？”

“也就是谈恋爱。变化好大。”

“变化好大？”

“你，变成另外一个人了。”

张娣好看地一笑，说：

“你也变了，我马上认不出来。不过，有以前的影子。只要盯着你的眼睛，我就能够看见你的原形。”

“我的原形？”

“妖怪被孙悟空打死了以后，都会变成一个原形吧？我看见了你的原形，终于认出你来了。不过，你的原形，和那个原形不一样，我只是比喻。”说罢，张娣羞涩地看了我一眼。

“是坐火车过来的？”我问。

“是坐汽车。妈妈在电话里说，你们学校距离长沙汽车西站很近。我早上九点就到了。找到这里，却花了很长的时间。毕竟是第一次过来嘛。”

“过来之前，怎么不通知我一声呢？”

“你有电话吗？”

我的手机号码也好，寝室里的座机号码也好，都对家里保密。

“回头告诉你。”我说，“听后妈说，你考进株洲的一所大学？”

“嗯。前天入学报到。昨天分配寝室。今天和明天休息。后天要参加军训。我现在，和你一样，可是一个名正言顺的大学生了喔。”

“我是五年制，只能算是半个大学生。”

张娣没有表示什么。

“怎么现在才进校呢？ 10月都过完一半了。”我问。

“第一批新生，都已经军训结束了呢。我是第二批。听说还有第三批。”

“照理说，是去年参加高考吧？复读了？”

“前年休学了一年。奶奶生病了，我走不开。你不知道？”

“不知道。好了吗？”

“没有完全好，至今还拄着两根拐杖。是中风，很难根治的。”

“家里没有人说我的坏话？”

“怎么没有。爸爸认为你憎恨他，所以任何事情都对你听之任之。都好挂念你的，特别是爷爷和奶奶。你从来不回苗寨，连过年也不回，都六年了。”

我再也没有说什么。

从这里，可以俯视南湖，约莫有两个篮球场大小，一半是水，一半被墨绿的荷叶盖住。已经错过观赏荷花的季节，熟透的莲蓬都弯着腰，一副垂头丧气的样子。湖中有一座古色古香的石亭，三个女生一起坐在石亭里的一张石桌旁，可能正在下跳棋，隔一会儿便荡来一阵欢声笑语。长时间注视这些，我有点昏昏欲睡，不知不觉把头枕在张娣的两只大腿上了。

“困？”

“有点。”

“很晚才睡觉吧？听刚才的那位老伯说，你在宿舍的表现不是很好。”

张娣的语声，和知了声、青蛙声一起，在我耳畔回荡。我好像“嗯”了一声，便迷迷糊糊地睡着了。醒来的时候，阳光的角度变了。我搓了把脸。

“对不起。你特意过来，我却睡着了。”

“不要紧。”

“睡了多久？”我问。

“大概两个小时吧。”

“这么久？”我吃了一惊。

“可能，我不该来。”

“对不起。”

“不是指这个。”张娣不看我地说，“在你睡着的时候，我在想，自己特意从株洲跑来长沙找你，是对，还是错呢？感觉将要发生一件不好的事情似的。至于是一件什么事情，我却说不清楚，只是有那样一种感觉。”

“别多想。你能来，我太高兴了。”

张娣若有所思，似看非看地盯着前方。

我闻到一股不安的气息，想补充一点什么，脑袋里却空空如也。

沉默了大概五分钟后，我伸出右手，握住张娣搭在左边膝盖上的左手，她没有回避，只是食指轻轻地动弹了一下，而后把脸转向我，表情迷茫得像是一个孤儿。我的心情豁然开朗了，想起这里发生的一桩怪事：

班上有一个男生，在很长的一段时间里，只要晚自习的下课铃声一响，就立刻跑来这里，躺在一张石桌、一把石椅或者一根石栏杆上，哭泣一阵，然后装作什么事情也没有发生似的返回宿舍睡觉。那个时间段，很少有人经过，只是偶尔遇见一对缱绻的情侣，拥抱在一个黑黢黢的角落里，或亲吻，或爱抚。情侣们听见他的哭泣声，要么乖乖地走开，要么过来安慰两句。面对别人的安慰，男生总是平静地回答说“没事”，然后换一个位置，继续哭，哭够为止。他被他的女朋友抛弃了。匪夷所思的是，非真正意义上的女朋友，既没有约会过，又没有看见过照片。两人之间只是一种笔友的关系，通过一本《职业与技术》的交友栏认识，太平无事地交往了两年，不料笔友在最后的一封回信中写道：忍无可忍，以后再也不联系了。

“好特别的一个男生。”张娣发表看法。

“知道他为什么要哭吗？”

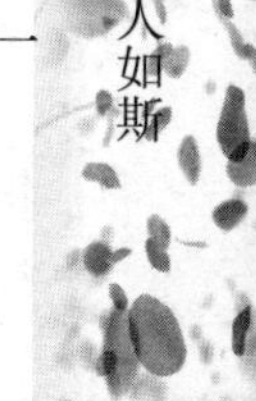

“为什么？”

“笔友是他自己。”

“是他自己？”

“另外一个自己。特长、习惯、爱吃的食物、爱听的音乐、喜欢的颜色和电影明星、人生观、价值观，全部都一样，唯独只有性别不同。他不在乎笔友的家境、高矮、长相，哪怕是一个侏儒，也希望两人永远交往下去。”

“有点不可思议。”

“柏拉图式恋爱。”

“可是，笔友忍无可忍。又是为什么呢？既然两人那么投缘。”

“他想不明白。”

“好想见一见这个男生。”

“退学了。”

“因为这件事吗？”

“也不完全是。他本来就有一点神经质，总是做出一些常人理解不了的事。比如在洗脸的时候，对着水龙头自言自语；半夜三更爬上宿舍的楼顶唱歌；坐在床上画稀奇古怪的图案。总之怪癖很多，是一个沉默寡言得叫人害怕的家伙，很多同学见了都退避三舍。”

“这样的人，却把自己的隐私说给你听？是隐私吧？”

“知道他更多事情的人确实不多，对我却推心置腹。原因可能是在他说话的时候，我没有怎么泼冷水，加上是老乡。”

“是我们县的？”

“凤凰县的，都是湘西人嘛。”

“可能在你的身上，有吸引他的什么。”

“其实，对自己在集体生活中很难相处的性格，他很苦恼，担心毕业了以后在社会上吃不消，于是跑去一家心理医院，治疗过三次，也经常打广播电台的热线电话，和主持人谈心。但是全部都没用。三年级没有读完，就退学了。”

“可惜。”

“没什么可惜的，离开这里，不见得是一件坏事。我有时也跃跃欲试。”

“别那样想。”张娣忧郁地说，“没有学历，即便走上社会，也没有大作为的。”

我再未多说。五点半一到，拉着张娣，来到男生宿舍对面的男生食堂。进门时，撞见从食堂里面出来的李自由。他一把拉住我的手，眼睛直勾勾地瞅着张娣，把嘴凑到我的耳边，低语道：

“漂亮！是你的马子？”

“是的。”我也压低声音回答。

“要上啊。不上的话，明天就被别人上了。”说完朝我眨巴了一下眼睛，走了。

食堂大厅里人头攒动，我叫张娣坐在一个有吊扇的位置。自己的上身只穿一件背心，把脱下的一件白衬衣搁在她旁边的一个座位上，表示“此座有人”。然后排队了十五分钟，打了两份尽管价格昂贵，但是有饭盒奉送的套餐。

“刚才向你打招呼的，是你的同学？”张娣一边吃饭一边问。

“朋友。不在同一个班。”

“他朝你眨眼睛，是有事找你吧？如果忙，我一个人可以的。”

“他最近患了沙眼病，不眨眼睛的话，眼睛就不舒服。”

张娣“呃”了一声。大概饿坏了，吃得和我差不多快。吃到一大半时，有人轻轻地拍了一下我的肩膀，回头一看，是一个戴红袖章的家伙。

“请问有事吗？”我问。

“同学，请穿上衣服。”红袖章指着我屁股下面的衬衣说。

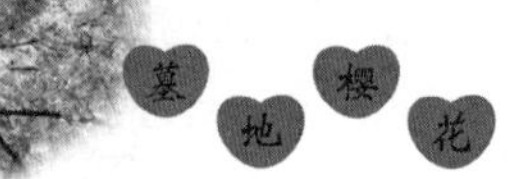

声音冷冰冰的，根本不像“请”。

“太热了。这样凉快。”

“要凉快是吧？请在这上面签字。”说罢，红袖章将一摞罚款单摊在我身前的餐桌上，上面还有模有样地摆一支圆珠笔。

我站起身，捏紧双拳，瞪着他。周围的学生担心遭受池鱼之殃，都纷纷端起饭盆走开了。

张娣捉住我的一条手臂，朝我缓缓地摇头，而后举起衬衣披在我的肩上。红袖章这才离开。

“怎么了？”重新坐下后，张娣问。

“在校园里穿背心，罚款一百。”

“看起来好凶。”

“督察队里的男生，都是这样一副德行。”我一边夹菜一边说，“平时老实巴交得可以，一旦戴上卫生巾，就趾高气昂，好像当校长了一样。我有时候真想——”

“我是说你。”张娣插嘴道，“你好凶，要打人似的。”

*

饭后，带张娣在校园里转了一圈。晚上七点一到，钻进学校的电影院。

电影的名字忘记了，好像叫天什么。男主角是一个孤儿，在他八岁那一年发生的一场山体滑坡，夺走了他父母的生命，往后他靠农忙时节拾掇麦穗和女主角的施舍度日。十七岁那一年，接受女主角的提议，去到一个大城市打工，七年后攒下一大笔钱，回到黄土高坡和默默等待自己的女主角终成眷属。男主角把那一大笔钱借给全村的人，尽管他自己没有讨回的意思，但是随着时间的推移，花光钱的村民们都愈发心虚起来了，终于在一个雷雨交加的夜晚，联合起来，用锄头将他打死，把尸体扔在一个山坡上，打算喂狼。不过他命大，在天亮的时候苏醒了，望见坡下一个赶马车的老人，发出几声微弱的求救声。老人以为自己撞鬼了，拔腿就跑，不久折回，摸上坡，抡起一块石头一顿猛砸，男主角再也没能醒来。电影的最后，是女主角搂着男主角血肉模糊的尸体嚎啕的场面，声震寰宇，撕心裂肺。

影片人物众多，情节环环相扣，部分风景片段估计需要乘坐一架直升飞机才拍摄得了，陕北情调的民歌悠扬、凄婉，是一部真实得触手可及的片子。看完却给人一种绝望的心情，绝望得想把一支猎枪的枪管喂进自己的嘴里，然后扣动扳机。

放映时间是普通影片的两倍。从电影院出来，差不多到了宿舍熄灯的时间。我拨通班上一个女生寝室的电话，说姐姐过来了，有睡处吗？回答说家比较近的一个女生每个周末都会回家，有睡处。问十点二十分下楼接人好吗？回答说好。挂断电话，我才意识到连对方姓甚名谁都没有问。站在女生公寓楼下一起等待同学接人的时间里，张娣问我可不可以答应她。

“答应什么？”我问。

“初中的三年时间里，你一直都在给我写信。对吧？”

我说是的。

“总共一百零八封，我都没有回信。”

我静等后话。

“你肯定恨我。”张娣不无伤感地说，“在最后的那封信里，还骂我绝情呢。”

我缄默不语。

“你问我，为什么不写回信给你，为什么不去县城，而是在镇上念高中，为什么，”张娣难以启齿地顿了顿，“不接受你。”

我有点脸红。

“现在的你，还有这些疑问？”

我点头。

“等三年。三年后，等我们都从学校里出来了，再来谈论这件事，好吗？我的意思是，假如到了那个时候，你仍然不变心的话。”

我不知道怎么回答。

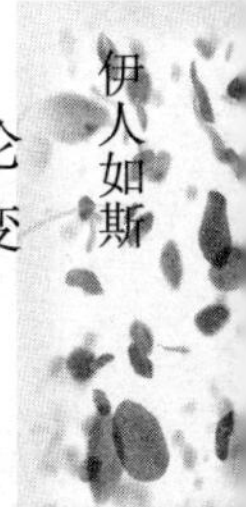

“好吗？”张娣盯着我的眼睛。

“好。”良久，我回答。

*

第二天共进早餐时，张娣说要回株洲。

“在太阳爬高之前。”她笑着解释。

早上八点半，两人从校门口登上一辆公共汽车，在滦湾镇下车了以后，转乘开往火车站的另一辆，并肩坐在车厢的末排。我无声地阅读贴在前面座位椅背上的一张长江医院广告词，张娣正襟危坐，两人身体之间发生的每一次碰撞，都在我的心田里泛起涟漪。交通拥堵，到达火车站时，已是十点。

我买了两张火车票。

“怎么是两张？”张娣奇怪地问。

我没有回答。

无风，阳光火辣，行走在车站广场上的旅客无不汗流浃背。我和张娣一起走进车站旁边的一家冷饮店，要了两杯加冰橙汁。结账时，发车时间将至，于是快步赶回候车室，穿过隧道，上到月台后又像所有乘客那样奔跑。

“想不到，上火车这么不容易。”上火车后，张娣喘着粗气说，“好像做了一件什么坏事，后面有几个警察在拼命地追赶似的。”说罢笑了。被汗水浸湿的几缕秀发粘在两边的脸颊上，宛如一个美艳动人的京剧演员。

“寒假再来，搞到座位就难喽。”我说。

“是吗？”张娣吞了口气。

“下一站，就是株洲，别在车站附近逗留。”

“嗯。学校距离火车站不是很远，有一趟直达的公共汽车。”

“是吗？”

“是的。”

“我可以像以前那样，写信给你吗？”片刻，我认真地问。

张娣点头。

我掏出预备好的一本通讯录和一支钢笔。张娣伏在一张车桌上，把地址，邮编，座机号码等都填上。字体娟秀。我确认一遍，揣进裤兜。

“你可以给我回信吗？”我又问。

张娣再次点头，说：“下去吧，火车好像在动了。”

跳下火车时，我没能站稳，一个体态臃肿的大妈推着一台卖馒头的餐车正好经过，我不好意思立刻起身，索性坐在站台上，望着火车渐行渐远，直至变成一个小点从我的视野里完全消失。不久，同一方向驶来另一列火车，我恍惚觉得张娣乘坐的那辆火车又打倒回来了，拖着一声长长的汽笛声，在对面的一个月台边停下，旋即所有的车门都被打开，人们拎着大包和小包挤下火车，争先恐后的场面恍若世界末日前的一场骚乱。我凝望良久，确定人群中确实没有张娣以后，这才慵懒地爬起身，走到不远处的一个杂货铺前，要了一盒白沙香烟和一袋炸马铃薯片。炸马铃薯片有点发霉，苦苦的，我“呸”的一声，吐在地上，剩下的连同包装袋一起扔掉了。出口处的一个墙角里蹲一个蓬头垢面的少年，想必监视我很久了，捡起炸马铃薯片包装袋拔腿就跑，一边拼命地奔跑，一边不停地回头。我悲天悯人起来，想把身上的东西统统奉送，可是一眨眼的工夫，少年就不见了。

这是发生在2001年秋天的事。

*

2001年秋至2002年夏，张娣来过长沙三次。我没有去株洲一次，有些事尚未水落石出之前，我没有理由找她。“理由”的用法可能不对，或许只是一种心情。

电话也很少打。头一个月，我每个星期六的晚上十点准时打电话过去。可是把绞尽脑汁搜刮出来的几个话题说完，就没话了，两人时常陷入一种沉默时间达好几分钟的尴尬境地，而且多数情况都只是上次谈话内容的重复。于是我放弃打电话，改成像在中学的时候那样，一个星期给张娣写一封信。张娣在月底回信。起先，我心情失落，觉得“入不敷出”。久而久之，也就习惯了。

张娣绝口不提童年，只是不着边际地描述大学生活：没有事做的时候就钩毛线袜呀；打电话回家，得知爷爷和奶奶的身体都很健康呀；洗衣服的时候，把肥皂冲进厕所里了呀。此外，全以“祝：生活开心、学习进步”收尾。

收到张娣的回信，我就找一个没有人的地方，逐字逐句地阅读内容。读到心动处，呼吸信纸的香气。倘若里面的某个词有涂改过的痕迹，就做一个哲学家，苦苦思索它本来的意思。然后钻进一间没有熟人的公共教室，一边重读，一边写回信。一个星期后重温内容，回第二封。如此这般，熬到月末。

我和张娣一样，只谈一些无需评论和解释的客观事实。诸如三餐吃的东西，作息时间表，同室者的绰号、个性、趣闻——内容详尽，以致信件经常超重，贴上双倍邮票才能寄出去。

过程委实妙不可言。每每提笔，只要想到诉说的对象是张娣，我就文思泉涌。即便是在十三年过后的今天，我仍对当时的自己钦佩不已：别人都在肆意地挥霍青春，或者在学习上孜孜不倦，唯独我把自己关进一间小木屋，像一个呕心沥血的作家那样笔耕不辍。

*

冬天，我在学校外面租了一间房子，没去外婆家，也没回瓦屋，不想搬家，再说收拾起来相当麻烦。寒假的第二天，张娣送来一打自己钩的毛线袜，四双给我，其他的打算分给家人，邀我和她一起回去，我说不想，她便乘坐当天的一辆卧铺汽车回家了。

房子是机械制图老师介绍的，主人是附近一家小模具厂的经理，一家三口要回岳阳老家过年，有一个熟人的学生看家想必求之不得，连租金也不肯收。我过意不去，买了一条白烟香烟作为答谢。

临行前，主人叮嘱：

“电视机和电脑都要经常打开，不打开就不会通电，不通电就会长锈，长锈就报废了。”

我连连点头。

我花了一天的时间，采购大米、鸡蛋、土豆、酱板鸭、腊肉、方便面等不易变质的食品。由于住在五楼，又没有电梯，我懒得出门，整天关在房间里看电视，玩网络游戏，快活了很长一段时间。直至某一天的深夜，外面突然响起密集的炮竹声。我推开客厅里的一扇窗户，看见密密麻麻的流弹宛如一场倒行逆施的阵雨，倏然升空，“嘭——嚓”，绽开无数朵绚烂的烟花，照亮了我眼前的整片天空。烟花落寂后，我在满屋子里找吃的，可是找不到任何可以食用的东西。于是第二天一早，骑着宗申，在寒风凛冽的街头东奔西窜。不光店铺全部关门大吉，连人影也难得觅见。无奈，绝食了四天。直到正月初五，才冲进恢复营业的一家川菜馆，狼吞虎咽了一顿。

开学后，我给张娣写了一封长信。写租住的房子，观看的电视节目，沉迷网游以致忘记购物的糗事。接着，写大年夜的烟花，和饥肠辘辘时我所想起的一些往事：

四年来，我的每个除夕之夜都是在长沙度过的。我珍惜这一年一度最喜庆的节日，总是怀揣一种愉悦的心情观赏烟花。然而这次是个例外。我恍惚觉得，你就站在我的身边，和我一起观赏烟花，我把手伸向你的肩，发现只是一个幻觉后，竟悲哀得不行。

寒假回家没能送你，我很抱歉。我买了两罐非常可乐回到食堂，发现你的人影已经不见，没能追出校门，就看见你登上一辆公共汽车离开了。我有和你一起回家的愿望，“和你”，是我梦寐以求的事。可我是被爸爸赶出来的，没有脸回去。

有些话说出来可能危言耸听。三年前的8月末，我离开家乡，乘坐的一辆卧铺汽车里满是汽油味儿和脚臭味儿，以致我很晕

车，长达十二个钟头的时间里，一直在呕吐。一边呕吐，一边赌咒：就算是死在外面，也不会回去了。我饿得要命，渴得要命，连动弹一下的力气都没有，仿佛只要闭上眼睛，就再也醒不来了。人在沙漠中求生大概也是这样一种感受吧？我想，没有食物和水，只有广袤无垠的沙丘和可以烤熟鸡蛋的阳光——这种感受本来已经忘记了，可是在今年正月，我又体验到了。我躺在租房客厅里的一张沙发上，盯着悬挂在天花板下面的一盏枝形灯，就"人为何非吃东西不可"这一伪命题浮想联翩。

你不觉得，作为高级动物的人类很奇怪？原本美好的事物，在大脑里转了几圈过后，就变坏了。原本坏的，也有可能变得美好。比如，我在那两次其实都不算特别糟糕的情况下，同时想到了死。不就是死吗？我想，何足惧哉？而且随着思潮叠涌，掺和进来的美好成分也越来越多，还把你牵扯了进来。我想到：倘若有张娣相伴，自己躺在张娣的怀里安详地死去，或者共赴黄泉，岂不美哉？脑袋逐渐清醒后，才意识到自己是何等的愚不可及。

现在看来，那只能当做一个并不好笑的笑话。所以我才说，人很奇怪。

好吧，我承认，无时无刻不在想念你。如果可以，我想去株洲看望你，时间由你决定。

我把四页信纸都折成心的形状，装进一个粉红色的信封，投进教学楼二栋门前的一个邮箱。当时并不觉得有什么不妥。可是几天过后，我开始懊悔："你都对张娣说了什么？不是完全没有必要么！"月底没有收到回信，又过了一个月以后，才接到张娣打来的电话。

在过去的两个月里，我陆续寄出了七封信，内容大致相同。"在那封信里，"我写道，"可能出现了一句不该出现的言语，对此，我向你表示诚挚的歉意。倘若影响到你，请严厉地责备我，写信也好，打电话也好。如你所言，毕业了以后再谈可能要好些。"

“没有责备你。”张娣在电话里回答，“我只是，不晓得怎么动笔，写不好回信。”

“对不起。”

“别说对不起。”

“不说了。”

“‘五一’放假后去长沙看你，可以吗？”

“可以。到时去火车站接你。”

*

张娣是5月1号的中午到的。两人仍像第一次的时候那样，一起在南湖公园里散步，一起在男生食堂里吃晚餐，然后并肩坐在足球场边的一块草皮上，一边感受满目春光的气息，一边聊天。阴天，轻风拂面，带着一股沁人心脾的湿气和草的芬芳。也没聊什么正经话题，无论说什么，都浅尝辄止。晚上七点一到，再次钻进学校的电影院，出来后再次拨打女生公寓的电话，这回两个寝室都打了，也没有人接听。

“可能都回家了，一起去学校的外面过夜吧？”我提议。

张娣点头。

两人漫步在学校外面一条被夜色罩住的商业街上，寻找一家廉价的旅馆。李自由时常提起和女孩在学校附近一起开房的事，可就是没告诉我具体的位置。

网吧、超市、酒店、KTV歌舞厅、饰品店、发廊等风马牛不相及的行业不伦不类地搅和在一起。晚归的学生三五成群。一帮男生聚集在“心心相印”网吧的大门前，中间的一个光头声音最为洪亮，正在向全世界炫耀自己如何用一把AK47的最后一颗子弹同时干掉了两个警察。网吧对面的一个发廊里，头发分别染成紫色和绿色的两个女郎跷着二郎腿坐在同一张橙色沙发上，一边吞云吐雾，一边低语交谈。街头出现一架摩托车，拖着一串刺耳的马达声呼啸过来，立在踏脚板上的一个女孩弓着身躯，紧紧搂住前面一个驾驶员男孩的脖子，尖叫不迭。

花了半个小时，才好歹找到一家廉价旅馆，位置比较偏僻，是从商业街拐进一个汽车维修站，从汽车维修站的后门出来，坐落在一条小巷两边的众多三层建筑之一。不像是宾馆，也不像是招待所，而是在一个半开着的卷闸门前摆一只玻璃框，上面大书："住宿请上二楼"。没有路灯，四周一片漆黑，唯独这只玻璃框宛如阿拉伯人遗弃的一盏神灯，长明不熄。

"怎么到这里了？"我有点意外。

"这里是哪里？"张娣问。

"图书馆的后面，翻过围墙就是了。"

进得卷闸门，迎面是一堵逼仄的楼梯。我打开手机，借手机的光亮摸索着爬上二楼。二楼入口处的一张铁门锁上了。我"咣咣咣"摇了三下，对面一个值班室里的电灯亮了，走出一个约莫五十岁的老婆子。老婆子也不说话，只是隔着钢筋观察我的脸，转而打量张娣。约十五秒后，终于看出我们并非传说中的雌雄大盗，这才折回值班室，再次出来的时候手里多了一串钥匙。放我们进去后，老婆子又把铁门原样锁上，旋即扬起右手，示意我们随她一起上楼。

"单人间没有了，只剩下三楼的一个双人间，不过价格不变。"老婆子一边在前面带路，一边不冷不热地说。

"不变是多少？"我问。

"什么？"

"多少钱？"我放大音量。

"十五块钱一个人。没有来过？"

"没有来过。"

老婆子停下脚步，转身，借梯道里微弱的白炽灯光再次审视我的脸，说："来这里投宿的，都是学生伢子。男伢子长得像你，女伢子长得像她。"她指着张娣，"你说没有来过，我老太婆不相信。"

"婆婆，真的没有来过。"张娣微笑着解释。

“唉。”老婆子叹了口气，继续在前面带路，“现在的女伢子，真不害臊，半夜里的叫声好大。也不大讲究卫生，我老太婆在早上换床单的时候，发现到处都是脏东西。不像话。”

我瞠目结舌。

老婆子口里的双人间，位于走廊的东头，空间不大，两张木床对称地摆在两边，中间勉强打开得了房门。墙壁上的石灰裂纹纵横。里端一个窗户的玻璃上裱了一层报纸，报纸估计很有些年月，已经发黑得像是墨布一样。窗户下方一台很矮的抽屉上，摆着一台十七英寸的黑白电视机。

“走廊那一头，可以洗脸。”老婆子指向门外，“厕所也在那一头。想要喝水的话，可以去我那里拿热水瓶和一次性塑料杯。把房租交了。”

张娣交出三张十元钞票。

老婆子朝张娣丢下一句“夜里小声点”，走了。

我倒在床上，肚子都笑痛了。

张娣摘下门后的一条毛巾，出去了。回来的时候，脸上有清洗过的痕迹，一头扎着的秀发已经全部打开，顺滑地洒在背上。她瞥了我一眼，不胜羞怯地脱去身上的一件蓝色运动衫和一条黑色牛仔裤，只穿一套婷美紧身内衣坐在我对面的床上。婷美紧身内衣是皮肤的颜色，整个人看上去仿佛没有穿衣服，姣好的体型宛如一条蛇。接着扯开手边的被子，遮住下半身，把脸贴在一对拱起的膝盖上，偏着脑袋朝我轻声发问。我没有回答。我看见一缕秀发耷拉下来，遮住了她的右脸，她伸出右手的食指轻轻地挑了挑，露出一只白皙可爱的耳朵。

“要喝水吗？”张娣重复前面的问题。

“不要。”我回答，“想要回去。”

“回学校吗？”

“是的。”

“这里不是有两张床吗？”

“睡不着。”

“学校应该关门了吧？都十二点了呢。”

“爬围墙进去。”

“怎么可以那样呢？”

肯定睡不着，我想。

“不回吧？万一爬围墙的时候不小心摔伤了身体，那么怎么办呢？”说着，张娣环顾房间，一脸惶恐的表情，“加上这里有些古怪，好像我们刚一进来，温度就突然下降了好几度似的。我有点害怕。”

“确实。”我说。

“换了一种环境，人都会不同程度地难以入眠。我也暂时没有睡意，说点什么吧？”

“说什么呢？”

“随便什么？”

“讲个故事给你听？”

“好哇。”

“有一个老婆子，就是刚才说你坏话的这个老婆子，背着自己的一个孙子，上山挖红薯。”

“怎么知道？”

“假设。假设在她老家的附近有一座山，山上种满了红薯。”

张娣动情地一笑，叫我继续。

“在挖红薯之前，老婆子用一张毛毯裹住孙子，放在自己身后的一堆野草丛里。红薯挖到一半的时候，孙子哇哇大哭了起来，老婆子以为孙子只是饿了，所以就没有理会。过了一会儿，孙子不哭了。可是，当老婆子挖满一背红薯，准备下山的时候，你猜她孙子怎么样了？”

“怎么样了？”

“断气了。”

“怎么就断气了呢？”

“一条小银环蛇钻进他的肛门里了。”

“可怜。”

“还有一个故事。想听？”

“嗯。”

“有两个小孩儿。弟弟才两岁，姐姐也才六岁。妈妈每次给弟弟洗澡，都会捏住弟弟的小鸡鸡，逗弟弟说：‘割鸡鸡，割鸡鸡，炒着吃。’一天，妈妈出远门了，姐姐拿起一把削铅笔的小刀，把弟弟的小鸡鸡割了下来，等到妈妈回家，就一边开心地跳着，一边拍着手说：‘妈妈妈妈，我把弟弟的小鸡鸡割下来了，已经洗好了，放在碗柜的一个碗盆里，打算什么时候炒着吃呢？’妈妈冲进卧室，发现儿子救不活了，就掐死女儿，自己也喝农药自尽了。”

“爸爸呢？”

“在广州打工。”

“真事？”

“初三那一年，听洛塔乡的一个同学说的，声称就发生在他们的村里。”

张娣显得有些伤感。

“还有故事，想听？”

见张娣没有反对，我仍旧躺在床上，望着天花板说：“我在长沙这几年，有三件事忘记不了。第一件，发生在我们刚才过来的那条商业街上。一个妇女刚从超市里出来，就被一根又细又直的铁丝从后背捅到了前胸，没有人知道究竟是谁捅的。

“第二件，发生在我们学校的一个女生身上。她有一个毕业班的男朋友，找到了工作以后，向她提出分手。分手后不久，女生自杀殉情了，是跳公寓楼自杀的。不过这是校方的一种说法。学生里流传着另外一种说法，那就是女生跳楼的当天中午，本来正在上厕所，一个男生鬼鬼祟祟地趴在厕所的门外偷窥，被女生发现了。女生一边在走廊里拼命地逃跑，一边大声喊：‘抓

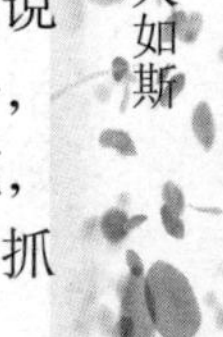

色狼！抓色狼！’由于慌不择路，结果从六楼的阳台上翻了下来。死的时候，屁股露在外面，中间还有少量的屎，因此这种说法的可信度更大。死得很惨，白白的脑浆迸了一地，清洗不掉的一片血迹，淋了两个月的雨才干净。”

我吞了吞喉咙，接着说，“这两件，都是事后听说的。第三件，是亲眼目睹的，发生在去年的春天。我当时——”

“不说了，好吗？”张娣打断我。

我这才转过头去，看见她的脸色刷白，头发凌乱。

“不说了。”我说。

“不如，看电视吧？”

我说好。

张娣下床，朝电视机那边步去，接着响起一声打开电视机的声响。片刻，我觉得好像哪里不对劲，就从床上坐起身，看见张娣孤零零地蹲在屏幕花白的电视机前，像一只机器人一样，捏着电视机的频道转柄转动不休——啵啵啵啵啵啵啵啵！

“没有插有线。”我提醒。

张娣没有理会，继续“啵啵啵啵啵啵啵啵”，很久才停下。停下后，把脸埋在两只膝盖之间，用双手抱住头，用十根手指死死地揪住头发，把指甲抠进头皮，两只肩膀如触电一般剧烈地来回颤抖。我走过去，问怎么了？张娣没有回答。约二十分钟过后，颤抖终于退去，取而代之的，是瓮声瓮气的抽泣声。当我半跪着把两只手搭在张娣的肩膀上，当做是一种安慰时，她顺势扎进了我的怀里，然后继续哭，哭得上气不接下气。在我听见过的所有哭声里边，这次最为酣畅，酣畅得好像要把从小到大囤积的所有泪水，一古脑儿都哭出来一样。好歹止歇时，凌晨两点都过了。这时，我试着捧起张娣的脸，一张楚楚动人、泪痕斑斑的脸，上面沾满了被泪水浸湿的散乱的发丝。然后将她拦腰抱起，在自己的床上放平，接着一寸一寸地捋起她身上的婷美紧身内衣，轻轻地抚摸她的乳头。我以为这样做能够让她激动的情绪完全平复下来。乳头很圆，圆得简直可以当做圆形物体的一个标本，摆进实验室的一只玻璃柜里。两只坚挺的乳房夹在婷美紧身内衣和胸罩之间,宛如一对即将发射的火箭。

正要进入时，张娣慌忙捂住自己的下面，朝我战战兢兢地摇头，眼神凄惶得好像我在强暴她一样，而后换成用手指为我疏导。完事后，张娣回到自己的床上，背对着我躺下。俄顷，抽泣声再度响起。我背靠墙壁，一边一支接一支地抽烟，一边默默地注视张娣的裸背。

*

直到凌晨四点，张娣才完全停止抽泣。我下床关灯，套上一条短裤，出到房间外面的走廊。走廊外面一无所见，天上看不见星星，地上看不见灯光，除了黑暗还是黑暗。直至东方的天空隐约泛白，对面的一栋楼舍泛出一个青色的轮廓，我才返回房间睡觉。

一觉醒来，是十时二十五分。张娣睡过的床单被梳理得平平整整，折叠得有棱有角的被子上放一张纸条，上面用黑色圆珠笔写道：

走了，不想给你添更多的麻烦。你是否还记得，去年秋天，第一次从株洲过来长沙找你,我就表示过,不希望发生不好的事。可今天终究还是发生了。迟早是要发生的吧，可能，从初二那一年,我收到你的第一封情书开始。因为你对我所怀有的情感，也正是我对你的。我是世代为奴的人的后代，只要你不嫌弃，注定是你的人。这种话，从女孩子嘴里说出来，多难为情呀。可事已至此，又觉得什么都不重要了。请给我时间，好吗？想就自身的问题，好好考虑一下。考虑清楚了，就写信给你。

字迹认真，写在印有某水电公司全称的一张材料纸上。材料纸可能是由老婆子提供的。到值班室一问，果然。

"借笔，借纸。"老婆子抱怨道，"还说什么'再次打扰，对不起，请打开铁门让我出去'。你说烦不烦？"

“请问是什么时候的事？”

“记不大清了。”老婆子举高下巴，做出一副沉思的样子，“反正在她走了以后，我又睡了一觉，时间上可能有个把小时。醒来的时候，天就亮明了。大概六点多钟吧。你们两个，昨天晚上是不是吵架了？她连眼睛都哭肿了，肿得像两个桃似的。”

张娣彻夜未眠，我想，只是等待我入睡，然后她好伺机离开。我用五一长期余下的六天时间整理头脑，一边反复阅读张娣的留言，一边重复回忆那天晚上事情发生的整个经过。责任似乎在我，我不该大讲特讲什么故事。第六天晚上，我给张娣所在的寝室打去电话，从她同学的口里得知，早在半年以前，张娣就已经搬去学校的外面了。

“是租的房子吗？”我问。

“当然，难不成买房。你就是那个，经常写信给她的黄弟？”

“是的。”

“张娣在学校的外面住得很好，你别担心。”言毕，不等我再说什么，挂断电话。

电话挂断后，我放心不下。至于究竟放心不下什么，却心中无数。于是打算利用晚自习的时间，给张娣写一封长信。问题是我望着信纸上密密麻麻的文字，居然不知系何物。重写了三遍，均以失败告终。

第五章 放浪形骸

韩日世界杯开幕式的第二天，即“六一”儿童节的中午，我所在的班在网吧里搞了一场反恐精英游戏竞技赛。其目的，是预祝首次打进世界杯的中国男子国家足球队能够在小组赛中进球。于是吆喝声、谴责声、谩骂声、枪击声、爆炸声等乱成一团，明就里的人，还以为网吧里正在搞军事演习。

我原本不打算参赛，可是连几个女生都去了，我不去也太没有集体荣誉感了。战斗打响了以后，才发现自己根本就是一只菜鸟。我很享受冲锋在前的快意恩仇，结果刚一现身，就被一个狙击手一枪爆头，或者被一窝蜂掷来的几颗手雷炸飞，居然不止一次栽倒在女生的手里。被虐待了半个小时，实在无趣，遂将机子让给身后一个吃吃发笑的女生，说不玩了。

“真不玩了？”她问。

“真不玩了。”我回答。

“教我买枪？”

我手把手教她买枪：B21。

“换一把行吗？见你总是端着这一把来福枪送死。”

我帮她敲击键盘，换成 B51。

“你牺牲得太早了。我不想步你的后尘，有什么可行的办法？”她朝我扬起脸问。

“不想早死嘛——”我想了想，“找一个隐蔽的地方躲起来。”

“队友全部都牺牲了呢？”

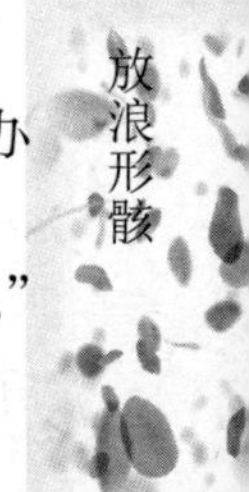

“全部都牺牲了也别出来。见到警察，就瞄准裆部，‘啪啪啪’。别瞄头，对一个新手玩家来说，瞄头的话子弹就全部打到天上去了。”

“明白。”

我拖出一把木椅，坐在“心心相印”网吧门前的一棵树荫里，无所事事地打量街上行人。怪事，脑袋晕晕的，里面好像有一团水，荡来荡去。时值下午两点半，烈日当顶，行人不多，拿马拉松打比方，也就每隔八秒就有一名选手闯过终点线的样子。女孩们大多身穿菲薄的连衣裙，或者皱巴巴的牛仔裤，也有穿迷你裙的。一旦短到大腿根儿的迷你裙出现，我就想象着起身，跑上前去观察对方的模样和张娣究竟有几分相似。

我想起一个月以前，自己和张娣一起在这附近物色旅馆的情景。一个月以来，自己居然没有踏出过校门一次。或许正因为这样，事情才恍若发生在昨天。昨天还是春意盎然，今天却热到这步田地——越想越纳闷儿。

伏在椅靠上打瞌睡时，有人重重地拍了一下我的肩膀。抬头一看，是李自由。

“干啥呢？”他问。

干啥呢？我记不起来。

“去你们的寝室找你，锁门了。原来一个人趴在这里睡觉，潇洒啊。”

“有个活动。”我记起来了，指着身后的网吧，“CS，全班同学都在。”

“董小蓉也在？”

“刚让机子给她。”

李自由默然。

“不进去找她？”我问。

“找她干嘛？要是被你们班的男生赶出来，那么多没面子。”

"脚趾都敢舔，还要什么面子。"

"有事找你。"

"何事？"

"陪我喝酒，一个人喝酒没什么意思。"

"有好事发生喽？"

"哪里。只是想出来随便耍耍。"

"要是为信的事请客，大可不必。信她收下了，可是没有好的反应。"

李自由 5 月中旬写给董小蓉一封情书，由我代为转交的。虽说李自由八面玲珑，但是在董小蓉这只猫面前，畏首畏尾得像只老鼠。

"意料中之事。"李自由不当回事地说，"去不去？"

"你请客就去。"

"走。"

*

两人搭公共汽车来到滦湾镇，钻进麦当劳对面一家川菜风味儿的餐厅。除去我俩，顾客只有一对中年夫妇模样的老外。李自由点了一盘铁板鸡丁、四瓶啤酒。我点了一盘回锅肉。

饭菜还没有上桌，李自由就独自咬开一瓶啤酒的瓶盖，"咕嘟咕嘟"的吹了起来。吹完两瓶，才意识到我也在场。

"暑假怎么过？"他问。

"没计划。"

"守校如何？有钱拿。"

"说说看？"

"住宿舍，白天无事可做，只需晚上握着一把手电筒在校园里转两圈。日薪四十块。不过在开学之前，要和学生会的蠢货们一起迎接新生。"

"吃饭怎么办？"

"自己开火，或者叫外卖。我说，这样的机会，不是人人

都有。轻松，自在。总不至于像去年暑假那样，顶着快要晒死人的太阳，像两只流浪狗一样，一起到处摇尾乞怜地找什么家教。我也是提前和勤工俭学团的一个老师打了招呼，才顺利进去的。如果你愿意，我帮忙疏通，趁现在还没有满员。如何？”

“行。”

这时饭菜上桌，两人再未多说，埋头吃菜，喝酒。我不怎么饿，动了一点鸡肉，喝完一瓶啤酒，就饱了。然后一边抽烟，一边打量餐厅外面。透过餐厅的玻璃墙，可以望见外面如织的人群、两个交警、几杆红绿灯，以及蓄势待发的车水马龙——场面酷似好莱坞科幻电影里的一个片段，又似城市这一座工厂里一道永不停歇的工序。长时间注视这些，我竟生出一种置身别的星球的奇异感。

吃饱喝足，李自由问有何安排，我说没有安排。

“一起去红灯区吼麦？”

“就我们两个？”

“叫上穗穗。”

我有些为难。

“太不够意思了吧？”李自由放大声音说，“一年下来，没有叫动过你一次。就因为张娣？”

“叫谁也不能叫穗穗呀。”我说。

“不想她？不想她那一对像吊钟一样的奶子，和那一个滚圆滚圆的屁股蛋儿？嗯？”

“想。”

“那就对了。叫她带个美女过来。”

*

我有一年时间没有出去鬼混了。一年前，经常被李自由拉去一家名叫“八点半交友会所”的一夜情酒吧。睡了大概十五个女孩以后，我开始感到厌倦，问李自由怎么不找一个固定的，每次都要绞尽脑汁，才能达到一个和陌生女孩上床的目的，不觉得很累？于是李自由把穗穗介绍给了我。我和穗穗暧昧了半年，张娣出现后才断绝联系。

穗穗大我三岁，家里很穷，在一个款爷的包养下才读完中专。中专毕业了以后，被这个款爷抛弃了，又找不到一份称心如意的工作，索性进“三毛妮”做了一名小姐。“八点半交友会所”找“三毛妮”要托。当托的穗穗和李自由通过一夜情认识。

第一次睡觉，穗穗就向我交代这些了，为了不让我赖账，不过打五折。

*

到达红灯区，已是晚上七点。下得计程车，李自由钻进街边的一个公用电话亭里，给穗穗打去电话，约好在老地方“中国城”碰面。“中国城”位于禁止大型机动车辆通行的一条大街的中央地段，是一栋教堂式的建筑，看不出有多少层，同旁边一栋七层楼的按摩城比较起来，大概八层的样子。“中国城”门前有万国旗、停车场、水池，水池底下装有氖气灯，把喷出三米多高的一朵水花染成三种颜色。我和李自由在大理石砌成的环形池沿上坐下，一边抽烟，一边等穗穗。

环视“中国城”的四周，尽皆娱乐场所：古色古香的茶楼、情调暧昧的酒吧、台词张扬的足浴城、劲歌翻腾的的士高歌舞厅——无不被霓虹灯装饰得五光十色、轮廓分明。一幢大厦的顶端，居然装备了一盏探照灯，发出一根如时空隧道一般的巨大光柱，划破夜空，游来移去。

按摩城门前，两个少女身着超短裙，正卖弄风情地朝路人打着招呼。长相都比较可爱，怎么看也都不会超过十八岁。一辆银色奔驰汽车如一头大白鲨一般缓缓地游进停车场，从上面下来三个横肉满面的中年男子。进门前，打头的男子用力地捏了一把右边少女的臀部，少女并未当回事，三个男子却同时哈哈大笑了起来。按摩城对面的一座茶楼门前，同样站着两个女孩，只是穿的都是大红色旗袍，逢人便鞠躬，绽开一副职业性的精美微笑。一个七八岁的小女孩跑到两个旗袍女孩中间，摊开双手拦住一对情侣的出路，纠缠了大约三分钟，终于将手里的一支玫瑰花卖掉了。大街上，一个匍匐在地的流浪汉把脸前的一只铁盆猛地一推，公司职员模样的一帮男女宛如受惊的马群，纷纷跳开了。流浪汉见没有人往盆里扔钱，便昂起脑袋，狠狠地磕向地面。

哪里的一只大号音响隆隆不息；哪里传来一辆救护车的鸣声。

一个身材高挑的年轻女郎，站在离我们不远的一盏橘黄色街灯下，打扮时髦，指尖勾一个褐色小钱包，脸上略显焦虑，大概正在等男朋友。等了约莫八分钟，朝我款款走来，说借火。我站起身为她点火。她像妖精吸人阳气那样吞烟，撅起下嘴皮吐雾，既不离开，又不说谢谢，而是眉头微蹙，从上往下审视我的身体。

“吹不？”她突然开口。

我无法应付自如。

“怎样都行。”她神色认真地补充，“您想怎么玩儿，就怎么玩儿。”

我避而不答。女郎识趣地折回原来位置。我望着她那依旧“在等男朋友”的身影，怀疑刚才只是一个玩笑。

*

穗穗带来的，是长沙女子大学的一个学生，名字叫薇薇。薇薇上面穿一件黑色背心，下面穿一条棕色牛仔裤，头上箍一顶没有天盖的蓝色鸭舌帽，一副网球运动员的装扮。穗穗则穿一条下摆触及膝盖的紫色碎花连衣裙，搭配格调高雅的一副手镯和银光闪闪的一条项链。两人都属于反正是一个美女，却没有理由的类型。好比电视广告女郎，带给观众的记忆，迟早会在哪天早上醒来忘得一干二净。

薇薇自我介绍完毕，四人一起钻进“中国城”。

李自由去收银台交钱。收银台一侧，五个服务生女孩整齐地站成一个“一”字，身穿黑色西装裙，白色衬衣上扎着红色蝴蝶结的模样可爱极了，俨然春耕时节，电线杆上的一群燕子。李自由交罢钱，离我们最近的一只燕子笑靥如花地啁啾：“请跟我来。”把我们领进二楼的一个包厢。包厢不大，天花板的孔隙里源源不断地淌出带有一股薄荷香味的清凉空气，装潢用的墙布同沙发一样，都是粉红色，属于刺激荷尔蒙分泌量的色调，上面贴满了颜色各异的小纸片。

在挨门的一张沙发上坐下后不久，我突然有点怜香惜玉起来，心想张娣也在这里就好了。并在脑海里推出这样一组画面：一碧如洗的天空下，一半是海水，一半是沙滩，我躺在如砂糖糕一般颗粒干净均匀的黄色沙滩上，双手抱后脑，一边眺望蓝色海面上缓缓飘动的点点白帆，一边聆听身边张娣安详的熟睡声。

画面没能维持多久，就被李自由的歌声卷走了。《中国人》，感情充沛，刚柔并济。一曲终了，薇薇抓起另外一只话筒，和李自由对唱《知心爱人》。唱罢，穗穗“吧唧吧唧”的鼓掌，我也客套地拍了两下。

“再来一曲。”穗穗提议。

李自由潇洒地打了一个响指。

两人接着唱《康定情歌》《甜蜜蜜》《月亮代表我的心》。这时间里，两个服务生女孩陆续端来四大杯茶、一盘糖果、一盘西瓜瓣和一箱啤酒。

较之于唱歌，穗穗似乎更加中意喝啤酒。她一边自斟自饮，一边和着音乐的节拍摇头晃脑，时而鼓掌，时而凑到薇薇的嘴边哼唱两句。每次在喝酒之前，穗穗都会拿一种在课堂上偷看作业的眼神瞅我，似乎在说：“一起喝呀，比比谁更厉害。”由此之故，见穗穗倒酒，我也跟着倒，她喝，我也跟着喝。拼了四瓶，我的喉咙发痒，夺门而出，冲进走廊尽头的一个卫生

间里上吐下泻。回来后，朝穗穗说了一句俯首称臣的话，她没有听清。见我没有重复，穗穗便把半杯啤酒含在嘴里，摸来门边，骑在我的身上，左手揪住我的耳朵，右手捏住我的鼻子，像屙尿一样把嘴里的啤酒全部注进我的口里了。

“刚才是在和我说话？”穗穗问。

我吞了吞喉咙，回答说是的。

“说的什么？是坏话的话，有你好看。”她死死地掐住我的脖子。

一番折腾后，我不记得刚才说的什么了。

“过得好吗？”我敷衍道。

“没说水性杨花、恬不知耻？”

我摇头。

“讨厌别人说我的坏话。”

“我也是。”

“经常听见有人指桑骂槐，所以才讨厌。”

“呃。”

穗穗攥起身上连衣裙两边的裙裾，在我身前缓慢地转了一圈。

“好看吗？”她问。

“好看极了。”我回答，“像一个魔豆。”

“一个魔豆？”

“一个打咖啡电视广告的魔豆。”

“说说看？”

“长着一对咖啡色翅膀的你，骑在一只咖啡色的纸飞机上，正在天上喜滋滋地喝着咖啡。突然，从你身后飞来一只咖啡色的大鸟，把你手中的那只纸咖啡杯叼走了。于是你手搭嘴边，朝镜头呼喊：‘还——我——咖——啡！’”

“你这个人，还是那么小孩子气。”穗穗重新骑在我的身上，不可思议似的说。

“你还是那么霸道。”

“喝高了吧？你。”

“有点。”

“在你记忆的仓库里，可还装着我的名字？”

“穗穗。”

“不是这个，是爱称。”

“玛格丽特。”

“以为你忘记了呢。”

“哪里。”

“我现在是李自由的一个模特儿，晓得？”

“模特儿？”

“人体模特儿。一个画家嘛，他是。”

“画家？”

“听说你当作家了？”

“作家？”

“是呀。”

“听李自由说的？”

“除了他，还能有谁。”

“在校报上发表一首七言绝句，也称得上是一个作家？”

穗穗耸了耸肩。一回头，又开始倒酒，勉强咽下半杯后，见李自由正在朝自己招手，便晃过去接过李自由手里的话筒。俄顷，响起《姐妹》的背景音乐，穗穗和薇薇一起引吭高歌。李自由走来我这边，把穗穗喝剩下的半杯啤酒一饮而尽。乖乖，我的啤酒杯好像变成了一只痰盂，一下子跑来两个人往里面吐口水。

“不唱歌？”李自由问。

“刚吐完，没心情。”

李自由从裤兜里摸出一盒白沙，自己口里叼一根，往我口里塞一根。穗穗和薇薇又选了一首劲歌，一边唱，一边跳，跳

的无不是一些的士高歌舞厅里司空见惯的招式：甩头发呀，摆腿呀，扭屁股呀。

“待会儿有活动。”李自由把我拉到包厢门外，一本正经地说。

“是什么活动？”我问。

“和坐台小姐共处一室，会是什么活动？能是什么活动？不过不贵，只要八十块。人家如今在五星级酒店里做事，八十块等于打两折。”

“呃。”

“车轮战。就在这儿。”

“不好吧？”

“哪里不好？以前怎么样都行，现在变成一个绅士了？”

“你在场，不习惯。”

“那么我出去。喜欢哪一个，穗穗还是薇薇？”

“随便。”

“薇薇？”

“穗穗吧。”我想了想说。

“OK。穗穗归你，薇薇归我。”

“好像在分东西一样。”

“确实。毕竟是一种交易，双方都得有东西才行。我们的东西是钞票，她们的东西是身体。承认也好，不承认也好，都是一件好东西。”

一个服务生女孩穿过走廊时，被李自由不小心绊了一下，手里的一个托盘打翻在地，收拾的时间里，把屁股撅得老高。李自由缓缓地蹲下身子，把目光投向服务生女孩的黑色西装裙底。

“穗穗是你的一个人体模特儿？”服务生女孩走了以后，我问李自由。

“最近找过她几回。怎么？”

“这人体模特儿，和小姐有何分别？”

“两码事儿。前者是一种观赏，后者是一种摩擦。观赏没什么大不了，既没有少一块肉，又没有掉一根头发。摩擦就不同了，要挥洒汗水、消耗体力、磨损神经。模特儿可以免费。小姐如果免费的话，那么就要承担责任，不承担责任就会愧疚，毕竟人家靠那个宝贝吃饭。我约穗穗出来，她就出来，叫脱衣服，出于友情上的考虑她也照做不误。如果我非要进去的话，那么就得掏钱给她。光明正大的交易。我们的关系纯洁之至。”

“你也会愧疚？”

“当然。拿传统的道德标准衡量，我算不上是一个好人。可是按自身的价值观评判，却也不算太坏。我还没有傻到一棍子打死自己的地步。那样的话，追求董小蓉的理论基础就荡然无存了。话说回来，果真要我牢牢地抓住贞操这一根稻草不松手，也确实不大可能，四周到处都是漂浮着的木头，我干吗偏偏只抓住这一根稻草呢？那是一些迂腐顽固分子的做法。我们作为象牙塔里的囚徒，活在欲望和孤独这两股势力的双重夹击下，区别在于个人的突围能力。”

“和新生女孩睡觉，就没见你愧疚过。”

李自由摇了下头，不耐烦地说：“那是第三码事。同样只是一种交易。男人提供男人身上特有的东西，女人提供女人身上特有的东西，共同换取生理状态上的平衡，开心地结合，愉快地分手，步入人生的下一个阶段，何乐而不为呢？再说那也只不过是通往人生尽头的一段过程，又不是结果，所以根本就没有必要斤斤计较。”说到这里，李自由盯住我的脸，一副不可思议的表情，“我说，你小子这几年跟我白混了，脑袋还是不灵光啊。”

“怎样才能灵光？”

“搞，和全世界的女人搞。搞懂她们，才能搞懂自身。明白？”

“不明白。”

“知道么？我有一个皮条客朋友，人生目标是睡一千个女孩，已经睡了三百多个。我呢，才一百来个。我的处事为人，在他面前简直就是阿斗。”

我叹了口气。

“那只混球有个习惯，每睡一个女孩，就抄在笔记本上。姓名、年龄、相貌、过程、感受。说是在老而不举的时候，再拿出来给自己打气。那些笔记本我见过，堆积起来，足足有五厘米厚，要是投稿到出版社，保准比《金瓶梅》还要畅销。此外还有要请教的？”

“算了。”

“那好，我这就带薇薇离开。这里交给你和穗穗。十点在楼下的停车场集合。”

“你去哪儿？”

“七楼的钟点房。”说着，李自由聚精会神地看着我的眼睛，“真的不要薇薇？薇薇的两个奶子更加了得。”

我没有回答。

*

李自由和薇薇一起离开了以后，穗穗交抱双臂，面无表情地盯着电视画面，神态幽怨，幽怨得好像刚刚参加完一场葬礼一样。我拿起一只话筒，唱了郑伊健的《爱情岁月》和《友情岁月》。《友情岁月》一曲终了，穗穗抓起遥控器，把电视机设置成静音，而后拍了一下身边的沙发，示意我过去。我过去坐下后，她立刻伸出左手捏了一把我的下面，失望地说：

“软的。”

奇怪，被穗穗捏过了之后，我的下面好像变成了长在我身上的她的一件东西。

“如果不是很想的话，那么就一起出去吧？”

“和李自由说好十点集合，现在才九点。”

“就是说，不是没有兴趣？”

我点头。

“那好，姑奶奶助你一臂之力。”言毕，穗穗扯开我牛仔裤的拉链。一阵精妙绝伦的口技表演过后，那里竖起一尊白塔。

“大功告成。”穗穗现出一副功不可没的神情，而后站起身，说，“帮人家脱嘛。”

我脱掉她身上的连衣裙。

“内衣和内裤呢？”我吃惊地问。

“扔掉了。”

“真话”

“假话。李自由打电话过来的当时，我正在浴室里洗澡，想到反正是要脱掉的，所以就没有穿喽。”

“厉害。”

“漂亮吧？”穗穗再次在我身前缓慢地转了一圈。

“漂亮。”我回答。

“以前更加漂亮哩，在十六七岁的时候。多长时间没有那个了？你。”

“十三个月。”

“十三个月？”

“上回还是在望城，和你。”

“真话？”

“真话。”

“真叫人宽心。还以为你结交了一个女朋友，就把我彻底地忘记了呢。”

“你呢？多久没有那个了？”

“七天。上个星期回邵阳老家办一件要紧的事，昨天才回到长沙。我说，十三个月的时间，比一年还要久吧？你是怎么熬过来的？打飞机？”

“正确。”

“可怜。看来，我得帮你把失去的欢乐都找回来才行。”

穗穗一边骑在我的身上，一边迫不及待似的说，“我，一天也忍受不了。忍受了七天，现在好想被你那个。别看我小胳膊小腿的，强悍着呢。”

“强悍到什么地步？”

“忘记自己是个人类。”

我有点忍俊不禁。

“别笑。感觉上来了呢，人家。”

穗穗为我戴上一只安全套。

“穗穗？”

“嗯？”

“帮个忙。”

“什么忙？”

“慢点。快不行了。”

穗穗放慢节奏。

“这样？”

“说点什么好吗？分散我的注意力。”

“你是我的心肝宝贝儿？”

“还是说你自己吧？”

“一个性欲强悍的女孩，我是。”

“补充点什么？”

“因为性欲强悍，所以才做这个。我是做这个的一块超级材料。为了做这个，特地从银河系的另一端，坐时空飞船飞来这一端。可以？”

“太可以了。”

“之前，恋爱过三次，都被臭男人甩了。所以我发过毒誓，要把全世界的男人都当做狗一样地骑在自己的胯下，就像现在这样。”说到这里，穗穗好累地趴下，咬着我的耳朵，拿一种近乎悲戚的声音补充道：“不说这个好吗？我会因为伤心而哭出声音来的。”

“不说这个。”

完事后，穗穗从我的身上移开，仰面躺在沙发上，其一丝不挂的身躯，俨然我这个强奸犯在犯罪现场留下的一具女尸。

我从裤兜里翻出手机，看了一眼时间：九点五十四分。

“走吧。”我朝穗穗说，“只有六分钟时间了。”

穿衣服时，我从裤兜里摸出一张一百元的钞票，摆在穗穗身前的玻璃桌上。

“免了。”她甩着手说。

“那怎么行。”

“就当做是我送给你的一份告别礼。”

“怎么说？”

“金盆洗手呗。”

“你要金盆洗手？”

“三个月前，亲戚中的一个长辈，介绍同乡的一个小伙和我认识。这次回家和他一起领了结婚证。下个星期摆喜酒。二十四岁了呢，我，在老家，年纪再大点就嫁不出去了。这次过来长沙，处理完最后的事，就回老家去，再也不单独出来了。”

“恭喜！”

“谢谢。”

“他知道你在做这个？”

“只知道我在长沙卖化妆品。”

“你在卖化妆品？”

“骗他的。”

“祝你们幸福。”我说，然后掏空身上所有的口袋，收集了两百七十五元，“只剩下这么点钱，就当做送给你和他的新婚贺礼吧？”

穗穗定定地看着我的眼睛，约十秒后，踮起两只穿着高跟鞋的脚尖，吻在我的额头上了。

“黄弟。”她难以启齿地说，“我记得你曾经对我说过，

之所以和我睡觉，是因为不想亏欠别的女孩。之所以给我钱，是因为不想亏欠我。亏欠我一次，好吗？”

穗穗捧起钞票，塞回我的裤兜里了。

*

回到学校，是十一时二十五分。周扒皮叫我和李自由在晚归的登记本上签字。这可如何是好？一旦签字，就得罚款一百元。求了近二十分钟的情，才好歹放我们进去。

“今天谢谢你了。”临分手时，李自由大声说。

“谢我什么？”我问。

“谢谢你陪我玩到现在。”言毕，消失在男生宿舍二栋的入口处。我则走进一栋，登上二楼，敲了敲门。

“报口号！”

“阿弥，陀佛。”我报口号。

金毛狮王从门缝里探出脑袋，左顾右盼，确定走廊里没有别人后，这才把我拉进寝室。气氛搞得特别紧张，我腾起一股为革命事业出生入死的自豪感。

进去后，我看见三爷背靠墙壁坐在窗台右边的下铺，手里捏一个单放机，耳朵上挂一副耳塞，闭目合眼的样子就像是一个正在诵经的和尚。他的上面，白无常用一个枕头把脑袋高高地枕起，看见我的目光正好停留在自己的脸上，便手搭耳背，做出一个正在聆听什么的姿势，大概想提示我什么。乔丹、黑无常、狼狗，三个人一起挤在左边挨窗的下铺，一台免提的电话机搁在躺在中间位置的黑无常的胸口，里面有女孩的声音。

见我紧紧地盯着电话机不放，金毛狮王附在我的耳朵边小声解释：白天的反恐精英游戏竞技赛结束了以后，他和正在打电话的三个家伙回到寝室里一起打麻将。宿舍熄灯了以后，点蜡烛，继续打。这回只打了二十几分钟，涉外经济学院的一个女生就打来电话，说找强哥哥。黑无常谎称“我就是”。于是女生立刻掀开骂战，左一句不要脸的，右一句没有良心的，还说了两个星期以前自己和强哥哥一起开房的事，要强哥哥负责。

“两人是什么关系？”我问。

“不知道，可能是一对露水夫妻吧。我们只对插屁屁感兴趣。”

“插屁屁？”

“是她自己亲口说的。”

“是你们打电话过去的？”我问。

金毛狮王点头：“找到‘强哥哥’了以后，她说她那边没有话费了。”

“骗子。”我断言。

李自由提起过这门行当：几个音色不错的年轻女孩找某局报装几台提供咨询服务的座机，绞尽脑汁诱惑男人，说什么想我，就打电话给我，打进的电话越多，从某局拿到的分红就越丰厚。为了延长通话时间，不惜动用一切可以动用的伎俩，包括如音乐一般的语声和放浪形骸的做派，也有传授床上功夫的。我一口气解释了这么多，金毛狮王居然无动于衷。

“可是，人家都哭了呢。”

“在电话里谁都会哭，我还学过猪叫呢。”

金毛狮王现出一脸为难的神色。

我愧疚起来，觉得好像在敲诈他。谈话就此打止。我提起一只铁桶，走去洗手间冲凉。冲凉回来，发现通话仍在继续。从音色推断，还是先前的那个女生。我上床躺下的当儿，女生说为“强哥哥”的室友介绍女朋友。话音刚落，乔丹就说我是刘得华，关芝林在吗？电话那头马上换了一个女孩，说关芝林不在，我是邱叔贞，行吗？随后，两位“影星”天南海北地扯谈：恋爱过几次啦；第一次接吻是在几岁啦；梦中情人是什么类型啦。金毛狮王克制不住亢奋的情绪，吼道：骚货，我插你！来啊，女孩回敬道，我正躺在床上呢，没有穿裤子呢，两条大腿张开着呢。乔丹江郎才尽，狼狗取而代之，又换成黑无常。对方也

不甘示弱，频繁更换人马，简直如华山论剑一般。

通话好歹结束，已是凌晨两点。也只有在这个时候，我才冷静下来，想就今天发生的所有事情做一个总结。遗憾的是，在听了这么多不诚实的谈论过后，脑袋里混乱不堪，值得考虑的东西所剩无几了。勉强可以思考的，是自己在穗穗体内一泄而出的当时，竟自我厌恶得不行，绝望得不行。何以如此呢？我扪心自问。想了半天，没有答案。而且在这样想的时间里，心情愈发糟糕起来了，辗转反侧，就是不能入眠。待诸君睡熟了以后，又提着一只铁桶冲凉去了。

第六章 岳麓山

暑假期间，在李自由的帮助下，我顺利地进到护校队。我对护校队这一校方的鹰犬组织素无好感。例如学校是大学英语的指定考点之一，届时会涌进大量的外校人员，护校队员们便都把自己装扮成一个中南海保镖的模样，站在各个拐弯的路口，或调度车辆，或引导人流，或对女生大献殷勤，或呵斥男生，遇见学校领导，便像一只哈巴狗一样点头哈腰。总之都是趋炎附势之流，岂料自己成了一个同党。

我们的职责是保证 9 月 1 号开学之前，学校的教学设施不遭破坏，设备不被盗走，为此被分成两组，轮流值夜班。每组配发一根警棒、一把手电、两支棒球棍。既没有刀，又没有枪，万一撞上一个亡命之徒，除了逃跑还真想不出别的对策。不过我们的后盾非常强大——周扒皮在下达任务的时候如此表示——藏在仓库里的家伙堪比正规军，从冲锋枪、狙击步枪，到烟幕弹、火箭筒，应有尽有。一听就知道是放屁，臭不可闻。

无事可做时，我就躺在床上背英语单词。李自由几次邀我去“八点半交友会所”，我都拒绝了。也有时和几个队友一起打麻将、赌三公；也有时去到“心心相印”网吧玩一个通宵的网络游戏。

如此一来二去，送走 7 月，迎来 8 月，我仿佛坐在一架由时光打造而成的客机上，时间如浮云，缓缓地滑过窗外，不久迎来 8 月的最后一周。此时我们都被叫去学生会，和一群自命

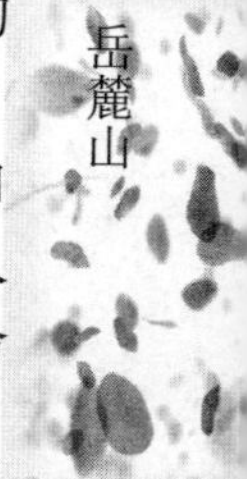

不凡的学生会干部一起，在火车站、汽车西站和南站的出站位置都打出一面“热烈欢迎新同学”的红色横幅，横幅下面撑几把阳伞，阳伞下面摆几张课桌，或为新生的家长们倒水，或指引搭车路线，或吹学校的牛皮。

说来也怪，虽然前来入学报到的新生人数不是很少，且无不汗流浃背，拖着一只或两只笨重的行李箱奔波劳顿，但是从里面找不出一张失望的面孔。何苦非要跑来这里不可呢？我纳闷儿，我是在这里待得越是长久，越是变得麻木不仁，你们到头来也可能落得同等凄惶的下场，越想越同情他们。

*

迎接新生的工作收尾后，邀李自由一起去爬岳麓山。

“晚上去，不要门票。”我说。

“没看头，去韶山，玩个两三天。”李自由说。

“也行。”

第二天一早，我给李自由所在的寝室打去电话，催动身。李自由立马反悔了，说昨晚已经和董小蓉商量好，两人今天一起去湘江钓鱼，还问我要不要去？不等李自由说完，我挂断电话。反悔倒也罢了，还想拉我去当电灯泡。

挂断电话后，我换上一套拜仁慕尼黑队的足球套装，迈出校门。

校门左方大概二十米的位置，是一家中国工商银行，中国工商银行门前的一个公用电话亭里，一个身穿橙色运动短裤的女孩正在给谁打电话，声音尖锐无比，简直如骂街一般。生娃娃后肯定是个泼妇，我想，然后穿过马路，走进吴记餐馆，从吴记餐馆的客厅里拉出一把木椅，坐在卷闸门外的水泥平台上。

“吃米粉还是炒菜？”老吴站在客厅里端的厨房门口朝我大声招呼。

“来个红烧茄子。”我大声回答。

因无所事事，跟前的马路上每驶过一辆汽车，我就扳倒一根手指。从右手的拇指开始，至左手的拇指结束。第二轮的左手刚好变成一只拳头，老吴说好了。我再次走进客厅，搬出一张餐桌，索性就在外面吃了起来。两碗米饭下肚，有人同样拉出一把木椅，在我的对面坐下。

“好面熟哟。”那人冷不丁地来了一句。

抬头一看，是先前那个在中国工商银行门前打电话的女孩。她把两只手肘优雅地拄在桌面上，双掌托腮，正拿一种鉴定艺术品真伪的目光审视我的脸。

“是在和我说话？”我问。

“是的。”她回答，言辞简洁。

女孩身上穿一件胸口印有眼镜蛇头像的无袖T恤，绿色，从中探出的两条纤细的臂膀已经被盛夏的阳光晒成古铜色。学生头，瓜子脸，眉清目秀，但并不认识。

“听你说话的口气，好像认识我？”我又问。

“是的。”女孩重复前面的回答，再无下文。

长时间被女孩注视着，我有点难为情，遂埋头吃饭。将最后一筷子茄条送进嘴里，然后从桌上的一个卷筒里撕下一片纸巾，揩了下嘴，见女孩仍然不肯离开，便从屁股兜里摸出一盒压瘪了的白沙，抽起烟来。

“能给我一支？”女孩问。

我给出一支形状比较直的，为她点燃火。她猛地吸了一口，吐出一个不小的烟圈。

“不点菜？”我问。

“吃过了，在来这里的路上。”

我点头。

“原来你就是在这里读书？”片刻，女孩伸出掐烟的右手，指着马路对面的学校大门问。

“是啊。”我说。

女孩眯起双眼，拿一种观看日出的眼神凝望良久，说：

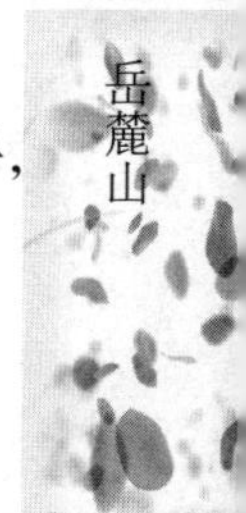

“挺气派的嘛。”

“你不是这里的学生？”我问。

“不是。”女孩伸出左手的食指，轻轻地挠了挠鼻尖，“不过马上就是了。喂，帮个忙。马路对面的东西——”女孩指着公用电话亭旁边的一口皮箱和一个帆布袋，“我一个人搬动不了。皮箱的滚轮坏了，保安又不让开来的计程车进学校里面去，打爸爸的电话，回答说叫我找一个脚力，又不是民国时期，去哪里找什么脚力。再说了，我不知道在哪里报名。”说罢莞尔，露出脸上两个小小的酒窝。

我总算明白是怎么一回事了。

“新生？”

“高中刚刚毕业。”

“四年制本科？”

“是的。本来想学计算机，毕业后做一个盗取别国国家机密的黑客什么的，却遭到爸爸的极力反对，说什么只会花钱，不会管钱，硬是把计算机改成了财务管理专业。”

我点了点头。

“怎么样？”女孩伏在餐桌上，扬起脸，盯着我的眼睛问。

“我不认识你。你说认识我，只是一个谎言，对吧？为了让我成为你的一个脚力？”

“真不认识？”

“真不认识。”

“仔细瞧瞧？”说着，女孩正了正身子，朝我抬起头，挺起胸，先是把脸缓缓地从左往右转动，接着又缓缓地从右往左转动，每转动一次，就切换一种表情。一共切换了四种表情，包括喜、怒、哀，和没有表情。我仔细留意这些生动有趣的变化，还是没有印象。

“没有印象。”我说。

女孩轻轻地叹了口气，说：“其实，我对他的印象，也不是特别深刻，不晓得究竟是不是你。”

我产生一种被愚弄的感觉。

“新生的报名时间，比老生提前一个星期，三天前就已经结束了。”我说。

“晚来几天可能会被怎么样？被五花大绑，吊在旗杆上？”

“不至于。”

“就是。若非爸爸苦苦相逼，我下个月才会来呢。”

“为何？”

“不想参加军训呗。吃饱没？”

“早吃光了嘛。”

“那么，行行好？”

我有些为难，本打算吃完早餐后去足球场练球。

“要不，我请客？”

“不——”我话还没有说完，女孩就霍地站起身，跑进厨房把账结了。

“走吧。”折回后，不容分说。

我把皮箱扛在左肩上，用左手扶住，右手则和女孩的双手一起，分别攥住帆布袋两头的提带——两人便以这样一副类似“M”的别扭姿态朝综合楼的方向步去。走到篮球场与足球场之间的岔道上时，撞见本班的五个男生。五个男生分散在足球场这边球门背后的一块草坪上，正在一起练习传球，望见我和一个美女同行，便同时打起了呶哨，听见我喊“过来帮下忙啊”，却立刻全部转过身去，装聋作哑。足球场上，整齐地排列着正在进行军训的十余支新生方阵，清一色的迷彩服，天空下尽皆绿色。

好歹走到综合楼，我已经累得筋疲力尽，遂叫女孩自己去附楼的三楼报名，我在主楼一楼的大厅里等她。我坐在皮箱上，盯着投射在地板上的帆布包的倒影达一个钟头之久，她才下来。

“好多人。”女孩过意不去似的解释。

我忍气吞声，说声“走吧”，把她送到招待所，对工作人员说一句“她是新生，请安排一下”，然后匆匆忙忙地走了。走到雕像广场，身后传来女孩的呼唤声：

“等一等。”

她跑步来到我的跟前，嘴里还喘着粗气。

我看着她不说话。尽力了，我想，再找麻烦的话就说要去解手。

“还没有说谢谢呢。”女孩仍然喘着粗气说，“谢谢你，黄弟。”

“从哪里打听到我的名字的？”我问。

“真是黄弟呀？”女孩显得非常吃惊。

“行不改名坐不改姓。”

“真的认识呀。”女孩激动地说，“还有一个叫做‘黄瓜’的绰号，对不对？”

“‘黄瓜’的绰号？”

女孩伸出右手，指着自己右脸的中间位置，朝我动情地说：“我，名字叫做王静。以前在这个位置上有一个疤的王静，你不是说，它看起来就像是一条蜷缩起来的蛔虫么？一年前，网吧，瓦屋，席梦思。记得？”

“袋鼠？”半晌，我记起来了。

“正是。”

“可是你的脸？”

“冬天做了一个既成功，又完美的脸部修复手术来着。”说着，女孩轻轻地拍了拍右边的脸蛋，“变漂亮了，对不对？”

“对。”我赞成。确实变漂亮了。

“嗯，好像重生了一样。不过，别叫‘袋鼠’，多风马牛不相及呀。这次原谅你，下不为例。人家现在，可是一个如假包换的大美女。”

“不叫了。”

“黄瓜，明天有空？”

我说有空。

“我请你吃饭，作为对你今天帮忙的答谢。好么？”

“不用那么客气。”

“不答谢多不好意思呀，毕竟浪费了你一个上午的时间。明天下午四点钟。地点嘛，老地方。别说你的女朋友是一只母老虎，看见你和别的女孩共进晚餐，就把你吃掉。嗯？”

“老地方？”

“就是我们久别重逢的那家餐馆。”

“可以是可以。可是——”

“就这么决定了，明天见。”说完，王静在脸旁七厘米的位置抓了抓手指，表示“拜拜”。

*

第二天，我准时来到吴记餐馆，等了三十几分钟，也不见王静的身影出现，于是去到招待所，问她人呢？回答说昨天晚上学生会来了一帮人，把新生全部接回宿舍了。从招待所里出来，我打算去男生食堂等待五点半开始的晚餐，穿过足球场，快要走到升旗台的时候，身后有人呼唤我的名字，回头一看，是王静，身穿一套松松垮垮的大号迷彩服，不胜吃力地朝我跑了过来。

“吃饭的事，实在对不起，想不到今天就被捉来搞军训。”

王静一边解释，一边表现出一副马上就要跪下的样子，我赶紧上前，扶她到旁边的升旗台上坐下。她哭丧着脸，接着说：

“上午中暑了，眼前突然出现好多星星，然后就不省人事了。醒来的时候，发现自己正在被几个同学大灌盐水。刚才又有好多星星出现。”

我没有表示什么。

“讨厌军训。”王静抱怨道。

“训练多久？”我问。

“两个星期。汇操表演定在下个星期五。”

“我进校的时候，训练了两个半月。”

“训练了两个半月？那也太法西斯了吧？那帮家伙怎么不干脆把你抓去当兵，或者把学校的名字改成某某部队呢？”

“那帮家伙是指？”

“学校的头头们呗。”

“呃。”

“岂有此理，天没亮就得起床，早餐时间只有区区三十分钟，中午只休息一个半小时，下午也只休息两个小时，晚上还要搞哪家子的培训。你说，用得着这么玩儿命吗？好像在和时间赛跑一样，又不是赶着去哪里投胎。几点了？”

“四点五十五。”

“五点半下操，到时我在这里等你，一起去学校的外面吃晚饭，我请客，不然就食言了。”

王静的语气里没有商量的成分，我说“行”。

“就这么决定了，我晒太阳去了，你回寝室吹风扇去吧。刚才，看见你从旁边经过，我向教官撒谎说头晕，只请假五分钟。超过五分钟，肯定会被教官罚站马步的。回头见。”说罢，王静站起身，往前走出三四步，又想起什么似的退了回来，盯着我的脸问：

“回头见？”

“回头见。”我说。

王静所在的新生队伍，位于我二十米开外的正前方。只见她无精打采地“报到”，教官喝令“重复”，她提高音量再次“报到”，教官这才让她“归队”。王静俨然一件格格不入的物件，插进第一排的偏右位置，队伍随之波动，转瞬恢复平静。

后来的时间里，我一直坐在升旗台上，感受风的轻柔，凝眸烈日下的军训方阵，聆听新生们嘹亮的口号声，欣赏王静投手举足的样子。队伍每次向后转，王静就朝我甩手，大概是说：“太阳大，回去吧。”

王静不适合待在那里，我想，如果非要挑出一名队员扮演童话里的青蛙角色不可的话，那么肯定非她莫属，任何时候都是一副气鼓鼓的模样实在太像了。很快，五点半到了，教官大声说“解散”，众同学都在“啪啪”的鼓掌，唯独王静连手指也不动一下，径直朝我走来，在我的身边坐下后，依旧耷拉着身子，不怀好意似的盯着我的脸。

“困？”我问。

王静轻轻地点了下头，而后拿一种俨然被抽去骨头的软绵绵的声音埋怨：

“教官老是指责我，同学们都在笑话我。”

我想起刚才走正步时，她甩同臂手的样子，也想笑，但忍住了。

“那帮人，全部都是冷血。哼，人家今天才来，少训练四天。既然训练得不久，就当然走得不好喽。干吗非要讥笑人家？连教官也跟着笑。”

我不好发表看法。

“饿吗？”半晌，我问。

“饿。”王静依旧拿不带任何生气的声音回答。

“走吧？”我提议。

“你能背我吗？”

我没有背王静，她也没有请客。走进吴记餐馆，由于正值吃饭时间，所以前来就餐的顾客不是很少。我和王静坐在靠近卷闸门的位置，等了二十几分钟，老板娘端来清蒸鲫鱼、牛肉片、回锅肉等三份我们点的菜，又陆续端来免费赠送的一盘黄豆芽和一碗西红柿蛋汤。就在我举起一只调羹，准备伸进碗里舀西红柿蛋汤喝的时候，王静突然起立，慌慌张张地掏身上的衣兜，说“坏了坏了”。

“怎么了？”我问。

“忘了带钱。”

掏空衣兜，又掏裤兜，看情形，怕是连脚下的一双解放鞋

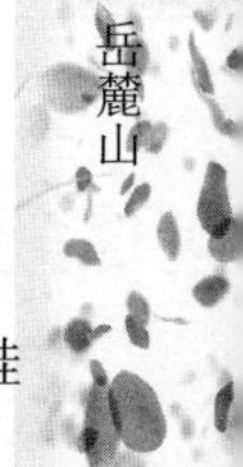

也要脱下来检查一遍。我慌忙说算了算了，我请客。

“回宿舍去拿？”

“别！”我一把扯住王静的后衣领。因为她的左腿已经跨出门坎，摆出一副百米冲刺的架势了。

“占着位子却不吃饭，站着的人会不高兴的。”我好言相劝，“再说也花不了几个钱的。”

王静忸怩几下，终于坐下了。我舒了口气。期间，食客们都朝我们投来怪异的目光，怕是以为我追求她，她不领情，于是我纠缠不清。

两人一边吃饭，一边聊天。聊得很不轻松。王静像警察逼供似的盘问，我像犯罪嫌疑人招供似的回答——便是这种模式的聊天。修习的是什么专业？有色金属冶金；班上有多少学生？五十三；男女比例是多少？四十二比十一；有没有女朋友？没有。接着打探我所在寝室的门牌号码和座机号码，以及我的手机号码。王静找老板娘借来一张点菜用的便签和一支圆珠笔，将这些信息全部抄下来了以后，打开身上绿色迷彩服的拉链，把便签塞进左边的内兜里了。乖乖，迷彩服里面什么也没有穿，跳出大半只古铜色的肉球。重新提上拉链后，王静盯着桌上的那盘黄豆芽，“噫”了一声。

“有毒。”

“有毒？”我莫名其妙。

“看颜色。”

“颜色怎么了？”

“黄豆芽本该呈黄色，它却白得可以，像是一盘绿豆芽。估计被药水泡过，不能吃，会长癌的。”

说的似乎有点道理。我碗里的黄豆芽吃还是不吃呢？左右为难。

“倒掉？”我请教王静。

“没被药水泡过的话就不用倒。”

“不是说被药水泡过吗？”

“炒熟了以后，鬼知道有没有被药水泡过，最好跑去厨房瞧一瞧。”

我不想那么费事，索性把碗里的黄豆芽统统擀在桌面上。

“西红柿也不对劲。”王静接着说。

“有毒？”

“是的。”

“被药水泡过的话就有毒，没被药水泡过的话就没有毒。对吧？”

“被药水喷过的话才有毒。西红柿只能喷，就像手里握着一瓶杀虫剂去哪里喷杀蚊子那样喷。不能泡，一泡就稀巴烂了。”

“也瞧颜色？”

“是的。不过，从表面上瞧不出来，要把西红柿切开，瞧里面。肉是红色的，没有毒。是绿色的，有毒。一些菜贩子不想错过商机，就把药水喷在不红，或者不完全红的西红柿身上，几天过后，西红柿的表面变成红色的了，里面却还是绿色的。”

“也是长癌？”

“吃了被药水泡过的黄豆芽可能会长癌，吃了被药水喷过的西红柿会不会长癌我不知道。反正都不怎么干净，最好还是别吃。”

“跑去厨房瞧一瞧？”

“这里瞧得见嘛。”说着，王静用筷子从西红柿蛋汤里夹起一片西红柿，凝眸片刻，说“没有毒”。我这才松了口气，自己已经喝下好几口西红柿蛋汤。

“鲫鱼，牛肉，回锅肉，都没有问题吧？”我举一反三。

“肉类了解得不多。不过，既然是动物，就都有可能生病吧？比如指环虫、艾美虫、蛔虫、绦虫、母猪肉。反正，病鱼病牛病猪的可能性都不是没有，少吃为妙。”

得得，搞得我食欲锐减。

“不吃了。”我丢下手里的筷子。

“吃饱了？”

“吃饱了。你呢？”

“你觉得呢？”王静反问。

王静把腰背挺得笔直，两条手臂服服贴贴地搭在桌面上，似乎想告诉我，她前生是罗马学院的一个修女，她当时就是以这个姿势，被异教徒绑在一张铜椅上活活烧死的。饭碗被推向桌面的一旁，里面的米饭颗粒未动。

“想喝酒。”

我吃了一惊：“你还要参加军训吧？”

“参加军训才好嘛，最好喝它个天花乱坠，连教官也拿我没有办法。”

无奈，我叫了两瓶啤酒。王静呷着啤酒，将牛肉一扫而光，鲫鱼和回锅肉也都动了大半。吃饱喝足，说要可乐，我又叫了两瓶非常可乐，一人一瓶。可乐喝到一半，一下子涌进三四个人，客厅里拥挤不堪，于是我把账结了，出到卷闸门的外面，和王静一起并肩坐在靠墙的一条长凳上。

“下个星期六，请你吃大餐。”王静不看我地说。

“好的。不过，下回别再说毒呀病呀之类的，好吗？”

王静没有回答我的问题，而是出神地望着马路对面的学校大门。马路，马路两边的街树，中国工商银行以及中国工商银行门前的公用电话亭，全部笼罩在一片阴影里——吴记餐馆后面的一个山头投下的。唯独凹进去的学校大门，俨然负隅顽抗的一个什么，正在同阴影殊死搏斗，殊不知它的太阳神已经沦陷。学校大门的下方，身穿迷彩服的新生，刚刚返校的老生，都进进出出，穿梭在明暗两种色调里。

接近七点时，王静说声“走吧”，拉着我的一只手臂穿过马路，钻进校门。走到十字路口时，王静难以启齿地问我是不是真的没有女朋友。

我说是的。

王静笑靥如花，朝综合楼的方向步去。我则朝相反的方向，钻进“南湖”公园，坐在一年前张娣坐过的石凳上，一边不停地抽烟，一边思忖张娣现在怎么样了？直至夜幕完全拉下。

*

开学后的第三天，我告诉生活委员，可能有我的一封书信寄来，能不能把信箱的钥匙暂时交给我保管。她说可以，去广西实习之前还给她就行。

从株洲寄信过来，即便是平信，也只需要两天时间，最多三天。如果张娣所在的学校也是在9月1号开学，她在2号写信的话，那么我在4号，也就是星期三就能够收到。

我每天都去收发室，上午九点一趟，下午四点一趟。打开信箱，取出信件、报纸、明信片等物品，利用上课之前的时间发给同学，可里面就是没有自己的。

星期六吃完早餐，我依旧赶去收发室，不料没有开门。我这才记起收发室星期六是不会开门的，星期天的下午开门。因无所事事，便去到图书馆三楼的一间阅览室，从书架上抽出一本《中国电影博览》，坐在阅览室末排的一个位置。《中国电影博览》读到一半，“啪”的一声，坐在我的对面，和我使用同一张阅览桌的一个女生连人带椅摔翻在地。响声本身就很大，阅览室里又安静,加上产生的回音,结果声音好像被放大了三倍，所有人都被吓了一大跳，朝这边看来。女生耷拉着脑袋，坐在地上一动不动，怕是摔得相当不轻。坐在她旁边的一个男生伸手去拉她，被她甩手拨开了。约三分钟后，女生自己爬了起来。我这才看清楚她的脸，是王静的脸，目露凶光，逼视我片刻，出门了。在一楼的大厅里被我追上时，仍旧脚步踉跄，两边的眼角都挂着泪珠。

“要去医务室吗？”我一边追一边问。

“不用你管。”王静冷若冰霜地回答。

出得图书馆，是一段徐缓的下坡路，王静几次都险些栽倒。我快步走到她的身前，蹲下，说“背你”。背王静走去医务室的途中，我尽量绕开人群，看见熟悉的面孔，就埋头掩饰过去。

“疼吗？”我问。

“摔得再重一点的话，我的屁股就没有了。”

“哼都没有哼一声，真勇敢。”

“怎么好意思哼喔，有那么多同学在场。换一个地方试试？别的学校，或者学校外面的哪里，我保证大哭大闹两个小时才肯罢休。”

“本来好端端的，你怎么就摔跤了呢？”

“我还没有问你呢，怎么不过来扶我？”

“不知道是你。而且扶你的那个人，不是碰钉子了么？”

“我就知道，你根本就没有注意到我。在我坐下的时候，你连头也不抬一下，所以我打算撬动屁股下面的椅子，发出一点声音吸引你的注意。结果掌握不好平衡，翻船了。”

“原来如此。”

“早上打你的手机，提示说关机。打你们寝室的座机，回答说你不在，问去哪里了，回答说不晓得。后来我灵机一动，又打电话过去，问你平时都喜欢做些什么。回答说要么在足球场上踢球，要么在图书馆或者教室里看书。这不，从足球场找到图书馆，从一楼找到三楼。”

“手机没电了。”

“呃。”

“不要紧吧？以前看见别人在足球场上摔过跤。顶头球时，被对方的一个球员撞了一个倒栽葱，摔折脖子，一命呜呼了。”

“拜托，别咒我死。”

“没有咒你，只是担心。”

“摔得好不光彩。”

“是啊。”

“还好有人学雷锋。”说着，王静摸了摸我的脑袋，“雷锋叔叔，辛苦你了。”

“不辛苦。对了，找我有什么事？”

“找我有什么事？”王静鹦鹉学舌，“喂，你是装傻？还是根本就没有把我王某人放在心上？说好今天请你吃大餐的呀。”

我本想说忘了，但转念一想，觉得不该说实话。

“时间还早嘛。”我回答。

到得医务室，我把王静放在医务室门前的一条走廊上，叫她自己进去检查伤势，我在外面等。

“不嘛。”

“怎么？”

“人家这是内伤，医务室肯定医治不了，得找一家大医院。”

“你的意思是，去学校的外面？”

“是的。”

“怎么不早说？从图书馆到这里，比到校门口远了一倍。”

王静沉下脸来。我意识到自己的语气重了一点。

“先进去检查一下吧？”我好言相劝，“情况万一不妙的话，再去学校外面的大医院。”

“算了。”

“算了？”

“我还没有吃早餐呢。你陪我一起去学校的外面吃中餐？”

“可是你的伤？”

“不要紧。”

“不行，检查好伤势再说。”

“真的不要紧。”说着，王静像跳绳那样在我身前跳了两下，又像参加接力赛跑那样在走廊里奔跑了一个来回，“看到没有？说了不要紧。”

两人步行来到距离学校三里左右的一家酒店，不等王静开

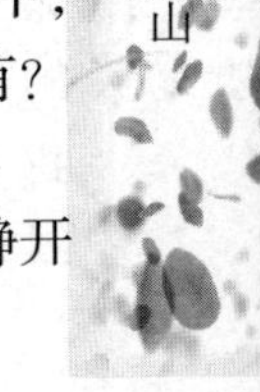

口，我就叫了三个主打菜和一箱啤酒，上菜后，独自吃了起来。是的，我不悦，不能说我小肚鸡肠，而是王静在挑明了事情真相以后，居然连半点表示也没有，哪怕说一句“对不起，我戏弄你了”，我的心情也会稍微好些。两瓶啤酒下肚，我把这种不悦说了出来。

“别不分青红皂白好不好？”王静反驳道，“对，看见你从图书馆的三楼追了下来，我是马上装出一副瘸腿的样子，还拼死拼活地挤出两滴眼泪。可是，我并没有叫你背我吧？并没有说非要去医务室不可吧？是你自己从一开始就把我的话当做耳旁风，所以才会产生这些过节，最后居然还厚着一张脸皮来责备我。”

我忍气吞声，埋头吃菜。王静则猛灌啤酒，连续喝完三瓶，大概是酒精作怪，开始喋喋不休，什么两人第一次见面如何呀，再次见面又如何呀。我似听非听地听着，必要时才附和一声。

“不觉得很浪漫？”王静最后问。

“浪漫。”我回答。也不知道她在问什么浪漫。

“这样的桥段，电影里才出现得了吧？”

“呃。”

“知道么？去年，你送我离开的那个夏日傍晚，我有一种预感，一段时间过后，我还会见到你。可能过几个月，也可能过几年，或者几十年，但一定会再次见到你。”

“呃。”

“我是这么想的：如果不能再次见到你的话，那么我就一直不嫁人，毕竟我身上的哪个部位都被你看了，只差让你举着一只放大镜放大了来看——这样想了不下二十回。所以，报名那一天，我一眼就认出那个臭小子可能就是你了。之前好纠结的呢。因为我同时也在想：假如，在时光流逝了几十年以后，我才实现和你重逢的愿望，那么我应该怎么办呢？到了那个时候，你的儿子，你的儿子的儿子，你的儿子的儿子的儿子，加起来应该可以住下一整栋大楼了吧？而我，成了一个孤苦伶仃的老处女。你还会记得我么？还会记得六十年前那一个炎热的夏天，和自己一起裸睡的那个女孩么？记不记得呢？”

“我没有裸睡。”

“知道。记不记得嘛？”

“记得有那么一回事。可是，要准确记住你的样子，恐怕不大现实。这才过去多久？一年。你不提醒，我肯定想不起来。”

王静显得有些失望。

最终，王静喝了六瓶啤酒，我五瓶。肚子里再也装不下东西时，我的脑袋几欲胀裂，皮肤麻木不仁，身上好像裹了一层保护膜，从五楼跳下也不至于会受伤。王静也好不到哪里去，潮红满面，一副风情万种的样子。王静邀我去河东瞻仰革命烈士纪念碑，我拒绝了，理由是外面正在下雨。王静一口咬定依然是阴天。于是两人打赌，谁赢听谁的。走出酒店，外面果然正在下雨，虽然不是很大。

“没有说错吧？”我得意地说。

“你是怎么知道的？”王静指着我的下巴，一边左摇右晃，一边醉醺醺地问，“你是哪路神仙？”

“我不是神仙。我只知道，我们现在最需要做的，就是一起回到学校，然后分别洗个澡，睡一觉。”

“不嘛。”王静说完蹲了下来，呆头呆脑地仰望马路上方的毛毛细雨。她上面穿一件背部印有一只红色大苹果的紫色T恤，下面穿一条低腰蓝色牛仔裤。牛仔裤扣得不紧，露出一道幽暗的臀沟和一小半屁股瓣儿。同样立在檐廊里避雨的两名中年男子，不时盯住那里。我在心里叫苦不迭，上前挡在王静身后。

“除了学校，”良久，王静仍带着醉意说，“去哪里都行。”

“岳麓山？”我征求王静的意见，“如果是从中南大学里面进去的话，那么就省了两张门票钱。”

“听你的，就算你现在跑去橘子洲大桥，从桥的正中心一

头扎进湘江，我也跟着往下跳，来个以死相许。”

“哪天活得不耐烦了，就按照你刚才说的话去做。”

“记得叫上我。”

“一定。”

两人钻进酒店隔壁的一家超市，买了一把雨伞和一袋五香瓜子。从超市里出来，拦住一辆计程车，吩咐司机在中南大学的西门下车。从那里，沿升华大道前进了约莫八百米，之后向左拐弯，穿过几栋不高的建筑，两人便攀援在通往岳麓山顶的一条岩道上了。岩道弯曲，又陡又窄。立在山腰上歇脚时，“轰隆”一声雷鸣，震得地动山摇，雨势陡然增大了，如烟头一般大小的雨点“哗哗啦啦”的落下，恍若成群结队的小鸟在树林里拍打翅膀。王静朝我皱起一对清秀的眉毛，说：

“憋不住，怎么办？”

“什么憋不住？”我问。

王静用双手捧住腹部，难过地说：

“解手。”

我举目四顾，希望能够望见一栋带有厕所的民宅。然而除了树林，还是树林。由于下雨，雾气弥漫，上山的道路拐了个弯，隐没在一堆繁枝茂叶里，下山的梯道宛如坠入谷底的一副绳梯，被雾气吞并了。注意到时，脚下传来一阵湍急的出水声。

“放出来，舒服多了。”王静扬起脸，朝我绽开一副如一朵盛开的桃花一般的灿烂笑容。

我移开视线，看见一股黄色的液体混和在浑浊的雨水里，顺着梯道旁边的一条泥沟潺潺流淌，不由得心想：倘若下面正好有人，看见这些泛着泡沫的东西从身旁流过，会作何感想呢？

完事后，王静蹲在原地不动，还拉扯我的右手，示意也蹲下。如此这般，两人背靠背，一起蜷缩在拉低的雨伞下，任凭外面风吹雨打，颇有一种置身帐篷的感觉。

“害怕打雷吗？”我没话找话。

“不怕。在我八岁那一年，被雷劈死过一次。”

“不可能吧？”

“那天，我和小伙伴们在老家的院子里一起跳房子。跳房子，知道的吧？就是用一片石灰块儿在水泥地上画几道格，扔一块扁平的石头在格子里踢来踢去。天气本来很好，蓝天白云，艳阳高照，可是不知怎么的，从半空中突然下来一道闪电，把我弹飞了，昏迷了一个星期，醒来了以后，身上多了一种电免疫功能。”

“电免疫功能？”

“一个绝缘体。”

“有这等事？”

“嗯，我是一个百分之八十五的绝缘体，一百一十伏的电压也好，二百二十伏的电压也罢，就算是一根三百六十伏的电线抓在手里，也安然无恙。再高的电压倒是没有试过。正因为这样，邻居们才隔三岔五地找我：‘静儿，我家照明的电线被老鼠咬断了，家里没有电工工具，你能用手指帮忙接一下么？’从小到大，这样的好事做了不下五十件。哪天有机会，免费表演给你看。”

“好的。”

“这你也信？”王静吃惊地问。

“开玩笑？”

“肯定的呀。不过有一个老家倒是真的。”

“在哪？”

“湘乡。初中以前，我被寄养在那里的大伯家。初中毕业了以后，才搬来长沙，和爸爸一起住。爸爸在这里有一家公司和一套别墅。”

“妈妈呢？”

“在我记忆的仓库里，根本就没有妈妈。”

透过王静的背，我感受到一股温暖的体温，一股似曾相识的暖流涌遍我的全身。我想起四个月以前，自己和张娣在学校外面一起投宿时的情景，竟悲哀得难以自已，于是把两只手掌探进雨伞外面的雨里，淋湿后擦脸，重复了一次，正要擦第三次，听见王静在抽鼻子。

“怎么了？”我关心地问。

“感冒了。在我解手的时候，你没有撑好雨伞，淋了人家一屁股的雨。”

“感冒应该不会这么快吧？”

“别狡辩好不？又没有责怪你。”

“呃。”

“喂，不觉得这个地方很有趣？”

“怎么说？”

“猜猜此刻的我，正在想什么？”

“猜不出。”

“野战。”

“什么野战？”

“当然就是打野战喽。这里没有别人吧？荒郊野岭，孤男寡女，钻进树林，脱光衣服。哇！光是想一想，我就兴奋不已，不信你摸摸？身上烫死了。”

我当然没有摸她。

“知道么？你和我这样背靠背，勾起我对一部片子的回忆。大概也是这么一个地方，一个男孩，一个女孩，一起睡在我们脚下的这块石板上，观音坐莲，挥汗如雨。女孩运动时的叫声吓飞了树林里的小鸟。唔，说不定就是在这里拍摄的。”

好一个语出惊人的女孩。

“还有一部片子。两个大块头男人，一个小不点女人，双蛇入洞，骑在故宫里的一张龙椅上。也有老汉推车，趴在八达岭长城上的。既然好地方都被别人占领了，那么我们待会儿去爱晚亭吧？扒光我身上的衣服，把我捆在一根亭柱上，你想怎么着，就怎么着，拔出你裤子上的皮带，使劲地抽我都行。”

“开玩笑？”

“嗯。不觉得有趣？”

“那种片子看多了吧？”

“是呀是呀。上高中的时候，经常不穿裤子，坐在卧室里的一张沙发上，对着电脑里的运动镜头。哇！真是不得了，一个简单的行为，那帮人居然想得出几十种姿势，五花八门，跟杂技表演似的。其实，我也不是特别好色，无非想多学一些技巧，让未来的男朋友不要那么快地抛弃我。”说到这里，王静轻叹一声，“可惜，枉费心机。”

“怎么说？”

“没有人爱呗。脸上有个疤，全世界的男人看到我，都像看到一只蛆似的，谁还有兴趣和我亲热呢？莫非当初的你有兴趣？”

“没有兴趣。”

“就是。所以，做完脸部修复手术，我着实松了口气。心想苦日子总算是熬到头了，等待我的，将是像丑小鸭变成白天鹅那样的新的人生。对了，那个时候的你，怎么就收留我了呢？面对当时那么丑陋的一个我。”

“注意到别的地方去了，注意到你的脸时，已经追悔莫及了。当时怎么回事？死了三个人，你又被伤害成那个样子。”

“打群架。我们一帮人，从酒店里出来，刚走进网吧，就被另外一帮人砍了。”

“如此说来，死者都是你的朋友？”

“谁说的，巴不得他们死光光呢。”

“怎么说？”

“那段时间，我无家可归来着。不想参加高考，爸爸却逼着我去。我于是离家出走，整天上网、逛街、睡马路，打算流浪几个月以后再回家。那天，撞上同校的五个女生。游手好闲，

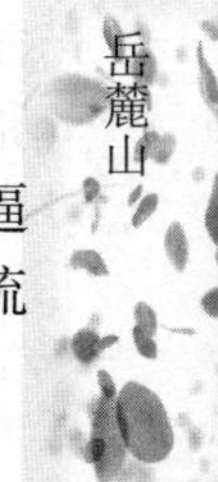

整天和社会上的流氓混在一起的女生。那些女生，简直就是脑残、乌龟王八蛋、神经病。在学校的时候，就没少欺负过我，总是做出一些叫我跪地求饶的事。比如放学了以后，拉我到一个没有人的地方，逼迫我脱衣服，一起轮流抽我的耳光，要是觉得还不尽兴，就在我的脸上涂满牛屎，用一台照相机拍下来，发布到互联网上。不止这些呢，有时还拉着我去一条热闹的大街上裸奔。”

“你照做了？”我吃惊地问。

“不照做不行的，她们有更恶毒的法子。”

“以为真的只有我一个人看过你不穿衣服的样子。”

“你这是在吃我的醋吗？在跟那一帮坏蛋女生吃醋？”

“算是吧。”我说。

“真叫人开心。那又不是我自愿的，怎么能够算数呢？这些事向别人说起，还是第一次。替我保守秘密啊。因为我的那些裸照，至今还在网上流窜着呢，今晚去我家，打开证据给你看，保证让你流鼻血。一直不敢告诉别人，连爸爸都不知道。事情传播开来，我自己丢脸不要紧，毕竟不是自愿的。可是影响不好呀，担心学校承受不了舆论方面带来的压力，而把我开除。再说了，果真露馅了，她们被抓，出狱后肯定第一个找我的麻烦。我就亲眼看见过她们，把一大瓶五零二胶水强行滴进一个女生的耳朵里。

“不过那天还好，她们只是拉我去到酒店，轮流给我灌酒，同来的四个男生也只是叫我趴在地上学狗叫。后来发生的事，你都看到了。肯定是被哪个仇家追杀，他们在哪里都有仇人。统统死光，那才叫报应呢。幸好有你，不然，我那天的下场就很难说喽。从你那里离开了以后，我复读了一年高三。这不，考进你们学校。”

“他们现在还找你的麻烦？”

“九个人，死了一对，其他的后来搞飞车抢劫，被警察带走四个，剩下的三个跑路了。不过应该认我不出了吧？我变样了嘛，毕竟。此外还有要打听的？”

“看那种片子，就不怕被家里人发现？”

“家里人只有一个爸爸，他一般待在公司里。他那个人，除了学习，其它任何事情都对我听之任之，好像亏欠我什么似的，我稍微发点脾气，他就委屈得像个孩子，要么一支接一支地抽烟，要么一个人喝闷酒。不过爸爸于大前天的前天死了。”

“上个星期还和爸爸通过电话吧？他怎么就？”

“阎王要你三更死，谁敢留你到五更。”

“怪不得这几天，军训场上没有看到你。回家奔丧？”

我的问题王静没有回答。

“爸爸留下一栋别墅，一个搬家公司，一本三百万存款的存折，两腿一伸，走了，不要我了。我现在，身边既没有一个亲人，又没有一个朋友。你呀，朋友呀，关心爱护我呀，看在你我有缘的份上。我很脆弱的。”

“看不出有多脆弱。”

“虽说我今年才二十岁，可也算得上是一个小富婆，找一个像你这种档次的男朋友，应该手到擒来。”

“同感。再没有其他家人了？”

“除了我自己，还有一只由于长期没有人照顾，而整天流浪在外的黑狗，名字叫‘哮天犬’。”

我称赞狗名气派。

“你呢？不看那种片子？”王静问。

“来长沙的头两年，经常去一家名字叫做“月亮岛”的录像厅。现在倒是不去了。”

“为什么？”

“亢奋期一去不复返了。”

“是么？把我的亢奋期分给你一半？”

“怎么分？”

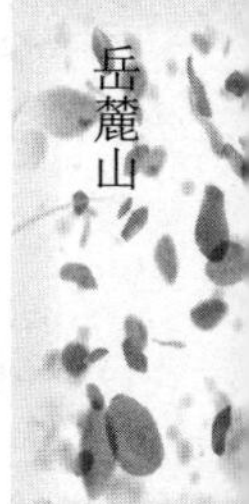

“去我家，我拿出最精彩的和你一起欣赏。什么名堂都有：人和狗、两根棒棒的男人、三只咪咪的女人，全是吉尼斯世界纪录，保证让你大开眼界，亢奋不已，亢奋得非要掏出家伙把我强暴了你才肯罢休。”

“在哪里找的？”

“网上。四个存储盘，八十G的空间，全部都是那种货色。”

“厉害！”

“今晚就去，好么？”

“改天。”我敷衍道。

*

注意到时，雨已完全止歇，连毛毛细雨都没有留下。我收起雨伞，和王静一起再次攀登了约莫十五分钟，眼前赫然出现一条左右走向的水泥公路。踏上水泥公路，视野变得开阔了，回首上山的出口，隐没在一片绿叶丛中，几乎觉察不出。

虽说我在岳麓山下待过三年，可是上到山顶，还是第一次。王静也说自己只是在高一那一年，坐爸爸的面包车来过一回，连车都没有下。因此两人都不知道应该走哪边。哪边通往禹王碑和爱晚亭呢？我建议往左，左边可以望见长沙电视塔的塔尖，从那里可以鸟瞰整个长沙市容亦未可知。王静说右边深邃，肯定有惊喜，结果当然女士优先。

由于刚下完雨，公路两边连绵不绝的树林，焕发出一派勃然生机，空气中也仿佛只剩下清新和美好，污垢都被雨水这把神奇的筛子过滤掉了。环顾四周，阒无一人，云层诡谲，一轮红日悬挂于西天。此情此景，给我一种踏上一片从未有人涉足过的新土地的奇异感，就连叶尖雨水的滴落声，枝头小鸟的啁啾，也都仿佛来自另外一个世界。

几个徐缓的斜坡过后，公路消失了，取而代之的，是一座园林的大门，大敞四开。站在园林的门口，可以望见里面一大片人工栽种的茂密花木。王静说声“逛逛去”，拉着我的手在花木丛中穿行了不到五分钟，便被一只个头有我一半大小的黄毛老狗挡住去路：“汪汪！汪汪！”王静被吓得尖叫一声，慌忙跳到我的身后，捉住我的衬衣后摆，跺脚不迭。我捡起脚边的一枚石块，奋力掷去。被石块击中脑袋的黄毛老狗闷哼一声，逃之夭夭了。两人再也不敢前进。

后来的路线，我记不确切了。好像从园林出来了以后，两人走了一段回头路，然后顺着一条羊肠小道下山，闯进一片阴森森的树林。正当我们以为永远也无法走出这片树林时，眼前赫然一亮，出现一个有水塘有长廊的如水榭楼台一样的地方，古色古香，颇为雅观。此时两人早已疲惫不堪，也失去了观光的雅兴，索性趴在长廊旁边的一条大理石栏杆上休息。

“我知道这里是哪里。”半晌，王静突然开口了。

“是哪里？”我问。

“快要下山了。如果我的记忆没有骗我，下面就是湖南大学。”

“到湖大了？”我吃了一惊。

王静伸出右手，指着大理石栏杆的下方，比划着说“一年前，你就是从那里，救我出来，然后从那里，逃走，最后从那里，回去的。”

下方除了树林，一无所见。

“今天的岳麓山之行，算是彻底的泡汤了。所谓的景点，都遁去哪里了呢？”王静看着我的眼睛问。

我说不知道。

“如果听你的，或许就不至于白走一趟。生我的气？”

“没什么好生气的吧？下山不是挺好么？早点回到学校休息。”

“真要回去？”

我掏出手机，看了一眼时间：“都五点了。”

“再聊点什么吧？”

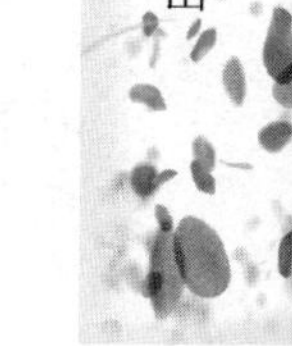

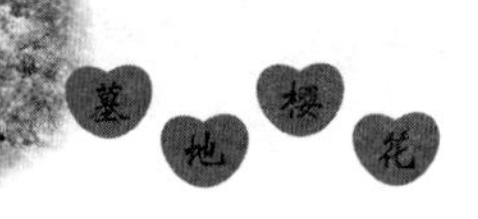

“聊什么呢？”

王静夺过我手里的超市购物袋，掏出里面的五香瓜子，用牙齿在五香瓜子包装袋上撕开一条口子后，将里面的瓜子悉数倒在栏杆台上。王静一边嗑瓜子，一边说：

“讲个故事给我听。你不是很喜欢泡图书馆么，可有读到耸人听闻的故事？”

“什么类型的？”

“爱情。我这个年龄段，只对爱情感兴趣。把我感动得泪流满面，扎进你怀里乞求安慰的那一种。”

耳闻王静嗑瓜子的声响，我产生一种“应该来点什么”的欲望。

“可以吸烟么？”

“当然。”

我一边吸烟，一边讲述曾经读到的一篇长篇小说。算不得了不起的小说。作者的名字忘记了，只记得好像是台湾的。小说的名字倒是记得特别清楚，叫做《百年之愚》。之所以记得这么清楚，是因为《百年之愚》带有一种自嘲的味道，而带有自嘲味道名字的小说，代表着我嗤之以鼻的少数事物。行文佶屈聱牙、半文不白。内容和行文贴近，属于旧时风月小说的翻版。更加糟糕的是，作者刻意追求行文与时代感上的统一，随着情节在年代上的推进，朴实的白话文亦跟着翻新，加进了意识流，又掺杂了先锋派写法。其结果，成了一篇在阅读感上落差极大的莫名其妙的东西。要是有人问我何以对这种东西感兴趣，我只能回答，里面的超现实主义色彩和类似寓言的东西颇吊人胃口。

情节颇为冗长，但如果概括起来的话，那么就是这样：

公元 1880 年，广州副按察使赵元庆的女儿赵雪出生时，赵府里的一条老母狗开口说了人话：“主人主人，小姐乃是冤魂托世，身上晦气甚重，十八度春秋方可散净。”把赵元庆吓得屁滚尿流，派人将赵雪连夜送去邻城的一座妈祖庙。十八年后，又派人迎接赵雪回家。不料在回家的山路上遇到一伙强盗，一行随从均被杀害，赵雪也身受重伤。重伤昏迷的赵雪后来被正好路过的一个名叫阿让的渔夫救起。阿让背着赵雪，来到自己栖身的一个小海岛上。四个月后，赵雪在阿让的照顾下痊愈了。痊愈后的赵雪和阿让一起对着海上的日出发誓，在天愿为比翼鸟，在地愿为连理枝，天地为媒，结为夫妻，在海岛上幸福地生活了三年。

1902 年，赵雪带着阿让回到广州城拜亲。赵元庆大发雷霆，非但不认阿让这个女婿，反倒以一个奸淫的罪名把阿让抓进了死牢，不日问斩，还把赵雪许配给同城的一个富家子弟。赵雪以死相逼，赵元庆才勉强答应赦免阿让的死罪，不过赵雪也因此付出了嫁给那个富家子弟的代价。

1903 年，从死牢里出来的阿让发现赵雪已经成了别人的妻子，万念俱灰，跪在地上，指着天上骂："天哟，你毒哟！既成人之美，又棒打鸳鸯；天哟，你瞎哟！劳燕分飞，终生不娶矣；天哟，赵雪欢度今生罢，来世与我再续前缘！"骂完离开了广州城。阿让骂的这些话，竟被九天之上的一个恻隐之神听见了。恻隐之神不认为阿让能够做到"终生不娶"，于是下到凡间，乘阿让睡着的时候，在阿让的身上种下了一个魔咒。背负着这个魔咒的漫长岁月里，阿让投身于诸如武昌起义、护国反袁之类的革命运动，接着又参加了北伐战争和抗日战争。阿让在战场上只求一死，但是子弹也好，炮弹也罢，偏偏都只与他擦身而过，即便是肉搏战，敌人的刺刀也从来不会朝他的身上招呼。三大战役结束后，跟着蒋介石一起跑去台湾了。

1987 年，蒋经国下令开放台湾岛内民众赴大陆探亲，时值一百一十四高龄的阿让回到广州城，发现沧海桑田，一切都变了，唯一不变的，是自己依旧二十八岁的容颜。他清楚赵雪可能早已不在人世，但又心存一星半点的幻想，于是在荔湾区购置了

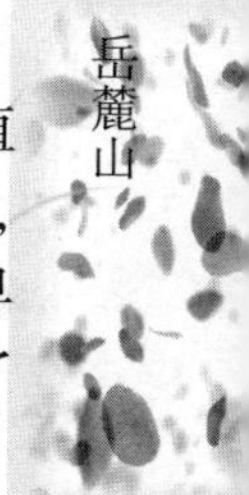

一块土地，搭建了一栋和赵雪当年在海岛上一起居住过的一模一样的小木屋，定居下来，四处打探赵雪的下落。

1998 年，一个细雨霏霏的春日午后，阿让正独自坐在越秀区自己开的一家咖啡馆的角落里喝着咖啡，这时咖啡馆的大门被推开了，进来一个大约二十一岁的女孩，长相酷似赵雪。阿让上前搭讪，得知女孩的名字叫宋雪还，是附近一家超市的导购员。打那以后，阿让每天都会跑去那家超市购物，和宋雪还因此渐渐地熟识起来了。一天，宋雪还邀请阿让去自己的家里做客，阿让从宋雪还的爷爷口中打听到，宋雪还竟然是赵雪的玄孙女，赵雪上吊自杀于 1903 年，即生下宋雪还的曾祖父那一年，也就是阿让离开广州城的同一年。宋雪还的爷爷还告诉阿让，宋雪还的名字本来不叫宋雪还，只因在六岁那一年，宋雪还和妈妈一起去邻城的一座妈祖庙上香，庙里的一个执事说非改名“宋雪还”不可，否则活不过十八岁。

1999 年，阿让决定向宋雪还求婚。因为阿让发现，宋雪还的一言一行，一颦一笑，乃至注视自己的眼神，都和赵雪一模一样。宋雪还腼腆地点头，宋雪还的家人也没有怎么反对。

2000 年，在千家万户喜迎二十一世纪来临的隆隆炮竹声中，阿让和宋雪还成亲了。在第二天早上醒来的时候，阿让的头发花白了，牙齿脱落了，肌肉萎缩了，变成了一个形容枯槁的老头儿。宋雪还看见阿让的这副样子，非但没有恐慌，反倒把阿让紧紧地搂在怀里，从宋雪还眼睛里夺眶而出的两行泪水流湿了床单，流湿的面积越来越大。

阿让没有能够做到“终生不娶”，恻隐之神种在他身上的那个维持长生不老的魔咒消失了，呈现出如今一百二十七高龄该有的容貌。宋雪还之所以表现得镇定自若，又哭得那般伤心，是因为她在昨夜的睡梦中，被恻隐之神点化，前世里的记忆复苏了。宋雪还既是赵雪的玄孙女，又是赵雪的来世。

故事的最后，是阿让和宋雪还一起自杀殉情的情景。两人一起沐浴完毕，然后都换上清代的服饰，把头发也都梳成清代的。然后点火烧蚊帐，接着小木屋也跟着烧了起来。阿让安详地坐在蚊帐前面的一张太师椅上，宋雪还端庄地立在阿让的旁边。火越烧越旺。

第二天，广州市各大报纸都对此事作出了报道。与其说是报道，莫如说是诬蔑。以“美女傍大款之玩火焚身”“伸向台商的幕后黑手”等为标题的文章层出不穷。但是无论怎样哗众取宠、搬弄是非，小木屋附近一个花场里的工人们，都只相信自己的眼睛：从熊熊烈火中，蹿出如火团一样的一对大鸟，朝海边飞走了。

诚然，这是一篇爱情小说，但更是一段近代史。中华民国的诸多大事，被阿让这根人物线条串联起来了。国民党的功德与过错，也昭然若揭。难能可贵的是，笔者始终怀揣一颗“中华民族不可分割”的赤子之心，重新审视了国共两党之间的那场夺权战争，不止一次地强调那只是一场“内战”，民族大义即在这里。

故事好歹讲完，东边的天空已经泛黑。中间，王静没有插嘴一次。此刻，一对又大又亮的黑眸子，定定地注视着我的眼睛。

“讲完了？”她问。

“讲完了。”我回答。

“怎么变成一对大鸟了呢？”

“是比翼鸟，阿让和赵雪共同的心愿，恻隐之神帮忙实现的。”

王静点了点头，说声“奖励你的”，把一把瓜子塞在我的手里。

我嗑了一粒，没有籽儿，翻开手掌一看，尽是壳。

“果真有一个恻隐之神的话，那么多好，我就可以说出自己的烦恼了。”王静手搭栏杆，望着头顶多云的天空说。

“你有什么烦恼？”我问。

“好多。比如——反正好多。”

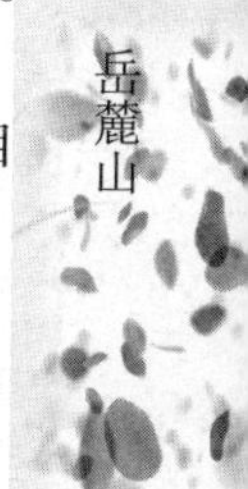

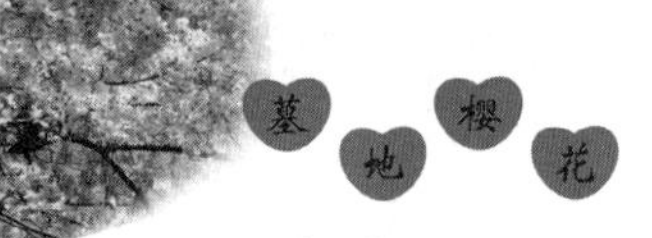

“呃。”

“我会对恻隐之神说：神仙姐姐，求你赐给我一个叽里咕噜吧。你要是知道叽里咕噜对我来说有多重要的话，那么肯定会赐给我一个叽里咕噜的。可是，你还不知道叽里咕噜对我来说有多重要吧？我这就告诉你。”说着，王静闭目合眼，嘴里叽里咕噜起来。像是在念经，又像是在寒冷的冬天里，牙齿冷得打颤的声响。叽里咕噜完毕，王静扒上栏杆，身体前倾，朝下方的树林大声呼喊：“恻隐之神，你听到了吗？”声音悠长、悲戚。

“叽里咕噜是什么？”良久，我请教。

“就是叽里咕噜。谁都有自己的叽里咕噜。我的叽里咕噜就是：能够给我带来欢乐的什么。比如在圣诞节的早上，孩子们刚刚从睡梦中醒来，还不知道挂在床头的那只袜筒里究竟装着什么礼物。叽里咕噜，就是那件神秘的礼物。”

“唔。”

“明白？”

“好像明白，又好像不明白。”

王静没再解释，而是安静地望着远方。在她的左耳与左眼之间，有一粒小小的黑痣，透出几分肃穆。良久，王静把头轻轻地靠在我的肩膀上，低语道：

“做你的女朋友吧？”

我不知道应该如何回答。

“给你七天的时间考虑？”

“考虑是没有问题。”我想了想回答，“可是，你那么阔气，加上既漂亮，又可爱，完全可以找一个——”

“行不行？”王静生气地插嘴。

“那就下个星期再说吧。”

天空快要黑尽时，王静把瓜子壳全部收集起来，用两只手掌在大理石栏杆台上擀得平平整整，而后探出两只手的食指，在上面小心翼翼地勾勒出两颗心的形状，中间还有模有样地安插一支丘比特之箭。做罢，开心得手舞足蹈。然后说声“走吧”，挽着我的一条手臂，一起徜徉在下山的道路上了。莫非，王静对我，已经信任到可以忽略我感情的地步了？我紧紧地盯着路灯下如梦幻一般的路面寻思，蓦地生出一个自己真有这样一个古灵精怪的女孩作为女朋友该是何等幸运的想法，可是这个想法马上被纷至沓来的思潮掀翻了，我好像更希望挽住自己手臂的人是张娣。想到这里，我惶恐得不行，唯恐失去什么东西。

两人走进山下第一眼看见的餐馆，吃了砂煲饭。饭后，王静说回家有事，再次邀请我和她一起去她家看毛片。我推托说改天，今天好困。

“那么，下个星期六的早上九点，吴记餐馆？”

“好的。”

“不见不散？”

“不见不散。”

“到时记得买一束玫瑰花，向我表白。”

“怎么变成我向你表白了？”

“人家是个女生，不好意思开第二次口嘛。”

“好吧。”

“不会忘记？要不要我在你的手臂上咬一口，让你长长记性？”

“不要。”

王静搭计程车离开了以后，我的心情突然变得沉重起来，于是决定步行去滦湾镇的公交车站。看似不远，就在几栋大厦相隔的对面，正经走起来，却花了很长一段时间。从那里搭上一辆返校的公共汽车，回到宿舍时，都快熄灯了。

*

第二天吃中餐时，我看见李自由独自坐在食堂大厅里人少的位置，于是招呼一声，在他的对面坐下。食堂里的光景和往

常一样，闹哄哄的，聚集了几百号人。

“近来可好？”我一边吃饭一边问。

“凑合。”李自由不冷不热地回答，朝我勉强笑了一下。

“看样子，好像有什么心事？”

“嗯。”

“是什么呢？”

“光。”

“光？”

“阳光的光。”

“何苦想那玩意儿？”

李自由一阵狼吞虎咽，将盆中物一扫而光，而后推开饭盆，在桌面上摊开双手，唉声叹气：

“烦呐！”

“因为我么？”

“不不，哪里是你。”

我继续吃饭。

“黄弟。”李自由神情严肃地看着我的脸。

“怎么了？”

“科学家们说，从运动着的一架飞机上，发射一颗导弹，导弹的速度，等于自身的，加飞机的。如果发射的是一根激光，速度却不等于飞机和激光之和，仅仅只是光速，恒量，还通过实验证实了这种说法，从而得出光在任何条件下，传播速度都不会改变的一个定论。我认为，这不足为信。”

“烦的就是这个？”

“光速之所以不变，是因为光子几乎没有质量，表现不出惯性。肯定有惯性，只是微弱，目前的科技手段还无法测量。同样的道理，光速可以改变。在理论面前，必须有一个参照物，于是科学家们找到了光。但是，绝对的参照物根本就不存在，毕竟这个世界是由物质构成的，根本就没有上帝，只有上帝才有能力创造出绝对的东西。你说呢？”

“听不懂。”

“另外，通过天文望远镜，可以望见亿万光年以外，别的星球，但看到的却是别的星球上亿万年以前的景象。假设，以时间近乎为零的速度，去到那颗星球，究竟是去到亿万年以前呢，还是现在？”

“不知道。”

“答案是亿万年以前。根据爱因斯坦的广义相对论，以时间近乎为零的速度飞过去，时空必然逆转。从那里看地球，不也是亿万年以前？再飞回来，岂不是实现穿越，回到侏罗纪时代了？谁能够实现时间近乎为零的速度呢？虫洞。虫洞在哪里呢？”

“怎么耿耿于怀起这个来了？你是搞美术的吧？”

“自从那天和董小蓉一起钓鱼回来，我脑袋里装的，尽是这个。我给她画了一幅肖像画，当时没有完工，回到学校以后继续画，画到她身后的光束时，突然想起这个，搞得这段时间天天失眠。”

“成功了？”

“成功了？”李自由不解。

“董小蓉接受你了？”

“哪里。她对我，还是那么不冷不热，说她清楚我的为人，是一个花心大萝卜，劝改邪归正。好像约我一起出去钓鱼，就是为了训我一顿似的。我想我拜倒在她的石榴裙下了，为了她，必须改变思维方式。”

“这和思维方式有什么关系？”

“想把以前的思想全部冰封起来，以尽可能完全不同的思维方式，考虑和对待今后的生活和环境。”

“比如光？”

“正确。”

这小子有点神经过敏。

“配得上董小蓉吗？”李自由一本正经地问。

“是你，还是我？”

“当然是我。”

“这种话不该从你的嘴里出来。”

“配不配得上？”

“说实话？”

“说实话。”

“配不上。”我直言不讳，“我不希望自己的同学和我们这种货色搞在一起，会良心不安的。你也好，我也好，给她系鞋带都不配。”

“是啊。”李自由赞成。

饭后，我提议一起去棋牌室下象棋。

“不会下。”李自由回答得倒也直接。

“不会？”

“什么时候见我下过？”

“知道你也有不会的事，真叫人开心。”

“改天教我？”

“找董小蓉，她可是一个象棋高手。”

“学会后，第一个弄死你。”

“别跪地求饶就行。”

李自由发出一声爽朗的笑声，侠客式的，刘德华也是这种笑法，女孩们见了肯定如痴如醉。我也笑了，不过无甚魅力，可能和喉咙结构有关。

饭后，我来到足球场，和几个不认识的学生一起练习射门。四点一到，朝收发室步去。这回，总算是有我的来信了。是张娣寄来的，一只大大的棕色信封里装着一张贺卡，和一张照片。

贺卡的正面，是一幅风格简约的卡通画。卡通画里的一个小男孩站在一棵苹果树的下方，高高地举起手里的一根竹竿，正在捅苹果树上的苹果，一脸誓不罢休的表情。小男孩旁边的草地上，蹲着一只造型可爱的小花狗，表示抗议似的把头扭向一旁。苹果树的上方，飘着一串印有“Happy birthday to you”字样的云朵。

贺卡背面的一篇寄语，字迹工整得有些过分：

原本打算送一件体面的礼物给你，连送什么都想好了。可是，昨天突然想起你曾经在信中对我说过的话，又觉得照片可能要好些，于是照了一张。刚从相馆取回，赶紧寄出，不然你生日的当天可能就无法如期收到了。照片来不及过塑，不怎么正式——相馆的机器坏了，而学校附近又找不出第二家提供过塑服务的地方。

表情是呆板了些，身上的衣服也是按照一个同学的指示，穿相馆的——这个同学信誓旦旦地说，只有穿成这样，才能展示我的魅力，尽管我不知道自己究竟有什么魅力——不过照出的效果，好像不是特别坏，你觉得呢？别笑话我才是。

如果你哪天有空，就请来株洲看望我一次吧？每次都是我跑去长沙，想必给你添了不少麻烦。就让我好好地招待你一次。虽然，下了很大的决心，我才做出这个决定，可是一旦决定了，又希望你马上就能够出现。想必你已经知道，我不住寝室了。跟同学打了招呼，如果你过来，只要往那里打电话通知一声，同学会转告我，而我，就可以去火车站接你了。最后，祝生日快乐，学习进步。

我是 9 月 18 的生日，时间上还有十天。既然张娣把今天当成是我的生日，那么今天可能是农历的八月初二。在苗寨，都是依照农历。张娣说的很对，我在初中时寄给她的那些有去无回的信中，多次提出希望得到一张她的照片的想法。

照片里，张娣身穿一件开领半袖白 T 恤和一条侧面开有小口的黑短裙，底下是一双船形凉鞋。船形凉鞋的鞋帮由泡沫铸模而成，大概有十五厘米厚，显得相当笨重——张娣便以这样一副活脱脱青春无敌美少女的装扮坐在一架由木板和铁链衔接而成的秋千上。背景是一幅红褐色的火砖墙画报，从火砖墙头垂下的几根绿色藤蔓，优雅地点缀在她的四周。那一头披洒在肩的亮丽长发，那一张腼腆可爱的笑脸，那玉骨冰肌，那探进超短裙底的一条肉色长筒袜裹住的两只挤压得丰满动人的大腿。长时间注视这些，我竟觉得照片以前见过，不是在今生，就是在前世，还是我亲自为张娣拍摄的，越看越觉得是那么回事。

我来到南湖，又读了几遍张娣的寄语，差不多可以背下时，开饭的时间到了，我提不起食欲，便来到学校的外面，将照片过塑，然后走进移动营业厅充了三十元的话费。从移动营业厅里出来，我拨通张娣以前所在寝室的电话，说下个星期六过去，请接听电话的女孩转告张娣一声。星期四的晚上，我再次打电话过去，说已经提前买好了一张长沙至株洲的火车票，到站时间是星期六的早上九点十五分。星期五的中午，张娣打电话过来。

“照片收到了？”她轻言细语地问。

“收到了。”我回答。

“不好看吧？”

“很好看。”

“真的明天过来？”

“真的。”

“到时去火车站接你。株洲不熟吧？”

“不熟。”

“明天见？”

“明天见。”

第七章 痛苦的记忆

星期六的早上六点，我被手机闹铃叫醒，匆匆地刷牙洗脸，把必备物品都装进帆布包，然后背上帆布包，踏着朦胧的夜色走出宿舍。操场上，浮动着几十只人影，大多在晨跑，也有把单腿搭在双杠上，做压腿练习的。南湖那边，荡来一个男生正在朗读英语的声音，由于寂静，每个音节的微妙变化都能够分辨。

走出校门，拦住一辆计程车，吩咐司机朝火车站开去。路上畅通无阻，只用了三十分钟就到了，见时间有余，我在火车站附近的一家小面馆吃了一碗米粉。八点一到，进站登车。

八点十分，火车出发，往南驰骋了一个钟头多点，抵达株洲站。从株洲火车站出来，我恍惚觉得依然置身于长沙，因为中国的火车站都是用一个模子打造出来的：大站名，大钟，大广场，广场三面的配套设施和第四面的一条大马路——看不出多大差别。此刻，太阳已经升高，不过空气里已经多了一股秋天的味道，不是很热。

迎接我的，是张娣，和一个可能是她同学的女孩。女孩的个头和张娣差不多高，白白胖胖，上面穿一件肥肥大大的白色教练衫，下面穿一条白色教练裤和一双白色运动鞋，活脱脱一副举重运动员的派头。倘若只看面孔，把身材忽略不计，算得上是一个美女。这种类型的美女，我还是第一次遇见。张娣介绍说她叫果冻。

“姓果么？”我傻气地问。

“名字叫做陈果，果冻只是一个绰号。”张娣好笑地说。

“叫果冻就行，其他的别管。”果冻开口了。声音爽朗。

三人穿过车站广场，朝大马路那边步去。张娣和果冻手挽手走在前面，我拉开四五步距离走在后面。果冻附在张娣的耳边低语，不时笑出声来，大概正在评论我的长相，因为我听见她好像在说“就是有点木讷”。期间，张娣担心我走丢似的几次回头，每次和我的目光相碰，都露出一张腼腆的笑脸，我也跟着笑了。

在大马路对面的公交站台等了约莫八分钟，钻进一辆浑身涂满黄色油漆的公共汽车，车厢拥挤，三人都没有座位。

公共汽车开始往东行驶，速度徐缓。朝车窗外面望去，只见高楼林立，人潮涌动。不过，这种喧闹的景象持续了不到十分钟，汽车便穿行在多少给人以沧桑感的破旧楼群中了，左转右拐，穿街过巷。每次停下，都有人下车，上车的却寥寥无几。从火车站出发大约二十分钟后，只剩下不到十个乘客了。

“还有多远？”我朝坐在自己前面一排的张娣发问。

“早着呢。至少还有一个小时的车程。”果冻抢在张娣之前回答。

“胡说，都走完一大半了。”张娣纠正道。

果冻回头看着我的脸，不可思议似的说，“她可真护你呀。”

张娣征求果冻的意见：“我坐去后面，可以吗？”

“你的意思是，要和那个榆木疙瘩脑袋亲热，撇下我不管？”

“是呀。”张娣笑着回答。

“早知道你是这么的重色轻友，我是二十个不该和你一起出来的。”果冻朝张娣如此说罢，又转向我，“在这之前，可见过我这么大功率的电灯泡？”

“没有见过。”我回答。

“天啦，你的他真的把我当成一颗电灯泡了！”果冻朝张娣抱怨。

张娣站起身，绕来我的身边坐下。

果冻再次回头："别说肉麻的话，我的机器有录音功能，小心把你们的秘密像撒种子一样，撒满整个校园。"

"什么机器？"我问。

果冻把一部手机举过头顶，摇晃了两下，旋即戴上一副耳塞。俄顷，从耳塞里流出一首节奏愉快的DJ，果冻滚圆的身躯随之晃动起来了。

"对印象好的人，果冻有一种恶作剧的倾向。"张娣解释似的说，"骨子里，却是一个真诚，善良，好得不能再好的女孩。所以，你不要误解。她的手机只有MP3，不可以录音的。"

"看出来了。"

"喜欢她吗？她是我在学校里，关系最为要好的一个朋友。"

"喜欢。你的朋友，就是我的朋友。不过，感觉有点不可思议似的。她很外向吧？和你的性格恰恰相反，你们两个是怎么要好起来的呢？"

"我也不知道。班上合得来的同学，很多。最好的，只有她一个。我对她而言，可能也是这样。大概，彼此都在对方的身上寻求一种类似取长补短的东西吧。"

"我和你之间，却不存在那种类似取长补短的东西。然而，我并不觉得有什么不妥，莫如说正是我所追求的。"

张娣莞尔一笑，再未表示什么。

汽车驶离城区，以较之先前两倍的速度奔驰在一条畅通无阻的公路上了。有些路段的地面不够平整，司机却丝毫不当回事地快速开过，汽车跌宕得腾飞起来，又摔落下去。两行苍翠的榕树在公路两边整齐地排开，宛如一对无边的屏风连绵伸向公路的前方。沿途多是一些低矮的平房，不时有一户农家的菜园跳入眼帘。

我向张娣打听暑假里发生的事，她说和往常一样，做功课和家务。我问到了县城没有？她说没怎么停留，不过由于爷爷和奶奶的身体都已大不如前，爸爸和妈妈倒是经常过来苗寨探望。说话的时间里，张娣习惯性地正襟危坐。我把帆布包搂在怀里，偏头打量她：上面是一件长袖衬衫，既洁白，又干净，好像刚刚从服装店买回的一样；下面是一条显然洗过多次的黑色牛仔裤，大腿的部位有些褪色。衬衫顶端的两粒纽扣没有扣拢，白皙的脖颈略显修长，仿佛用手指轻轻一掐，就会断掉。表情的变化微乎其微，显得有点拘谨。

我苦恼：是你主动坐来我身边的吧？为何显得如此拘谨呢？我把右手搭在张娣搁在大腿上的左手上，她的表情略微紊乱了一下，片刻，捧起我的手掌，揣在怀里，朝我动情地一笑，继而把头偏在我的肩膀上，不动了。我总算明白了：张娣的心情或许和我的一样，都在希冀对方，只是在实现之前，不知道应该如何实现。我的心情舒畅开来了，闻着张娣头发的香味，感受张娣身体的重量，本想伸手搂住她的腰，让两人挨得更紧一些，然而又没有那样做。我隐约觉得，张娣在乎的，更是这样一种静谧的方式。

注意到时，汽车到达一个小镇模样的地方。公路在出镇时，被一座不小的山头切成了两条，朝左边的那条下行不远，司机问我们是不是这所大学里的学生？听果冻回答说是的，便“嘎”的一声刹住车。我们下车后，司机立刻加大油门，消失在前面山脚的拐弯处，速度飞快，我想起在刚才过来的路上，他可能撞死了一个人。

虽说是一所大学，可是大门并不给人以威严感。有阻碍车辆通行的一组电动栅栏，有兼收发室使用的一个门卫值班室，电动栅栏与门卫值班室之间，设一条专门供人步行出入的通道。值班室的外墙上，挂着一块木板，上面用黑色油漆写着该校的全称。如此而已，活活一个即将倒闭的国有企业的入口。

进得校门，迎面是一栋五层高的教学楼，一条宽阔的弧形大道沿着教学楼以一个“U”字的形状铺展开来，左边是平的，右边是一个大约二十五度的上坡，坡顶耸立着一座尚未完工的图书馆。张娣指着教学楼大概三楼的位置，问我累吗？要不要去他们班的教室里坐一会儿。

“先熟悉一下环境吧。”我回答。

“我的任务完成喽，这就拜拜。”果冻口气轻松地说。

“一起到处走走吧？”张娣一脸希望果冻留下的表情。

果冻充耳不闻，用力地拍了下我背上的帆布包，粗声大气地说：“小子，要不要我替你保管？背着这个东西在校园里瞎逛，被学会生的人撞见，会把你当成安利公司的一个推销员撵出去的。担心东西被偷的话，那么另当别论。”

我脱下帆布包，交给果冻，说谢谢。

张娣问果冻回寝室还是教室？果冻回答说回教室，今天要出以“喜迎国庆”为主题的黑板报。

“那么，十二点去教室找你，到时一起去学校的外面吃中饭吧？”张娣请求似的说。

“好哇。”果冻回答。

果冻走了以后，我和张娣一起爬上图书馆前面的斜坡，来到足球场。足球场上杂草丛生，一片葱绿，好像从未有人踢过足球似的。足球场左边的一块高地上，耸立着几栋和教学楼一样的高楼；右边则是空的，横亘着一条如巨型战壕一样的山谷，山谷对面是一大片给人以乡下印象的村庄。张娣耐心地向我介绍每栋高楼的功能：那里是实验室，那里是室内体育馆，那里是食堂，学生宿舍在高地的另一面，位置上和足球场对称。

“一共有多少学生？”我问。

“将近两千人，不过多数都是女生。好像男孩子不喜欢学医似的，我们班四十九个人里，只有九个男生。”

“怪不得连这么棒的足球场都没有人用。”我表示惋惜。

穿过足球场，两人在网球场右边的一个石亭里坐下。从这里，可以俯视山谷。从山谷里吹上来的强风，打乱张娣的一头秀发，像无数条海蛇一样在她的脑后撕扯着。太阳时而普照，时而躲进云层。足球场上，坐着三三两两的学生，或在玩扑克牌，或懒洋洋地横躺竖卧，也有独自趴在一旁看书的，不过她会不时地手搭凉棚，同旁边的几个同学认真地交谈。除去山谷斜坡上树叶所发出的沙沙声，再不闻任何大的声响了：网球场上没有人打网球，旁边的几个乒乓球台也无人光顾。好一所空旷寂静的学府。

“我也在这里读书就好了。”我感慨道。

“真的这样想？”

“嗯。虽然这里和我想象中的不大一样，但是给我的实际感觉很舒服。只要待在这里，想到这里就是你生活了一年的地方，在我心里就油然腾起一股亲切感和感激之情，好像被人拥抱似的。”

“经常过来好了。”张娣笑着说。

“会的。不过，有你陪伴才行。”

张娣把头偏在我的怀里，我像怀揣一件工艺品似的搂着她——两人如此久久不动，聆听树叶的沙沙声，眺望山谷对面的梯田和远方连绵不绝的青山。后来，我伸出左手的拇指和食指，按住张娣的第一脊椎骨，一寸一寸地，朝骶骨那里探去，来回了好几次。倘若剖开这一根线条，张娣就会变成完全对称的两半。张娣欠身坐起，羞涩地说：

“好像很喜欢碰人家似的。这里不合适的，被同学看见的话，多难为情呀。”

“想你。上次分手后，每天都在想你。”

“我有那个魅力？”

“这还用说？”

“为什么是我？”

“因为我喜欢你，从小就喜欢。”

“不该是我的。”

“为什么？”

“因为——”张娣顿了顿，“我们家，属于你们家。一直是那样过来的。果真结合在一起，就平等了，就不守规矩了。”

“怎样才算守规矩？”

“喜欢我到什么程度？”

“脑袋里每天都晃动着你的影子。想得最多的，是上次和你一起在我们学校外面投宿时的情景，以及在我十三岁那一年，看到的你洗完澡后的样子。我不知道这算什么程度。我渴望看到你，接触到你，就像在沙漠中渴望得到水，在水中渴望得到空气一样。对除了你以外的别的女孩，上不来半点兴趣。正因为这样，我才更加的想你，甚至怀疑自己得了忧郁症。”

“如果可以，多想满足你呀。可是，我的问题好多的。”

“什么问题？”

张娣定定地看着我的眼睛，伤感地说“真想让你快乐起来。”

“没有你想的这么糟糕。”我笑着说，“我反倒担心你。”

“担心我什么？”

“说不清楚。”

“无论发生什么，我都会站在你这边。”

“应该不是担心这个。”

“我是世代为奴的人的后代，命中注定了的。”张娣不无凄凉意味地说，“这种话，被外人听见，可能以为我只是在开玩笑，毕竟都已经是二十一世纪了。可是，有些事，岁月左右不了的。”

我劝张娣别较真，她便再未多说。

*

十一点三十分，两人登上教学楼的三楼，来到走廊东头的一间教室。

包括果冻在内，教室里共有七个女生。其中的三个正在出黑板报：写字、画主题图、给线条花边涂色。一个头上扎着一条马尾的小个子女生正在扮演跑龙套的角色：传递粉笔和刷子。剩下的三个则成了专家，站在教室的各个位置，横看竖瞄，评头论足，出黑板报的不服气，和她们争执了起来，俨然一群聒噪的乌鸦。

没走进教室之前，我就被她们的争执声唬住了，颇有些胆怯。果然，走进教室之后，张娣和大家寒暄完毕，还没来得及把我介绍出去，就被一个学生头女孩拉去写粉笔字，我则成了大家公然为难的对象。她们提出一箩筐的问题，一旦我回答得不合适，就哄堂大笑。一个身穿背带裤的女孩竟煞有介事地评论我的长相，什么鼻子如何，眉毛如何，眼睛又如何，把我说得心情紧张，不知所措。这种活跃的气氛持续了大概二十分钟，然后鸦雀无声了，出黑板报的继续出黑板报，没出黑板报的专注自己的事，这才意识到和我之间的距离似的。我不出声地在教室里走了一圈，观赏贴在墙壁上的医学家画像，查看课程表和值日生表，然后反坐在教室中间的一个位置，欣赏正在写粉笔字的张娣的背影。张娣的粉笔字写得很有水平，笔画工整，如她本人一样标致。

“像不像一个女儿国？我们这里。”俄顷，专家中的一个朝我发问。她坐在与我两张课桌之隔的左边窗台下，左手举一面圆形小镜子，右手握一支化妆笔，一个长方形的化妆盒搁在她胸前的课桌上，与其说她正在化妆，莫如说是一名画家，正在就自家面孔这一艺术作品涂改不休。

“很像。”我回答。

“在我们这里，男生都是大熊猫，属于国家一级保护动物。”她盯着镜子，不看我地说。

我“呃”了一声。

“打算玩到什么时候？”身后传来一个询问声。我回头，看见是一对双胞胎女孩，一起坐在教室第一排的中间位置。至于究竟是谁问的，我不好判断。两人身穿相同款式的短袖T恤，脸型也好，发型也罢，就连头上的粉色发卡也一样。

“明天下午回长沙。”我回答。

两人确认似的同时点头。

“我们会款待你的。”画家女孩再次开口了。

我朝她说了一声谢谢。

“多待几天吧？”双胞胎女孩继续前面的话题。

我再次回头，说：“要上课呀。”

“你从来都不翘课？”

“哪里，翘课是我的家常便饭。”

“给你一个机会。”画家女孩这回看着我说。

“一个什么机会？”我问。

“一个请客吃饭的机会，就这里的几个人。比起来，你赚大了。”

“比起来？”

“上回，班长的男朋友过来，把全班同学都叫了出去。四十九个人哩，在华天摆了六桌。”

“可以是可以。”我想了想说，“可是，我身上的现金不是很多，要是去华天那样的五星级酒店，估计连酒水钱都付不起。”

“这样啊。”画家女孩显得有些失望，“下次来，多带些。这次请我们到学校外面小撮一顿就行了。”

“那么就按你说的办吧。”

“还有一点要说：你这个人，好像不守规矩。”

“不守规矩？”

“是的，张娣就没告诉过你？上回班长的男朋友过来，买了二十多斤糖果孝敬我们。”画家女孩指着自己身后墙角里的一个帆布包，“你的包包里，却什么吃的也没有，只有牙刷、牙膏、洗脸帕，还有几本破书和几件皱巴巴的衣服。我们这里

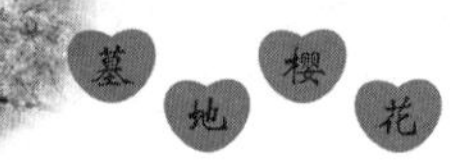

的规矩是：班上女生的男朋友过来找女朋友私会，首先要通过我们这一关。过关很容易，女生嘛，就是嘴馋。”

我审视那个帆布包，确实是我的，不过已经被人打开，像个垃圾袋似的被丢在那里的一把椅子上。

“对不起。”我道歉，“真不知道还有一个这样的规矩。”

我和画家女孩说话的时间里，其他女生一直在吃吃作笑。此刻，站在课桌上，正在给线条花边涂色的背带裤女孩转过身来，一副忍俊不禁的样子，看着我说：“玲玲是在开玩笑，你千万别当真。我朋友是很多，但是还没有男朋友。可能玲玲希望自己有那么一个财大气粗的白马王子吧。她这种贪婪的丫头片子，我们班里很多，你要防着点儿。”

“比如我。”站在背带裤女孩右边的另外一张课桌上，正在画主题图的果冻接口，“男生都被我们整怕了，路上一看见我们，转身就跑，周末也都不敢来教室。缺德啊！是吧？张娣。”

“没事呀。”张娣笑着回答。

真是一群古灵精怪的女生。她们都有直抒胸臆的性情，和风趣浪漫的谈吐，宛如冰雪消融之际，蹦出地表的一窝小兔。我和她们的关系愈发融洽了。十二点二十分，黑板报出到接近一半时，我邀请大家去学校外面吃中餐。她们欣然叫好，结伴在前面带路，一边走，一边七嘴八舌商议哪家餐馆的味道好，哪家实惠，遇见熟人，便呼来唤去，就连看守校门的一个老头，也被她们逗得开怀大笑。我和张娣放慢脚步，跟在大家的后面。

同我所在学校的对面光景一样，这里同样都是以学生为对象的小型餐馆。穿过马路，走进左数的第二家，女孩们好像和老板很熟，亲热地打完招呼，便涌进厨房，点了各自喜爱的菜。我见大家要的全是小份，才四元，便加了一个二十五元的牛肉火锅。问喝啤酒吗？都回答说不喝，于是我只给自己叫了一瓶青岛，另外点了两瓶橙汁供大家享用。

吃饭的时间里，女孩们不时拿我打趣，还轮流为我倒酒和盛饭。至于期间她们具体说了什么，我记不大清了。反正很多，从落座到散席，一直叽叽喳喳，没有消停。记得比较确切的，是去年发生在玲玲身上的一件糗事。当时离开学还不久，高年级的一个班去停尸房实习，玲玲出于好奇，也跟了进去。以为只要看一眼尸体就行了，不料带队的老师把浸泡在药水池里的一具尸体捞了起来，放在讲台上，要求大家都从脸部摸到脚尖。玲玲也摸了。是一具如外星物种一般黏黏稠稠的妇女的尸体。刚从停尸房出来，玲玲就把胃里的东西统统吐出来了，还冥思苦索了三天，因为那个妇女的阴户相当之大，中间的一道裂缝几乎贯穿了整个裆部。玲玲感叹道世间居然存在如此之大的阴户，洗澡时窥遍全班的女生，也没有发现更大的。

话音刚落，就被背带裤女孩一把扯住左耳，骂道："这个荤段子，你小妮子讲过九遍了，就不能说点别的？"

饭后，大家决定回教室继续出黑板报，张娣则打算带我去租屋休息。

"下午记得还要来呀。"已经穿过马路的双胞胎女孩中的一个朝我大声招呼。

"看情况。"我回答。

"张娣，如果你不来的话，那么粉笔字就没有人写，一定要来呀。"果冻也扯着嗓门儿喊，"把黄弟也揪来。"

"知道啦。"张娣大声回应。

我和张娣一起朝小镇的方向步去。距离校门大概二十至一百二十米的路段，公路两边摆满了卖蔬菜和水果的小摊。我称葡萄时，一只白色小猫蹲在木制的葡萄摊架下，"喵喵"的叫个不停。张娣捧起猫，把脸贴在猫背上，朝我粲然一笑。"小猫咪，乖，回家去喽。"张娣说完，摸了下猫的脑袋，把猫放回地面。猫依依不舍地回头了两次，蹿上水果摊后面的一面矮墙，朝校门那边爬去了。

张娣租屋的位置，在小镇的郊外，是一栋翻新过的平房，

两层，墙上的瓷砖在阳光的照射下闪闪耀眼，铝合金窗也是崭新的，同样反射着道道金光。平房和平房两头的两栋瓦屋一起，围成一个不小的庭院。庭院里有一口吊井，井旁有一棵大橙子树、几棵仙人掌、几株紫薇花。一根又粗又长的竹竿架在橙子树的树杈与右边瓦屋的墙缝中间，上面挂满了婴儿的衣服。我和张娣推开院门进来时，坐在井口旁边的一只小木凳上，正在一个木盆里清洗尿片的老婆子笑容可掬地说：

“回来了。”

“是呀。”张娣亲热地回应，“郭妈妈，宝宝好了吗？”

“烧倒是退了。只是还有点咳嗽。”

“明天就全部好了。”张娣安慰地说。

“这个小伙子是？”老婆子望着我。

“我弟弟，刚从长沙过来。给您老添麻烦了。”

老婆子把我从头到脚打量了一遍，然后看着张娣，说：“有点像。”

“郭妈妈，您好。”我大声说。

“嘴巴真甜呀。”老婆子笑出声来。

张娣掏出钥匙，打开左边瓦屋靠近院门的一个木门。除光线昏暗外，里面算得上是一个宽敞舒适的房间。右边横一张木床，左边竖一张抽屉，抽屉很旧，上面堆满了整齐叠好的课本和一本《汉英字典》，《汉英字典》旁边的一个小塑料筒里，插有一支铅笔和一支钢笔。我来到房间的尽头，打算透过玻璃窗，欣赏外面的风景，然而视线被一堵火砖院墙挡住了，一无所见。卫生间在玻璃窗的右方，仿佛是用火砖在房间的角落里临时堆砌起来似的，空间小得可怜，连房门都没有安装。

“没有厨房？”我问。

“用不着嘛。和自己做饭比起来，在学校吃要划算些。”说完，张娣脱下我背上的帆布包，摆在床头柜上。

“租金不便宜吧？”我又问。

“每个月一百元，便宜吗？”

“便宜得要命。在我们学校附近，租一个这么大的房间，说破嘴皮看能不能两百块钱拿下，还没有家具。”

“可能是因为这里位置比较偏僻，租房的客人不多的缘故吧。屋子是旧了些，不过在我搬进之前，郭妈妈请人装修过。是果冻的功劳，她说服郭妈妈请来两个瓦匠，用石灰粉刷了墙壁，用瓷砖贴了地板。隔壁那间，倒还是老样子，只能做仓库用。”说完，张娣抱起抽屉下的一只热水瓶，用一次性塑料杯为我倒了一杯凉开水。

“用得着这么客气？”我问。不过还是接在手里，啜了一口。

“不客气呀，又没有好东西招待你。”

“确实不错。”我在床沿坐下，又环视了一圈房间。

张娣放倒一张折叠式铁桌，摆在窗台的下方，又拖过两把木椅，摆在铁桌的两头，然后坐在靠近卫生间的位置，朝我招手：

“来这边，这边明亮些。”

从窗口射下的一抹日光，照亮张娣脑袋的后半边，仿佛戴上了一个天使的光环，我不禁看得呆了。

“怎么了？”张娣问。

我过去坐下后，张娣却不说话了。大概是因为我刚才长时间看她，让她感到难为情的缘故。

“除了你和郭妈妈以外，还有一个宝宝？”我没话找话。

“嗯。我，郭妈妈，周爹，宝宝，一共四个人。宝宝才五个月大，是一个男孩儿。周爹是郭妈妈的老伴，得了风湿，半身不遂，只能整天躺在房间里看电视。”

“谁的宝宝？”

“郭妈妈的孙子。”张娣好笑似的说，“才五个月大的宝宝，难不成你以为是郭妈妈的儿子？”

“哪里。”我也笑了。

“郭妈妈共有两个子女。女儿远嫁到河北，三年才回娘家

一次。儿子和儿媳一起在深圳打工。儿媳年初回家生下宝宝，又打工去了。所以，孙子和老伴，全靠郭妈妈一双手照顾。”

“对别人的家庭这么了解？”

“经常和郭妈妈一起聊天嘛。比如在她洗衣服的时候，我如果有空，就帮忙打水，吊井里的水很深的喔。炎热的晚上，就一起坐在橙子树下纳凉，这中间，郭妈妈向我说这说那，把我当成家人一样。”

“宝宝感冒了？”

“嗯。本来的病，也更加明显了。”

“本来的病？”

“宝宝一生下来，就和别的婴儿不一样。医生说，是唐氏综合征。唐氏综合征，知道吗？”

“不知道。”

“最早发现这种病的，是几个英国人。英国人觉得病人宽宽的脸庞很像中国的蒙古人，所以又叫做蒙古征。不过，在医学上一般叫做第二十一对染色体综合征。在我们国家，也叫先天愚型。”

“傻子。是吧？”

“是的。不过，这种话，可别让郭妈妈听见。她会伤心，会难过的。还不是，好不容易盼到一个孙子，却得了这样一种怪病。”

“治得好吗？”

张娣摇头，“现在的医学，还治不好。这种孩子的体质和智力，比一般的小孩要发育得迟缓。别的小孩一岁多就可以走路了吧？可是他们，身子依然软绵绵的。别的小孩都上小学了，他们却连话都说不圆。”

“至死也是那样？”

“不是的。只要耐心地引导，还是可以走路，也可以说话的。只是，要花费比一般小孩多得多的时间。而且，即便是可以走路，也可以说话了，智商还是不高。”

我点头。

“这些情况，郭妈妈多少还是了解的，只是她不愿意相信。”说到这里，张娣把视线从桌面转回我的脸，不无伤感地说，“比起来，我幸运多了。”

“我们都幸运。”

两点时分，张娣打算回教室出黑板报，问我要不要和她一起去？我想了想，决定不去。

“昨天睡得很晚，今天又起得很早。想洗个澡，然后睡一觉。”

“看出来了，眼睛红红的。”张娣指着自己身后的卫生间，“里面有洗发水和香皂。虽然郭妈妈喜欢用井水，但自来水也是安装了的。用我的浴巾，介意吗？”

“不介意。”

“我去对面的瓦屋里为你提一桶热水过来吧？一只煤炉上的大锅里，什么时候都有热水。”

“洗冷水澡，那才叫痛快呢。”

张娣离开了以后，我走进卫生间，刚脱光衣服，下面就勃起来了。怎么回事呢？脑袋里空空如也，既没有那方面的欲望，又没有非分的想法，何以勃起得如此迅速呢？就像一把匕首似的插在那里，洗完澡也不见变软。

房间的缘故——我后来得出结论。房间里有张娣睡过的床，坐过的椅子；抽屉上有她握过的笔，看过的书；卫生间里的一根铁丝上挂着她穿过的文胸和内裤。我这一存在完全融化在张娣这一容器中了。这个年龄段的自己，稍微一点刺激，就亢奋不已。原因大抵如此。

为了消除这种亢奋感，我从帆布包里翻出一本川端康成先生的《雪国》，不穿衣服，坐在之前张娣的位置。连日来，我一直在读《雪国》。已经通读了两遍。找班上一个女生借的。之所以通读两遍，是因为里面的男主人公和我有微妙的相通之

处——他朝我说话。狼狗反对我读《雪国》，理由是："玩物丧志，影响人格。""或许。"我承认。但还是多读了一遍。哪怕读别的有感染力的书，我也同样会受到里面人物的影响。小说就是这么个东西：进去了，被影响的程度远比其他艺术形式——漫画、音乐、电影——来得更深。

《雪国》只读了个开头，脑袋就昏昏然了。梦随之踏来。

一个怪梦。梦中的我置身于苗寨。大人们出来了，孩子们也停止了嬉戏，都和老人们一起，来到包子山顶的那棵老槐树下，以同一种姿势仰望对面山头上方一轮明晃晃的月亮。

我的旁边，站着爷爷，奶奶，亲妈。我从未目睹过我亲妈的面容，可我一眼就认出那是我的亲妈。还有已经长大成人的哥哥和姐姐，以及张娣他们一家三口。时值月圆之夜，夜空寥廓，繁星闪烁，不时有一颗流星划过天际。但是很快，月亮被一块铡刀形状的阴影吞没了。阴影吞没月亮的过程中，大家一边敲打随身携带的锣鼓，一边呐喊："天狗吃月亮啦！"喊声悲壮，惊动了四面八方的小鸟，黑压压地飞了过来，在我们的头顶盘旋一阵后，都朝着月亮的方向越飞越远，直至变成密密麻麻的小点消失。当月亮被完全吞没，天地一片黑暗之时，万籁俱寂，不闻锣鼓声，不闻呐喊声，只闻我自己的心跳声。

我飞快地转动身子，环顾四周，然而所有人都不见了，都在月亮被阴影完全吞没的一瞬间遁去了别的什么地方。我孑然一身，失落得不行，恐惧得不行，扯着嗓门儿呼唤亲人，却发不出声音。

"怎么了？"一个声音在我的耳畔响起。耳熟，可是我不知道它是谁，不论我的眼睛睁多大，就是看不见它的主人。

直至被张娣捉住一只臂膀摇晃了几下，我才好歹醒转。

"怎么了？"张娣重复。

"想喊喊不出，想动动不了，呼吸困难。"我战战兢兢地回答。

“是鬼压身。”张娣断言，然后用手里的一条湿毛巾擦去我额头上的汗珠，“现在好受些了？”

我仍呆若木鸡。

“神经中枢不同步引起的。”说着，张娣又为我擦脸，擦腋窝，擦背，活活当成一个植物人照顾，“虽然大部分神经中枢都苏醒了，可是支配肌肉的神经中枢还是没有醒，也就是医学上的所谓睡眠瘫痪症。”

“怎么回来了？”我问。

张娣困惑地看着我。

“黑板报这么快就出完了？”

“都五点了呢。”张娣吃惊地说，然后走进卫生间。俄顷，传出打开水龙头的声音，出水的声音，拧毛巾的声音。出来后，坐在我的对面，问：

“做噩梦了？”

“是啊。”我回答。

“可以说吗？”

我把梦的内容说给张娣听。怪事，记得一清二楚。多数情况，梦那玩意儿醒后大半内容都会忘记。

“爸爸怎么不在里面呢？”张娣问。

“可能是因为我讨厌那个人，所以我的梦也跟着拒绝他。”

张娣问我晚上去不去溜冰。

“附近有一个旱冰场，作为对中餐的答谢，大家都邀请你去。”

“你答应了？”我问。

“嗯。难得大家都有这份心意。”

“刚到长沙那一年，倒是溜过几次，只勉强学会走路。”

“我连站都站不稳呢。”张娣笑着说。

我这才意识到自己身上一丝不挂，遂站起身，从帆布包里翻出一条内裤，套在下身。

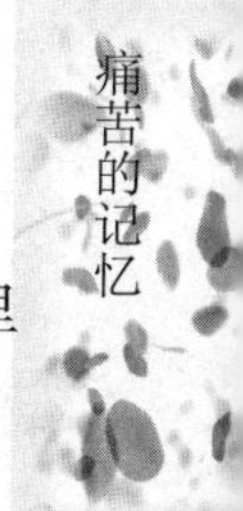

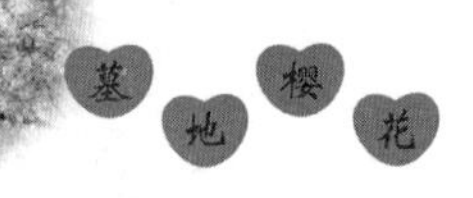

“尴尬啊。”我嗫嚅道。

张娣脸红地盯着桌面，没有出声。

*

六点，我和张娣去到中午的那家小餐馆，吃了辣味儿十足的爆炒鸡丁。七点约定时间一到，和走出校门的果冻、马尾、学生头、背带裤、玲玲、双胞胎等七个人一起，朝溜冰场进发。

是一个兼篮球场使用的室内溜冰场，坐落在一家国有企业的职工家属区内，路程大约是张娣租屋的两倍。由于是周末，所以玩家相当不少，多数是家在附近几个社区里的小学生，技术都很不赖，我牵着张娣，沿防护铁栏且走且停，几次失控朝他们撞去，都被他们巧妙地闪开了。

从溜冰场出来，玲玲提议去 KTV 歌舞厅唱歌，可是没有一个人响应。返回学校的途中，大家有说有笑。聆听她们交谈的时间里，我不由得再次钦佩起来：日常生活中的琐事，在我看来，再索然无味不过了，可是一旦从她们的嘴里说出来，就都变成了生动有趣的事件，咄咄怪事。

街边出现一条胡同时，我和张娣一起向大家道别。

“记得明天还来教室呀。”双胞胎女孩中的一个再次开口了。

我这回只“噢”了一声。

回到租屋，我问张娣要不要洗澡？她说要洗。

“对面的瓦屋锁门了，没有热水不要紧？”我问。

“破例洗一次冷水，应该没有关系吧？”

“我怎么知道。”我说。

张娣叫我先洗。

“一起洗吧？”我提议。

张娣没怎么犹豫，就答应了。我愧疚起来，觉得自己在荒郊野外挖好了一口陷阱，唆使她跳了下去。最终，两人脱光衣服，走进卫生间。

接下来的情景，是这样：

我从背后搂住张娣赤裸裸的身子。她的秀发全部湿透了，身上到处是香肥泡沫。安装在天花板角落里的一盏白炽灯发出一片橘黄色的灯光，几只飞蛾在白炽灯旁来回飞舞。我闭目合眼，把脸贴在张娣的脖子上，把下巴抵在张娣的肩膀上，利用横在张娣胯间的我的下面，把她扛得高一些，再高一些。我屏息敛气。张娣偶尔呼吸受阻似的闷哼一声。

洗完澡，张娣做了穗穗为我做过的事，躺在床上做的。她趴在上面，含在嘴里，宛如一只吞食的小兔。当我忍无可忍，问可不可以进去时，张娣再次拒绝了。

“这样不舒服吗？”张娣抬起脸，拿一种无辜的眼神望着我。

我没有回答，只是吞了一口口水。张娣重新用嘴含住，紧紧地，简直如吸盘一般。在我体验过的所有冲动里边，这次最为可怕。张娣何以拥有如此娴熟的技巧呢？我百思不得其解。抽搐了好几次，身体里类似能量的东西被抽干了。

在此之前，我和张娣之间确实存在“不融洽”的地方——当然我不知道“不融洽”的形容是否准确。至于原因，我可以形诸文字：上次被张娣拒绝了以后，我一直怀疑自己守住她的能力，因此患得患失，痛苦不堪。现在，被抽干了以后的现在，我似乎可以理解她的“固执”了：无论那个漂亮的脑袋瓜里究竟装着什么，她是我的女人这点都毋庸置疑。

张娣把脸偏在我的胸部。我夸她的臀部好看：身体不胖呀，那里却丰满得可以，怎么回事呢？

“不知道。”张娣羞赧地说。

我又称赞她的嘴上功夫厉害。张娣难以启齿地说上次和我分开后，她时常偷偷地阅读那方面的书。

“上次那么扫你的兴，觉得自己好没用，所以才看。”

“傻瓜，我不觉得扫兴。”

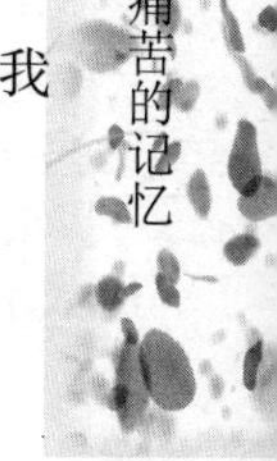

张娣缩了缩身子。我搂过她的肩，那拱起的双肩白皙无瑕，宛如一件易碎的玉器。

*

这天夜里，张娣回忆了 1989 年的秋天，她爹和她娘死亡的经过。她说的，和我从别处听到的大相径庭。不过她头脑冷静，语气平和，不像是在信口开河。她说她不知道告诉我真相是否正确，因为原本只是她一个人的痛苦，现在却要把痛苦分摊在我的身上，是不对的。但如果不说出来，我又理解不了她拒绝我进入她的原因。

那天，张娣中午就放学了，原因是老师的母亲过世——苗寨的小学确实如此：教室少，土砖砌成的几间瓦房，一旦下雨，便水流成河；教师少，语文、算术、音乐、美术，都由一个老师教，从学前班带到六年级。一旦这个老师告假，便无人上课了。

回到家，是一点钟，看见爹和娘坐在堂屋里的凳子上抹玉米棒子，张娣说声“我回来啦”，帮忙把抹在簸箕里的玉米统统扒进一个蛇皮口袋，然后问吃中饭了吗？娘回答说还没有呢，于是张娣“咚咚哐哐”跑进灶屋，煎了五个糍粑，自己一个，爹和娘分别两个，和着酸菜吃。

这中间，爹和娘并无反常，专心致志地干活儿，偶尔问张娣几句学习方面的话，一如平日。不想中饭过后，两人同时说头痛，由于不是很痛，所以都没当回事，继续抹玉米棒子。抹下的玉米需要晒干，然后挑到几座大山之隔的集市，要么打成玉米粉，要么直接卖掉。

爹和娘的怪诞行为，出现在头痛大约一个钟头过后。当时，张娣正伏在神龛下的八仙桌上写作业。“嗵”的一声，爹栽倒在地，花了很长的时间才爬起。坐在同一条长凳上的娘连看都没看一眼，似乎说明她也处在相同的状态中。由于只看见爹的背，看不见脸，张娣以为爹坐偏位置，才摔倒的，朝爹说声“要小心哟”，继续写作业。片刻，爹和娘同时站起身，朝卧室里步去，慢慢地，一步一步地。刚走进卧室，就传出掀倒家具的声响。

爹又发脾气了？张娣在心里想，于是悄步来到门边。透过门缝，张娣这才看清楚爹和娘的脸。紫红、紧绷绷的两张脸。额头上的血管都鼓起来了，青色，像水生植物的根。脖子上的肌肉拉得笔直，上面的两颗脑袋僵硬地歪来扭去。由于合不拢嘴，口水一串一串地落下，打湿了两人的衣领。不过，爹和娘都只是分别在自己的地盘上为所欲为，为了不伤害到对方，能够做到有意识地离远一些。

“看见这一幕的当时，我被吓哭了。”张娣接着说，“用双手捂住嘴，不出声地哭。后来，娘发现我了，朝门口走了过来，爹也注意到了，跟在娘的后面。和进去的时候一样，两人都走得很慢，很慢，好像在太空中漫步一样。他们一边朝我伸手，一边张大嘴巴，想说什么，却又发不出声音。尽管发不出声音，但是我领会到了。‘杀——死——我——们。’这就是爹和娘当时都想对我说的。口型很不自然，就算自然，我也不懂唇语。可我就是领会到了，解释自然是解释不好。”说到这里，张娣定定地看着我的眼睛，眸子里流露出一种期待我相信她的神色。

“你是领会到了。”我说。

“领会到了以后，我害怕起来了。这次的害怕，和看见爹和娘脸时的害怕不同。原先担心的成分多些，而这次，是恐惧。怎么回事呢？眼前可是生我和养我的父母呀。我身不由己地往后退，撞翻了簸箕，洒了一地的玉米，我被玉米滑倒了，被爹和娘抓住了手和脚。抓得好紧，好痛。我像面对两个穷凶极恶的坏人一样，拼了命地刨手蹬脚。不过，爹和娘都没有伤害我，只是好像仍然有什么重要的话想要对我说似的，啊着嘴，口水甩得我满脸都是。

“僵持了两三分钟吧，然后爹和娘也被玉米滑倒了。我乘机爬到堂屋的一个墙角里，惊恐地望着他们在玉米堆里挣扎，挣扎了好久，就是爬不起来。后来，两人好像同时被什么利器刺中了要害似的，弹几下，不动了。再后来，我的恐惧感消失了，爬过去一看，地上到处是血。”

说到这里，张娣陷入了沉思。半晌，说自己很不孝顺。我说不能怪她，那个年龄段的孩子面对那种情况，谁都会恐慌。

“我以为，叔叔从悬崖上摔下来了以后，婶婶也跟着跳天坑自尽了。所有人都在那样说。”

“那是爸爸为了掩人耳目，对外人的一种说法。”

“实在想不到。”我叹了口气。

“爹和娘死的时候，表情都很安详。尽管奋力挣扎过，但是从他们的脸上看不出有多痛苦。好像正是通过死这种方式，才使两人的身心彻底放松下来似的。”张娣回忆往事似的停顿片刻，接着说，“要说有什么特别的地方，那就是血的颜色。不是我们通常看到的那种红色，而是另外一种红色。红色里面好像添加了牛奶，被稀释了。我搂住娘的头，叫醒一醒，快点醒一醒，血就粘在我的手上了。凑近一看，上面还有很多虫，细细的，白白的，肉眼几乎看不见的虫。不过当时的我并没有在意这个，只是一个劲儿地哭。真怪，原先无论如何也出不了声，现在却大声地哭个不停。爸爸听见我的哭声，不知从哪里跑了过来，问我是怎么一回事？我不知道是怎么一回事，除了哭，就是摇头。爸爸查看完我爹和我娘的尸体，就没有再问了。之所以没有再问，是因为事有先例。”

“事有先例？”

“我祖父母，也是四十几岁就过世了的，知道？”

“知道。家谱上记载，你祖父，是我们黄家的书记，写有一手漂亮的毛笔字，可惜只活到四十一岁，和你祖母死于同一天。”

“他们也都是死于突如其来的大吐血，这个晓得？”

“不晓得。”

“爸爸知道，我爹，我娘，我祖父，我祖母，都是一样的死法，所以才没有再问。同样的原因，爸爸反对你和我走得太近，尽管这从表面上看不出来，但是，只要留意爸爸平时的言谈和表情，我还是觉察到了。我知道，这样说很不好，好像在说爸爸的坏话似的，可事情就是这样。爸爸是对的，我们是不可以的，所以在 1995 年的夏天，得知你要和爸爸妈妈一起搬去县城的时候，我才决定留在苗寨照顾爷爷和奶奶。那之后，你给我写了好多好多的信，我都收到了，也完全明白你的心意。可是，我不可以写回信给你。即便是在去年的这个时候，我特地从株洲跑去长沙找你，也不知道是对还是错。因为在我的身体里，也存在那种一旦到了三四十岁，就会使自己突然而然地死去的遗传因子。虽然没有证据，但是我心里清楚，爸爸心里也清楚。”

“怎么说到遗传因子了？”

“明摆着呀。我祖父母死于那种‘状况’。他们把那种‘状况’遗传给了我爹，我爹传播给了我娘。肯定也遗传给了我。而我，无论如何不可以传播给你。”

“那些都只是巧合。”

“不是的。高考时，我为什么不报考你们的学校，而是选择这一所医科学校呢？既然我把张家的祖训一直都挂在嘴边。嗯？”

我沉默不语。

“还不是因为，我想弄清楚那种‘状况’是什么。所以才学医，才从喧闹的宿舍搬来偏僻的这里。这里安静，我可以专心致志地学习和思考。而且通过已经掌握的知识，我知道那种‘状况’可能是什么了。”

“可能是什么？”

“基因突变，或者血液寄生虫。DNA 构成基因，基因和蛋白质一起构成染色体。如果是基因突变，毕业了以后，去到专科医院检查基因的排列情况和性状就可以得出答案。不过，从理论上讲，基因突变的可能性又不是很大。基因有复制功能，

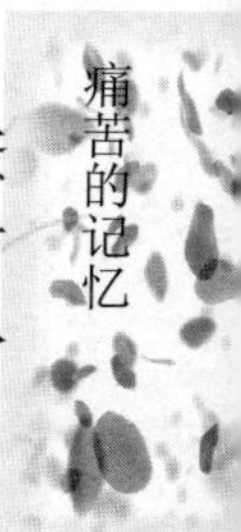

它可以把突变复制给下一代，却不可以复制给没有血缘关系的配偶。照这样分析，我祖父有，我祖母就不应该有，我爹有，我娘就不应该有。事实却不是那样。所以，问题又可能出在血液上。就是说，那种‘状况’以血液为媒介，由丈夫传播给妻子，由父母传播给子女，就和艾滋病的传播方式一样。果真是那样的话，那么我的血液也有问题才对，里面也应该存在那种细细的、白白的虫。”

“世上有那种虫吗？”

“类似的虫还是有的。猪肉绦虫，听说过吧？在中学的课本上有。还有裂头绦虫。裂头绦虫通常寄生在水生动物的身体里。人类在吃没有煮熟的水生动物时，可能把裂头绦虫的蚴也一并吞进肚子。蚴分泌一种叫做酶的物质，钻进人体的各个器官，繁殖后代。一旦被寄生的部位不妙，就会出现病症，如果严重的话，那么就没有命了。好吓人的，裂头蚴的成虫。教学影片里有一个非洲老人，医生用钳子把一只裂头蚴的成虫从他的眼睛里夹出来，也就只有两三厘米的长度吧，拉直了以后，竟然长达五十厘米。这种寄生虫病在我们国家也很不少见哩。只是，猪肉绦虫和裂头绦虫，都不是通过血液进行传播，个头也都比较大。我们张家人所患的，可能是一种通过血液进行传播，到目前为止还没有被医学家发现的寄生虫病。”

“你的血液里发现虫了？”

“每次来月经，我都会观察血液的颜色，并没有发现白色的成分。可能是因为这种蚴的成长速度比较缓慢，还没有长大，当人达到一定年龄，比方说三四十岁，它们才刚好变成一只成虫，刚好长大到我们的肉眼可以看见，也刚好对人体造成伤害。果真是这样的话，那么用显微镜应该可以观察到吧？每隔一段时间，我就跑去实验室，可还是没有异常发现。怎么回事呢？”张娣寻觅答案似的看着我的眼睛。

“杞人忧天。”我发表看法。

“学问的背后，可能存在一些现在的我还参悟不透的东西。能等？”

“能等？”

“等到真相大白那一天，然后让你高枕无忧地进来。”

我看着张娣的眼睛，想说戴上一只安全套不就行了？话到嘴边，又咽了进去。

“如果真有你想象的这么坏，我也不会畏惧什么。”我说。

“可是，我不可以连累你，那是万万不可以的。另外还有一点要说：如果，你遇见一个心仪的女孩，就请放心大胆地和她交往，不要在乎我的感受。”

我心头一阵冰凉，问：

“爱我吗？”

“你说呢？”张娣反问。

“不知道。”

“我身上的哪里都让你碰了，我怎么可能不爱你呢？”

“我也爱你。”我说，“以前不知道是爱，现在可以肯定是爱。任何东西都阻断不了的一种小桥流水式的爱。”

“不是因为可怜我？”

“不是。所以，无论事情往哪个方向发展，我都要和你在一起，永远。”

“假如我死了呢？”

“别说傻话！”

“我是说假如。”

“那么我就守在你的坟边，至死也不离开。”

“这种话，太叫人高兴了。话虽然这样说，但是千万不可以这样做。我会伤心，会责备自己的。还不是？那样一来的话，不就等于是我抹杀了你的人生？我还有什么颜面，去到九泉之下见张家的列祖列宗呢？答应我，别做那样的傻事，好吗？”

“好是好。但是你也要答应我，别再胡思乱想，活得好好的，

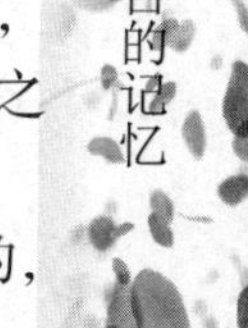

提什么死呢？”

张娣好看地一笑，说声“知道了”，然后把脸再次贴在我的胸部，不动了。

“爹和娘过世了以后，”良久，张娣想起似的在我耳边低语。语声轻飘飘的，恍若梦呓。“在我的身体里，好像多了一台时光穿梭机，一旦听到和血有关的事情，就会被带去那个时间，那个地点，再次亲眼目睹爹和娘一起惨死的整个经过。每当那个时候来临，我的情绪就会跌落到谷底，根本无法控制自己，就像上次和你投宿时表现出来的那样。”

“心理作用。”

“可能吧。我今天表现得还可以吧？并没有出现上次的那种失控情绪。和盘托出过后的现在，心情也轻松多了。好像事情真的过去了很久，变得不再可怕了一样。怎么回事呢？被你分摊化解了吗？”

“全部分摊给我好了。”

“要吗？”张娣问。

“要吗？”我不解。

“箍得人家胸口好疼，不是由于那方面作怪？”

我松开双手，在床上摊平，问：“这样可以吗？”

张娣笑而不语，开始抚摸我的下面。老实说，我没想过要那个，听张娣说死什么的，情不自禁地把她搂紧了。所以无论张娣怎样鼓捣，我的下面都是软的，直至再次被张娣含进嘴里。一泄而出时，我仿佛听见了“咻咻”的发射声。

张娣走进卫生间漱口，出来后，再次趴在我的身上。

“好像比真的进去还要——”

“嘘……”张娣伸出右手的食指，按在我的嘴上，“有些话，不可以出口的。”

*

一觉醒来，手机显示十时三十七分，日期是 2002 年 9 月

15 日，星期天。同昨天一样，天气是晴。窗外又射进一抹阳光，白亮亮的，晃得我有点睁不开眼。张娣以一种仰卧的姿势睡在一点五米宽的床的中间，香沉沉地，安逸得像一只小兔。绘有荷花图案的一张被单奇妙地盖在她的身上，只勉强遮住她右边的乳房，左边的暴露在空气中。玉骨冰肌，锁骨分明。一头黑色的长发在白色床单上泼洒开来，颇有一种睡美人的味道。昨晚几点入眠的呢？我思忖，大概凌晨三点。可也未必，估计还要晚。

我下床，尽量不发出声响。穿上衬衣和长裤，走进卫生间。水龙头出水就行了，不必开得更大。洗脸，刷牙，还把昨晚两人一起洗澡时脱下的衣服洗了。统统做罢，坐在床沿，舔一样地观察张娣的身体。薄薄的被单下，张娣身体的轮廓若隐若现：精致小巧的脚丫，少女时期特有的丰腴大腿，盈手可握的腰肢。观察的时间里，我的情绪不由得败坏起来。何等美不胜收的身体啊！我想，里面居然有虫？张娣还可能因此丧命？信吗？当然不信。但是退一步讲，如果真的发生那种坏事的话，那么我会做出一种怎样的反应呢？造反，这是必须的。然后跋山涉水，找到躲藏在撒哈拉沙漠纵深处的一支亡灵骑士军队，巧言令色，嗾使他们和我一起去东方攻打阎罗殿。后来，我们的军队和阎罗王的军队在一片印度森林里狭路相逢了。阎罗王的军队在释迦牟尼的援兵赶到了以后，干掉了所有的亡灵骑士，还把我押到一个名叫“阿鼻地狱”的地方，推上了准备在那里的一个虎头铡。行刑前，陆判问我为何造反？我朝他吐口水。他只好请来嫦娥，勾引我，只要我说出哪怕一个可以造反的理由，非但赦免我的死罪，还跟我上床。我屈服了，在脑袋里搜索那个理由。搜索的时间里，张娣睁开眼睛，欠身坐起，把脑袋偏成四十五度的样子，看着我的脸问：

“怎么了？”

“看你的身体。”我如实回答。

张娣揭开被单，从下往上审视自己赤条条的身体："怎么了？我的身体。"

"太销魂了。"我说。

张娣笑出声来，说："你这个人呀，开玩笑也显得这么正经，人家会轻率地信以为真的。"说罢起床，归拢衣服，穿在身上。

"几点了？"张娣一边系鞋带一边问

我再次确认时间："十二点。"

"十二点了吗？"张娣不信。我打开手机给她看。她点头，说："中饭去学校里吃吧？食堂十一点半开饭，持续到一点。现在出发的话，应该还来得及。"

"好的。不过，就别回这里了。"

"怎么了？"

"晒太阳去，晒一个下午。在你这里待久了，我老是出现不良反应，既有生理上的，比如无缘无故的，就勃起来了，又有心理上的，比如把你想象成了嫦娥。不是说你这里不好。由于太好了，那些叫人头疼的东西才有机可乘。"

张娣困惑地望了我好一阵子。

食堂里的气氛，同我所在的学校差不多，只是男生少，女生多。我和张娣赶到时，吃饭的学生已经撤离了大半，桌上和地上，到处都是残羹剩饭。姗姗来迟者倒也不少，只是里面没有熟人，我和张娣得以安静地进餐。

饭后晒太阳的时间里，两人断断续续地说了许多话。张娣打听我的学习。我告诉她成绩中等偏下，课堂上经常看不相干的书，想遥不可及的事，如此而已。

"想遥不可及的事？"

"比方说在你毕业了以后，可不可以马上就嫁给我。"

张娣低头不语。

我以一个"大"字的形状躺在足球场中间位置的一堆野草丛中，张娣神情萧索地坐在我的旁边。

“无趣的事，倒是时有发生。可以说吗？”片刻，我问。

张娣说可以。于是我说了发生在6月里的那次足球世界杯，以及那些天发生的一系列荒唐事件。譬如晚上七点，班上的几个男生和社会上的众多球迷一起，聚集在五一广场，观看摩天大楼外墙上正在直播的足球比赛实况，把交通堵得水泄不通，一旦看见中国队输球，就把手里的一只空啤酒瓶朝那里的巨型荧屏砸去——场面混乱，跟武装暴动一样，稍不留神就可能被天上掉下的一个不明硬物击破头颅。然后说李自由，说我和他结识的过程，说他的天赋异禀和奇特的人生观，以及追求女孩屡屡到手的能力。还想说王静。至于王静，其实说说也无妨，但是考虑到王静对我的好意，觉得还是不向张娣提起好些。这时，我才想起和王静的约会——约好昨天上午九点在吴记餐馆碰面——但事已至此，只能听之任之了。

“你的世界，比我的世界大很多。”张娣望着远处的哪里，不无凄凉意味地说，“而这从表面上，又似乎看不出来。”

我没有辩驳。

三点半钟，我说该走了。张娣说送我到火车站，我说不用，送出校门就行。

从图书馆前面的斜坡上下来，教学楼那边荡来一个招呼声：

“行李都背上了，是要离开吗？”是玲玲。

“是啊。”我大声回应。

“送你一程吧？”旁边的背带裤女孩大声呼唤。听见玲玲的招呼声，刚从教室里出来。一起出来的，还有双胞胎，学生头，和两个我不认识的女孩。

“不会迷路的。”我也扯着嗓门儿回答。

我的话并不好笑，女孩们却笑得很大声，宛如青楼上一群卖醉的妓女，都挨着栏杆，朝我挥手道别。我感动莫名，几欲落泪。

等待公共汽车的时间里，我告诉张娣这个学期两人恐怕再也不会有见面的机会了。

“国庆节过后，我要去广西省实习。回学校以后，又要写实习报告。”

“没关系，不是还有寒假吗？”

“是啊，到时和你一起回苗寨。”

“是真的吗？”

“是真的，特别想念苗寨。”

“不打算去县城？”

“不想见到那个人，没准儿会打架的。”

张娣想劝说什么，终究没有出口。

“你能回苗寨，爷爷和奶奶肯定高兴得不得了。”张娣说。

公共汽车出现在山脚的拐弯处。

“实习期间写信给你。”登上车厢后，我朝张娣大声强调道，“你可以回信，也可以不回。”

“好的。”张娣追出三四步，停住了。公共汽车爬上坡顶时，她仍立在那里，直至从我的视野完全消失。

第八章 青春有悔

星期四的下午，原本是全校例行大扫除时间，黑白无常在完成了班里布置的劳动任务以后，却一起跑去打篮球。见活动在篮球场上的人不是很多，便叫来旁边的三个新生，又朝对面的五老生大声喊："喂，打全场吗？"回答说打。

黑白无常都是文艺范儿，加上三个新生队友的球技也不算高明，数回合下来，五个对手都露出一脸鄙夷的神色，开始把他们当猴耍：一名队员传球给另外一名，另外一名传球给第三名……就是不投篮。白无常觉得自己被奚落了，于是还以颜色，抢篮板球的时候要么故意绊倒对方，要么拍脸。一个对手被白无常的手掌拍出鼻血了，骂了句"丢你老母"，同时还推了白无常一把。黑无常见状，立刻跑回宿舍搬救兵。搞宿舍卫生的十几个男生听说同学被欺负了，纷纷操起衣叉、拉力器、双截棍等物，朝篮球场奔去。

从株洲回来后的这四天，我一直萎靡不振，本来就有点想扁谁一顿，被扁一顿也行，因此冲在队伍的最前头。一个光头揪住白无常的衣领，正警告着什么，听见黑无常大声喊"就是他"，我端起右腿的膝盖，飞身踹了过去。光头倒地后立刻爬了起来，凶神恶煞地瞪着我。我甩出几记勾拳，尽管他的嘴角流血了，瞪我的眼神还是没有变化。我心软了，再未动手。随后赶到的一帮同学可比我心狠手辣多了，硬是把他堵在中间，一阵拳打脚踢，简直如踢沙袋一般。

几个同伴被追打一阵后，都逃之夭夭了，唯独光头还赖在这里。突然，不知他从哪里获得的气力，“啊”的一声冲出人群，像一头野猪似的朝我拱了过来，和我搂成一团，重重地撞在篮球场一侧的大理石护栏上。两米深的大理石护栏下方，是一条水泥路。可能他想和我同归于尽吧，用双手死死地箍住我的背，我求之不得，也用双手死死地箍住他的背，两人一齐用力，翻下大理石护栏，重重地摔在硬邦邦的路面上。被压在下面的我全身痛得不行，动弹不得，趴在上面的他安然无恙，爬起来就跑。后来我被诸君扶到学校的医务室，发现左手的腕关节粉碎性骨折。

第二天上第一堂课时，参与打架的双方人员都被叫到教导处。

“你们都很团结，很勇猛，”教导主任和蔼可亲地说，“只可惜投胎投错时间了。如果投胎到战争年代的话，那么肯定个个都是将军。学校很为具备将军之才的你们感到骄傲和自豪！但是我请求你们，别在学校里面打架，打出新闻了学校还能继续办下去吗？去学校外面倒是随便你们怎样打打杀杀都行，那就是公安局和派出所的事了，与学校半点关系也没有，即便你们全部都被打死了，学校也只管通知你们的家长去哪里领取你们的尸体。”

光头就坐在我的对面，两人中间隔着一张椭圆形会议桌。我身上穿一件背心，左手上绑一副夹板，肩膀上披一件花格衬衫。把我弄成这样一副德行的他的脑袋肿得像个猪头一样，估计连他亲妈一时半刻也认不出来。接着，教导主任用大会上的陈词滥调说了一通大道理，而后命令双方人员大声朗诵各自写的检讨书，末了像比赛入场的足球运动员那样握手言和，完毕。

不是什么大事，毕竟没出人命。吾等墨守成规了四五年，心里积压的对学校对社会对人生的诸多不满，早就想发泄出来了，打架只不过是一种发泄方式罢了。校方在对事件的处理上，较之新生，也要畏首畏尾得多，因为稍有不慎，就有可能酿成灾难，比方说罢课。虽说当今的中国暂时还没有出现需要通过罢课这种方式才能够解决的教育问题，但是实际上，一些变相的运动时有发生，诸如跳楼、赌博、打架。

权衡利弊后，校方做出让步，大事化小，小事化了，颇有一种敷衍了事的味道。好像在说："反正就要毕业了，就不为难你们。"黑无常、我、光头等三人被警告，其余的人被通报批评。没有人被记过，没有人被留校察看，没有人被勒令退学，想来实在令人喷饭。

有趣的是，传达处理结果的一张红色大字报在学校的公告栏张贴了不到一顿中餐时间，就被撕成了两半，一半留下，一半不见了。留下的一半挨到下午，被一张《爱情命运号》的电影海报取代。不见的一半被人用一只安全套拴在旗杆的降半旗位置，迎风飘荡了一夜。

*

因心情亢奋，晚饭后，我找到李自由，邀他和我一起去学校的电影院看电影。李自由正在洗手间里洗衣服，问是一部什么电影？刘德华的《爱情命运号》，我回答。他说可以。

"本想借你的宗申，和商学院的一个美女出去办事。看见你的这副熊样，我不能坐视不理呀。伤得不轻吧？"李自由盯着我的左手问。

"动不了。"我也盯着自己的左手回答。

"花了多少医药费？"

"四百五，不过保险公司承担一半。和一个美女出去办事，是什么事？"

"干。此外还有什么事？能有什么事？"

"放弃追求董小蓉了？"

"哪里。"李自由停顿片刻，然后朝我竖起一根食指，说，"只是，在打败董小蓉这只BOSS之前，我还是要继续打些小怪。

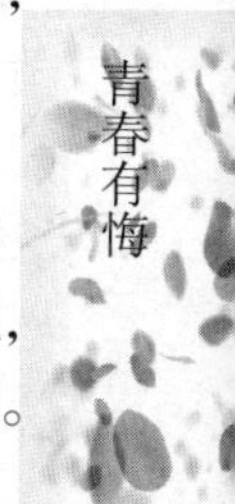

只有这样，才能恢复血量，提升经验值和等级，继续挑战她。”

“如果我没有记错，上个星期，有个家伙说要改变思维方式。莫非不是你？”

“是我。只是，人这种动物——怎么说呢？今天想要星星，明天换成想要月亮，没有定数的。类似的伤脑筋的事，在猫的身上却发生不了，何故？猫的大脑简单，不感情用事。拥有高级大脑的我们，要借鉴这一点。我是对董小蓉情有独钟，这是思想。但是在那个幸福的时刻来临之前，我还是要过得快活，这是行为。两者井水不犯河水。一旦违背这点，就会撞车，坠入情网而不能自拔。那样的人生，我李自由高攀不起。总之，我不想因为一个没有到手的女孩，而对别的女孩视而不见，不想憋着，不想打飞机。”说罢，李自由打开身前的水龙头，好热似的洗了把脸。

“可惜。”我发表看法。

“可惜什么？”李自由问。

“你不去报考律师，真他妈的可惜。”

“是讽刺？”

“不是讽刺，而是佩服。”

“得了吧，我还不了解你，狗嘴里吐不出象牙。”

“知道就好。”

*

销售电影票的窗口隔壁，是一个桌球室，里面摆有六台斯诺克球桌。我和李自由一起站在桌球室外面的檐廊里，排在一支长长的队伍中间购买电影票时，透过一扇玻璃窗，我觑见正在那里打桌球的王静。同伴是一个奇装异服、眉清目秀的高个子男生。两人轮流击球，偶尔闲聊两句，显得既不是很熟络，也不是特别生疏。我朝李自由说声“在里面等你”，闪身进去。

“哈喽。”我朝王静打招呼。

王静瞥了一眼我的脸，继续击球。

“上个星期六，我临时去株洲办理一件很重要的事，因此错过了和你定下的在吴记餐馆的约会。对不起。回到学校以后，本来很想马上向你解释，可是没有你们寝室的电话号码。”

这句话我重复说了三遍。每重复一遍，就把音量提高五个分贝。王静依然不声不响。李自由进来后，朝我说声“桌球有什么看头”，架着我朝桌球室里端的放映厅走去。检罢电影票，我回头望了望，王静也好，男生也好，都不见了踪影。

*

从电影院出来，和李自由在学校北门附近的一家夜宵店里喝了冰镇啤酒，吃了唆螺和臭豆腐。回到寝室，已是十点。刚上床躺下，手机响了，按接听键，是王静。

“是吗？”她问。

“是吗？”我听不懂。

“你所说的‘临时去株洲办理一件很重要的事’。”

我慌忙说是的，并将在三个钟头之前说过的话重复了第四遍。

王静“噢”了一声。

“怎么不拨打我的手机呢？”我问。

“你失约在先，与其叫我拨打你的手机，不如叫我跪在地上向你示爱。”

“见我没去赴约，你可以在电话里向我询问一下情况的嘛。”

“肺都快要气炸了，哪里还有心情问。”

“真的快要炸了？”

“差一丁点。好烦，这几天。”

“烦什么？”

“很多。”

我学王静的口气“噢”了一声。

“吃醋了没？今天看见我和别的男生待在一起。”良久，

王静问。

吃醋了吗？“不知道。”我说。

“那么我看见你的左手悬挂在你的脖子下面，又是怎么一回事？”

“打篮球的时候，不小心摔伤了手腕，谢谢你的关心。”

“言而无信。”

“明天有空？请你吃晚饭，弥补我的言而无信。”

“人家那天足足等了你一个上午，我就这么好哄么？”

“那倒不是。”

“别以为我现在主动打电话给你，好像原谅你了一样。哼！想要我这么快就原谅你，门儿都没有。之所以打电话给你，是想通知你一声，如果你下次再碰见我的话，我还是不会理你，你也不要理我，不然后果自负。”

“我应该怎么做？”

“不知道。”王静的语气软了下来，“等我气消了再说吧。气鼓鼓的，这几天，对谁也没有好脸色。气消了我会主动打电话给你。不过我丑话说在前头，下次可别再惹我生气了，比方说我叫你往东，你不能往西，不准说半个‘不’字。”

“看情况。”

“看情况？喂，被惹毛了，我什么傻事都做得出来的，信不信我现在就跑去男生宿舍，拉着你今天看到的那个男生一起去学校的外面开房。他比你高，比你帅，比你酷吧？这可不是吓唬你。”言毕，挂断电话。

*

送走9月，迎来10月，空气的味道变了，景物的色调变了。我每天都去教室听课，做笔记。一二三年级排外，别的年级都没有固定教室：既没有固定的上课教室，又没有固定的晚自习教室。系里每个星期都会发一张表格下来，这两节课安排在教学楼一栋的五楼，下两节课安排在二栋的三楼，诸如此类。有时甚至还要跑去图书馆，在一间大教室里和别的系别的班一起上同一堂课。晚自习的时间一到，只要是校方划定的公共教室，倒是随便走进哪一间看书都行。给手腕换过一次药。国庆长假期间因无所事事，便整天待在寝室里背英语单词，坚持两年了，一本五厘米厚的《英汉词典》，从首页翻到尾页，连附录的计量单位表也不放过，末了合上书，居然全无印象。

*

国庆长假过完，在班主任的带领下，全班同学踏上了长沙开往南宁的一列火车。

*

上火车之前，我拨通半个月以前王静打来的电话。对方问我是谁？我报上姓名。

“王静不想和这个名字的主人说话。”她说。

“我有十万火急的大事。”我说。

那头突然没有了动静，可能捂着话筒，正在商议什么。

“王静说，她会在合适的时间主动联系你。”半晌，这样回复我。

“可是——”我话还没有说完，那头就挂断了。约十分钟后，我换成三爷的手机再次打了过去，还是先前那个女生接听的。

“请问找谁？”她问。

“叫一下王静。”我掐着喉咙回答，故意咳嗽了两声。

“您是？”

“她爸爸生前的一个挚友，想就她爸爸的死，和她讲两句。”

……

“喂。”换成王静的声音，但又不像是她的声音。

“我马上就要离开学校，去广西实习了。”我拿正常的声音说。

“是你喔。”王静显得并不惊讶。

“是的。你的嗓子怎么了？”

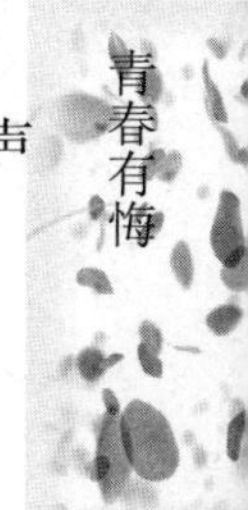

“很难听？”

王静的嗓音属于唐老鸭那一类型，本来就不甚动听。

“有点巫婆的味道。”我说。

“重感冒三天了，喉咙痛，不能和你大声说话。”王静轻言细语地说。

“看医生了？”我问。

“不回来了？”王静反问。

“实习两个月，12月份回来。”

“呃。”

“如果，你仍有不能谅解我的地方，那么等我实习回来了以后，再和你一起解决，好吗？”

“呃。”

“嗯，就这样。正坐在候车室里呢，马上就要上火车了。再见。”

……

“再见。”我重复。

那头电话挂断了。

*

火车上，只要一闭上眼睛，就会想起张娣，比以往任何时候都还要想。好像我奔赴战场，一去不复返了一样。想起张娣的同时，一些童年的记忆也跟着复苏，撩人情怀，又恍若梦境。何故？我扪心自问。莫非人最珍贵的回忆，只有在长路漫漫的旅途中才休验得到？思来想去之间，一股销魂蚀骨的愁绪慢慢地爬上心头。为了驱除这股愁绪，我久久地凝视被夜色染黑的一面车窗玻璃，哼起一首《甘心替代你》来。《甘心替代你》只哼到一半，就被歌词刺痛神经，泪流满面。好在只打开车厢两头的壁灯，没有人看得清我的脸。

到达南宁站，是第二天的中午一点，火车驰骋了足足十六个小时。出得出站口，班主任去附近的一个客运站物色大巴。

大家则被班干部分成五组，以组为单位分别找地方吃饭，两点之前赶回原地集合即可。尽管如此，意外还是发生了：两个女生一起钻进南宁火车站对面的一个大型农贸市场，迷路了，直到下午三点，她们才回来，已经哭得一塌糊涂。

大巴上，没有人交头接耳，都把脑袋枕在软绵绵的沙发式座位上，气定神闲地欣赏车窗外面的风景。确实，车窗外面的风景和湖南判若有别。金秋时节，艳阳高照，照理说应该是农忙时节，可是沿途既看不见黄灿灿的稻田，又听不见打谷机的声响，唯见铺天盖地的香蕉林，由近至远，无垠无边。但凡有村庄出现的地方，路口的两边总是能够望见水果摊，旁边的木凳上，坐着头戴尖帽的果农。大巴在这样的公路上奔驰了将近五个钟头，抵达平果铝厂时，夜幕降临了。

*

第二天，我们落脚的招待所里来了一个黑框眼镜，男，不高偏瘦，尖嘴猴腮。给我们上完安全教育，自我介绍说二十九岁，工龄五年，可能他对哪个女生怀有好感吧，强调自己未婚，是我们的一个校友。次日，我们被这个校友分成两组，一组去氧化铝厂，一组去电解铝厂。从那里打发到车间，搞了安全教育。又被打发到岗位，搞了安全教育。三级安全教育全部搞完，这个星期也就结束了。直到第二个星期一，实习才正式开始。

与其说是实习，莫如说是盯梢。就是说，师傅做什么，你看什么，不懂就问。但一般问不出什么名堂。“抽屉里有资料，自己去看。”师傅会这样回答你。千万别动手，万一捅出一个质量事故，罚款单上的天文数字可不是闹着玩儿的。开始的几天，我还有点激情，久而久之，心凉下来。每天早上七点准时起床，在招待所附近的一个食堂里吃罢早餐，登上一辆厂车，进到厂区，同师傅打完照面，便乖乖地坐在休息室里的一张会议桌旁听音乐。中午开饭时间一到，走进工区的食堂，回来后继续听音乐，直至下班。简直同慢性自杀无异。

某日，师傅看穿我的心思，说："回去吧。"

"真的？"我摘下耳塞，激动地问。

"真的。"他说，"算你出勤。"

当然不能回招待所，班主任守在那里，而是和跟我一样，被师傅放出来的诸君一起，跳上一辆公共汽车，去到几公里开外的平果县城欣赏美女。

平果县城不大，但还算热闹。俗话说，一方水土养一方人，这话或许不假。街上赶集的男女老少，多半皮肤黝黑，颧骨突出，个头都不是很高。走在街上的我们，好像到了柬埔寨或者越南，根本没看见什么美女。

失望之余，决定看录像。好不容易找到一家录像厅，每人掏五毛钱，进去了。进去后才发现里面正在播放动画片，且观众奇少，除了我们以外，只有三个初中生模样的少年。

看了大概十五分钟，乔丹不耐烦起来，大声喊：

"老板，换毛片呀！"

老板是一个六十几岁的老头，听不懂普通话，朝乔丹竖起一只耳朵。

"曲地赏汗奶儿。"少年中的一个用广西话说。

老头这才把光盘出仓，换成一部八十年代的台湾三级片。女主角不怎么漂亮，且只露出上半身，还只露出过一次。一片终了，嘘声一片，我们也罢，少年也罢。

后来的工作日，也大抵如此度过。说无聊，是无聊，可又找不出打发时间的更好方式。

*

每逢周末，就给张娣写信，删删写写，涂涂改改，一写就是两天。同枯燥乏味的实习生活相比，写信要惬意得多。写火车上的感触，写广西和湖南的不同，写香蕉林，写录像厅。我写道：

想你。由于想你，走在这个南方小城陌生的街道上，我才一次一次地左顾右盼。期望人群中出现一张属于你的脸，朝我微笑，朝我轻轻地启齿，说你偷偷地溜来此地，只是为了给我一个惊喜。

写故弄玄虚的安全教育，写早退，写周末除了写信，没有别的事做：

老早以前，我就有一个“不轻易从事冶金工作”的想法。提不起兴趣。而对这个专业的深恶痛绝，是到了这里以后。只要一踏进厂区，闻到弥漫在空气中的一股浓烈的氨气味儿，看到林立的像机器人骨架一样的厂房，我就心烦意乱。心想与其在这种地方虚度人生，还不如回苗寨种田来得痛快。

另外——说出来可能有点好笑——打从株洲回来了以后，我似乎对医学有了兴趣，觉得自己可能适合做一名医生。倘若时光可以倒流，无论如何，我都要和你一起学医。那样一来，即便毕业了以后找不到一份像样的工作，也可以开一个诊所，和你一起安安静静地过日子。

一共七封信，最后一个周末来不及写，就返校了。

*

期间，给王静打过一次电话。常德口音的一个女生接听的，声称她们寝室里根本就没有王静这个人，报了两遍电话号码，问我是不是打错了？我说没有打错。

“叫她接。”我仍像上次那样，掐着喉咙说，“我是你们的刘太刚校长。”

“确实没有这个人呀。”

“胡说。一个半月以前，我也是打的这个电话号码。”

“一个半月以前？”

“对。”

“一个半月以前，我们都还没有进校呢。”

闹了半天，原来是10月份进校的第二批新生。原先住在那里的第一批新生早就搬走了。

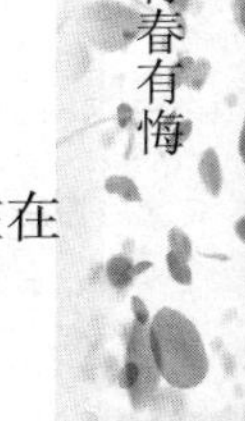

“搬去哪里了？”我问。

“不知道喔。”女生委屈地回答。

*

返校的前一天，接到张娣打来的电话。

“你在信里说，明天就回长沙，是真的吗？”她问。

我说是真的。明天下午，平果铝厂会派专车送我们到南宁火车站，赶晚上九点的一趟火车，第二天中午到长沙。

“多穿几件衣服，这边要比那边寒冷得多。”

“好的。”

沉默。如冰一样的沉默。

“给你带些东西回来吧？”良久，我说，“比如黄皮，雾莲。”

“黄皮，雾莲？是什么呢？”

“都是水果。”

“可是，你还要写实习报告吧？哪里还有时间过来株洲呢？不要吧？”

“一放寒假，我就去株洲找你，一起回苗寨。”

“嗯。”

两人又闲聊了一阵。我搜刮了几个自以为有趣的话题，真正出口，又觉得并不有趣。后来，张娣说上课铃响了，这就回教室。

“一路顺风。”她向我道别。

我没有出声。

约二十秒后，那头才传来挂话筒的低响。

*

返校时，我第一个登上火车，还专门挑了一个上铺，并指望同一个包厢里的其他位置都让男生占去，不想都说离厕所近，臭，纷纷朝车厢的里头走了，结果尽数丢给了最后上车的女生。其实和五个女生同睡一个硬卧包厢，不是什么糗事，可我就是觉得心情别扭。找个女生换位置吧，结果张望了半天，发现根本没得换，十一个女生，加上我，刚好凑齐两个包厢。

发车后，女生们在下面桌上玩起了斗地主。玩之前，邀请我也加入。“你们玩。”我回答，“我看。”看的时间里，不知不觉睡着了。半夜的某个时刻，又被推醒了。

当时，所有乘客都在酣睡。车厢里没有开灯，一团漆黑。我盯着推醒我的这个黑影，发现它披头散发，一张倒立的脸型若隐若现。

“不好意思。”黑影向我道歉。

音质干净、优雅，是董小蓉的语声。

“你这样睡觉，很叫人担心。而且，”董小蓉顿了顿，“挺吓人的。”

我仍以观看斗地主的姿势趴在上铺，像一只吊死鬼似的从床沿探出脑袋，董小蓉坐在中铺。两人的脸相距不过三十公分。

“对不起。”我说。

“应该说对不起的人是我。睡觉之前，叫了两次，都没有把你叫醒。我应该叫第三次。”

我翻动身子，面朝天花板重新躺好。

“黄弟，睡着了吗？”约五分钟后，董小蓉再次开口了。

“还没有。”我回答。

“我的原因？”

“刚才踏踏实实地睡了一觉，很难再次马上睡着。”

“还不是我的错？”

“你也是出于一番好意嘛。”

“不是好意，而是害怕。半梦半醒中，我看见你的头悬挂在我的上面，一下子反应不过来，连你是谁，连自己在哪里都分不清楚，害怕得要命，睡意全部都被吓走了。”

我盯着天花板，那里一片漆黑，恍若夜色罩住的一个别的世界。我朝那个世界伸出右手，却被一块硬邦邦的塑料板挡住了。

“帮个忙，好吗？”董小蓉接着说。

“什么忙？”我问。

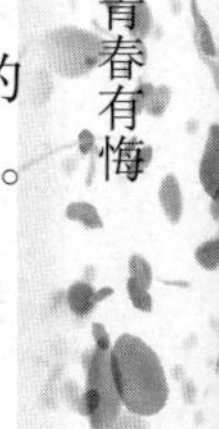

“去开水房那边，有事和你说。在这里说话，怕吵醒同学。”

“关于李自由的事？”

“差不多吧。”

我和董小蓉一起下床，来到车厢一头的惯力缓冲区。随着车厢的摆动，脚下的几张铁板也跟着起伏。从铁板缝隙里灌进的几股凛冽的气流，如利刃一般摩擦着我们的肌肤。我背靠铁壁站着，董小蓉交抱双臂，在我的身前来回踱步。

“好冷喔。”她朝我露出微笑。

“是啊。”我说。

她上面穿一件质地不厚的白色蝙蝠衫，下面穿一条黑色牛仔裤和一双高跟尖头黑色皮鞋。

“四年来，我还是第一次面对面地和你交谈，没有记错吧？”董小蓉学我的样子，背靠对面的铁壁，望着我说。

“没有记错。”我回答。

“为什么呢？”

“你和谁也不过多接触。你很忙。你在班级以外的地方搞到一片天空。你是一个女强人。”

“这就是我给你留下的印象？”

我点头。

董小蓉把头偏成七十五度，仰望头顶的天花板，良久未动。从走廊那边投来的一束灯光，把她的身体切成两半，一半光明，一半阴暗，倘若以此拍摄一张以“苦楚”为主题的艺术照，八成可以拿奖。

首先切入正题的是我。我交代了把她的出生年月、寝室座机号码等信息透露给李自由的事实。

“不指望你能原谅我。”我说，“因为无论怎么看，那都是一种龌龊小人的行径。”

“你是怎么知道的呢？这些。”

“你是班花，系花，说成是校花的也大有人在。一火车皮的男生都为你天使的面孔和魔鬼的身材倾倒，又被你高贵的气质逼退。所以，还是在一年级的时候，大家就穷尽所能，搜集关于你的一切资料，然后像获得一件宝贝似的，大声地炫耀。长有两只耳朵的我，很难听不见。”

“是吗？”董小蓉迷人地笑了。

“万人迷。”

“你也那样认为？”

“全世界的男人都那样认为。”

“我可是蒙在鼓里哟，觉得自己再平凡不过了。”

“情书里就没有人提起？”

“情书？”

“光是我们班，就有不下三个男生写过情书给你。只是，都像是投进了天坑一样，一点反应也没有。”

“寄信栏里写着‘内详’？”

“是的。”

“一共收到二十几封吧。不过全部都被我扔掉了。”

“为什么？”

“不想看。因为不想看，所以扔掉，生活才得以风平浪静地延续。这是和人生作战的一个好计策，三十六计中的‘瞒天过海’。不觉得？”

我有点不悦。比方说那三个情痴，和我的关系都还不错，把我拉到学校的外面，说随便走一走，中途聊天时，见缝插针地向我表示自己对董小蓉是如何的倾心，如果非要付出什么代价的话，那么甘愿折寿十五年什么的。然后说自己的写作能力有限，要我代笔，或者润色。末了，叮嘱我守口如瓶。就是说，那里面也有我的汗水。煞费苦心——他们也罢我也罢——整出来的情书，董小蓉居然连看都不看一眼。

“不赞成我的做法？”董小蓉盯着我的脸问。

“赞成。”我回答。

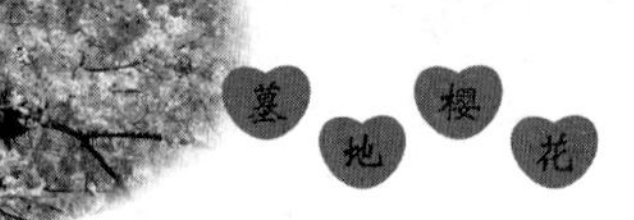

“真话？”

“算是真话吧。你有你的生活方式。”

董小蓉上前几步，转身，在我的身边蹲了下来。然后拉了拉我的左手，示意也蹲下，我顺从地做了。被董小蓉拉住手指的当儿，我产生一种被埃及艳后选中的感觉，好像被戴上了一顶王冠。

“我是有自己的生活方式，但不是没有来由，想听？”

“这也有来由？”

“前面说了，有事和你说，就是指这个。”

“想听。”

董小蓉开始讲述那个死去的男孩的故事。死去的男孩是她的一个初中同班同学，身材高大，相貌帅气，成绩普普通通，好打抱不平。他在学校的外面，有一帮辍学的同龄朋友。这帮朋友都不务正业，整天上网，K歌，身上没钱了，就把手伸进别人的腰包，或者敲诈上学路上的中学生的伙食费。一旦朋友中的谁被社会上的另外一帮人欺负了，他就召集和带领大家讨回公道。他举着一把马刀砍人的事，班上同学都有所耳闻，因此都不和他交往。他也不大和同学交往，除了董小蓉。

“那个时候的我，和现在的我很不一样。”董小蓉接着说，“性格比较外向，喜欢尖叫，成绩中等，和一般活泼开朗而又头脑简单的女生没有什么两样。为什么呢？因为有他的呵护，我得以放任身体里面软弱和野性的部分。当然，也可能和成长的环境有关。家里的钱多得花不完，在爸爸和妈妈的溺爱中长大。成长的速度太快，跟不上阅历的节拍。没有吃过苦头，只会张口闭口要钱。不会洗衣服，也不会做饭。就这样，不谙世事地闯进了中学的校园，好像是被谁一把抱进来的一样。话说回来，正因为不谙世事，我才得以和他交往。即便是在他死了四年以后的今天，我仍然觉得，和他相处的那段日子，是我人生中最为快乐的。

"我清楚地记得，在一年级第二个学期的一堂数学课上，由于我回答不出圆周率是多少，老师就叫我一直站着，不准坐下。我委屈得哭了起来。他站起来指责老师，说老师你也太无情了，因此被老师拉出教室，狠狠地训了一顿。放学了以后，他跟在我的后面。起先，我不知情，直到一起回家的女生提醒我说：'喂，小蓉，那个男生，每天都在跟踪你。'发现是他后，我激动得一个晚上都没有睡着。第二天放学了以后，故意单独一个人回家，故意东瞧瞧，西望望，故意放慢脚步，故意走进肯德基店。这时间里，他和我总是保持在十米左右的距离，既不加长，又不缩短。样子可爱极了，平时冷若冰霜的表情不见了，横行霸道的做派不见了。几天下来，我接受了他，主动走过去，请他喝饮料，叫他陪我一起逛街，送我到家门口。他像一个保镖似的跟在后面，我在前面像一只松鼠似的欢快地跳来跳去。"

说这些时，董小蓉的嘴角挂着一丝笑意，仿佛回到了那个天真烂漫的时代。

"在同学的眼里，他是一个坏男生。打架的男生都坏，这是大家的看法。当时的我却不那样认为。不就是打架吗？我想，我也偶尔和女生打架，扯头发呀，揪耳朵呀，事后不是都挺懊悔的么？况且，他长得那么帅，对我又那么好，发现我不开心，就哄我，有人惹我生气，就走过去警告那个人小心点。

"第一次去他家里玩儿，我开心极了。二年级的秋天，一个星期六的中午。他家里的情况，和我家很不一样：养一只看门的大黄狗，养鸡，养鹅，烧柴火做饭，用两只木桶去附近的一座大山里挑水，倒进屋子后面的一口瓦缸里；屋顶全是瓦，墙上只有泥，屋檐下的柴火堆得老高，风一吹，草絮就到处飞；厕所在瓦屋的后面，是用竹竿和茅草一起搭建起来的，没有门，本来应该安装门的位置，悬挂着一面草席；厕所旁边的一个木圈里，关着几只小羊，一直'咩咩'的叫个不停。这些事物，全部都让我感到好奇。还有附近的菜园和农田，远处的树林和

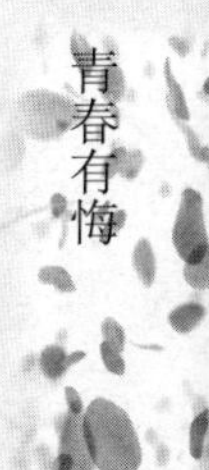

高山，也都是我之前不曾见过的。我家住在平顶山的市中心，周围全是高楼大厦。我们就读的中学，在城西。再往西大约三个小时的车程，才是这里。说来真是好笑，当时的我，并没有意识到他家很穷，准确地说，是不知道穷是什么概念，只知道他家和我家很不一样。

“他爸爸在世的时候，是鲁山县的一名矿工，死于一场煤矿坍塌事故，连尸体都没有找到。他妈妈虽然是一个农民，却望子成龙，把他送进教学环境比乡下好很多的城里读书，学费由在温州打工的姐姐提供。他是寄宿生，一个月只回家一次。除在温州打工的一个姐姐外，他还有一个十岁的妹妹。那次我去到他的家里，他妈妈杀了一只鸡招待我。我吃炸鸡腿的时间里，他妹妹坐在大门的门槛上，直勾勾地望着我，他妈妈站在我的身边,左一句好吃吗？右一句进盐了没有？后来我才知道，那些鸡，鹅，羊，都是他们家的年货，平常根本就舍不得杀。”

董小蓉突然止住话头。

“不好意思。”她抬起脸，看着我说，“越说越远了。”

“好听。”

董小蓉没有继续，而是打听我的初中生活，好像担心冷落我似的,其实没有必要。我回答说在一个国家级贫困县城里读书，成绩也很普通，也不大和同学交往。董小蓉好看地一笑，移开视线。瞧这气氛，我应该问点什么。

“他是怎么死的？”我问。

“被人杀死的。”

“是打架吗？”

“凶手是我。”

“你杀死了他？”我有些难以置信。

“是的。”

我不便再问。片刻，董小蓉继续前面的话题：

“三年级的第二个学期，距离中考还有差不多两个月的时间吧。一天，他把我拉到学校的外面，说喜欢我，不是哥哥对妹妹的那种喜欢，而是真心实意地爱我，希望可以照顾我一辈子。尽管，当时的我对爱情懵懵懂懂，但是心里却很开心，就像吃了蜂蜜一样。从小到大，第一次有人说爱我，说照顾我一辈子，而且说这种话的，恰恰又是自己喜欢的那个人。不过，他没有继续，只说爱我，照顾我，完了。

“第二天，他的态度完全变了。独自一个人坐在教室的角落里发呆，我走过去找他说话，他也只是强颜欢笑地附和一声。这种若即若离的状态持续了大概两个星期吧，然后我实在忍无可忍，就把他拉到教室的外面，问他到底是怎么了？他说算了。我问什么算了。他说我们。我问为什么？他说等他一拿到初中毕业证，就走了。我问走去哪里？他说温州，说他不是一块读书的料，妹妹的学习成绩比自己好，打算把读书的机会让给妹妹。我说你和妹妹都可以读书，为什么要说让呢？他哭了，我第一次看见他哭。他哽咽着说，在温州打工的姐姐被一辆大货车撞死了，连是被谁撞死的都不知道，高中的学费没有着落了，他必须出去打工，像姐姐供自己那样供妹妹读书。

“那次谈话，让我很伤心，想到他要走，想到两个星期前他对我说过的那些甜言蜜语，心里很不是滋味。后来我劝他，说我打听过了，高中的学费并不贵，还不到我两个月的生活费。‘那是你！’他反驳我说，‘你是一个千金小姐，我是一个穷光蛋！’根本劝不动他，甚至我劝得越是努力，反倒越是让他生气。我想不通，为什么呢？现在的我却明白，当时的他，即便是真的出去了，也找不到一份像样的工作。年龄不满十八岁，正规的厂家都不敢接收，只能在一些不三不四的地方做一名童工。不过，他的样子看起来要比实际的年龄偏大，如果办一张假身份证的话，那么或许可以蒙混过关。听说，你办过一张假身份证？”

话锋突转，我一时半会儿没有反应过来。

“是啊。”半晌，我回答，“但不是改年龄，而是把头像换成李自由的，请他帮我代考湖南大学英语三级。我过不了。过不了就拿不到毕业证。”

董小蓉好看地笑了，见我反应迟钝才笑的。

“怎么不换成我的头像呢？性别也改成女。那样一来，保准能让你过国家大学英语六级。”

“开不了口，毕竟不是一件光彩的事，还是找别班的人帮忙好些。”

“办一张假身份证需要花多少钱？另外，你是怎么办到的？”

“怎么说呢？厕所的墙壁上，不是到处都写着办证么？打一个电话过去，和对方讨价还价后，约好在哪里碰面。碰面了以后，交出李自由的一张一寸免冠照片，和自己的身份证原件。对方叫我在原地等，等了差不多半个小时，对方拿着一真一假两张身份证回来了。至于价钱，我当时花了五十块。”

董小蓉再次笑了，说：

“我想，他也知道这些。他不是没有胜算就轻易地投入到什么中去的人。中考结束后，连句道别的话也不对我说，就回家了。

“等待中考成绩发榜的时间里，我脑袋里面装着的，尽是他的影子。怎么不和人家道别呢？都分手了，还这么冷血？起先，我埋怨他，憎恨他。后来，变成想念他了。那可真是想得不得了，称得上是地地道道的少女怀春。他的音容笑貌，像蝴蝶一样在我的脑海上空飞，白天飞，晚上飞。现在想来，那么痛彻地思念一个人，那之前，那之后，再也没有出现过。”

董小蓉停顿片刻，似乎在调息神经。

“忍耐了两个月以后，我鼓起勇气找他去了。以前，寒假也好，暑假也好，他每隔几天就会跑来城里看望我一次，我也有时会对爸爸和妈妈撒谎，偷偷摸摸地溜去他家。他家里没有人，找了一阵，原来都在瓦屋后面的一块农田里：他妈妈割稻子，他打谷，他妹妹传递稻谷把子。听见我呼唤他的名字，他跳下打谷机，朝我跑了过来，二话不说，把我拉到附近的一座山上。山的面积不是很大，也不是很高，形状有点像一只爬行中的蜗牛。山上长满了松树，松针和松塔散落下来，厚厚地垫了一地，走在上面，和走在床上差不多。

“我们从蜗牛的尾部上山，穿过松林，来到蜗牛的头部，坐在距离悬崖大概三米远的一块大石头上，像往常一样，观赏悬崖下面的一片杨树林。坐了很久，谁也不说话。后来，他终于说出那句让我失望的话了。回去吧，他说，天色晚了，再不回去，就没有车了。我没有吱声。他又说，已经提前买好了一张火车票，过几天，等毕业证一拿到手，就出发去温州。我的情绪崩溃了，问他是不是真的爱我？他没有回答。我又问，到了温州以后，可不可以写信给我？他说没有必要，说他迷恋过我，但那是不对的，因为在那个时候，他还很自信，对未来充满了憧憬。可是现在，他终于明白自己既没有自信的权力，又没有迷恋谁的资格，祝我幸福，如果我认为他之前对我所说的那些爱我的话都是骗人，也行。

“听他这样说，我的眼泪不争气地掉了下来。我越哭越伤心，越哭越大声。他心软了，开始哄我，抱我，还吻我。他的眼神告诉我，他依然很在乎我。他吻我的时候，我抓住他的一只手，让他隔着衣服抚摸我的上面和下面。当我解开自己衬衣的纽扣，脱掉胸罩，露出那里时，他一把将我推开，转过身，捂住脸，大吼了一声，然后还是叫我回去，口气比之前坚决多了，还说以后再也不要见到我了。我一直呆呆地站在那里，眼泪汪汪地望着他的背影，静静地等待他的判决。听他这样说，我羞愧极了，连衣服也顾不上扣，就扭头跑开了。还不是，一个十六岁的姑娘家，连身子都打算给你了，还要我怎么做呢？

“狼狈啊，跑到镇上，末班车没有了，只能走路回家。那

可不是闹着玩儿的，几百公里呢。走了差不多五公里吧，我实在走不动了，就坐在公路的边上，再次大哭了起来。哭了大概一个小时，一辆大卡车停在我的前面，司机跳下车，说回平顶山，问我顺不顺路，如果顺路的话，那么就和他一起上车。我回答不好，只是点头。

“回到家，零点都过了。爸爸和妈妈都急得团团转，之前又是打亲戚家里的电话，又是打我同学家里的电话。妈妈问我去哪里了？眼睛怎么这么红？怎么这么肿？我的情绪本来已经控制住了，可是被妈妈这么一问，又哭了起来。妈妈把我扶到沙发上坐下，问我到底发生了什么事？于是，我把关于自己和他的事情毫无保留地说了出来，说我那么喜欢他，他却那样对我，太绝情了。

“‘啪’的一声，爸爸一巴掌拍垮了一张茶几，接着又把一只花瓶摔在地板上。记忆里，爸爸从来没有发过火，既没有对妈妈发过，又没有对我和当时在复旦大学读书的哥哥发过。这回的火气却大得不可开交。他指着我的鼻子说：‘小小年纪，谈情说爱，成何体统！’还骂我简直就是一个贱货。妈妈也表示这种事以后再也不准在我的身上发生。后来，妈妈拉着我的手，耐心地对我说早恋的坏处，说了好多好多，我像一个活死人一样，似听非听地听着，不哭，也不作声。爸爸和妈妈居然是这样的反应？我还指望得到他们的安慰呢！我突然觉得，在这个世界上，再也没有人疼我了，一边嫌弃我，赶我走，一边责备我，骂我贱。”

董小蓉伸出右手的食指，挑了挑右边耳畔的一缕秀发。

“那天夜里，我坐在自己卧室里的梳妆镜前，哭了整整一个晚上，天蒙蒙亮的时候，一个想法终于让我解脱了，于是趁爸爸和妈妈都还没有起床，就偷偷地溜出家门，再次去到他家。可能见我披头散发的样子很可怜吧，他没有立即赶我走，而是拉着我再次来到蜗牛山上，说对不起，说他昨天追到镇上的时候，我人已经不见了，问我是不是赶上了末班车。我心里既然已经有了想法，便回答说是的。他说两人以后还是朋友，天远地远，永远都是，但是有一点，我会长大，阅历会变深，目光会变远，思想会变成熟，到时如果嫌弃他的话，那么一脚揣开便是。我笑了起来。他看着我，问傻笑什么？我说没笑什么呀，并再次请求他和我一起读高中，说我把生活费全部存起来，充当他的学费。他说他不能接收我的施舍，再说了，以他的成绩，考不上高中，就算考上了，从高中出来，大学的学费还是个问题。

“我说行，那么，你就带我一起离开好了，都别读书了。他说好呀，但是马上，又反悔了，说那怎么行。我说怎么不行，你不是说要照顾我一辈子吗？天远地远，怎么照顾？一起离开，你去哪里，我也去哪里，你打工，我也打工，那样快快乐乐地生活几年，等结婚年龄一到，就一起回来结婚，到时求爸爸帮忙，找两份好的工作。

“他冷笑，说社会并不是我想的这个样子，说社会复杂得很，里面有很多现实的、无情的因素。人会被那些因素折磨得焦头烂额，改变观念，改变想法，改变行为，一步一步地沦为生活的奴隶。说他在外面有很多朋友，都在不长的时间里，被现实逼迫得面目全非，有的甚至还走上了绝路，不想我步他们的后尘。还说我之所以有这么幼稚的想法，是因为时间还没有到，等我不再依靠父母，必须自食其力的时候，就会明白，明白到时候我会明白的东西。

“我反驳他说，你说的这些我听不明白，也不想明白，只明白我跟定你了，如果你不带我一起离开的话，那么我就马上死给你看。我赌这个咒的时候，正在气头上，但是他却没有在意，仍在那里喋喋不休地向我传授不知道从哪里搬来的大道理，说什么相处的时间长了，我会埋怨他毁了我的人生，也会埋怨自己跟着他出来受苦受累——他说这些的时候，我已经站在悬崖的边上了，我想让他知道，我既然说得出，那么就做得到。他一直埋着脑袋在那里叽叽歪歪，这时看见我这样，马上闭住嘴，朝我伸手，劝我过去。

“我朝他大喊大叫，说要你陪我读书你不陪，要你带我离开你不带，要爸爸和妈妈安慰我他们却教训我。我的所有念头，都被你们这些人打翻了。我都说要马上死给你看了，你还在那里叽叽歪歪。”

董小蓉摘下左边手腕上的一只发圈，扎起一头黑色亮丽的秀发。

“其实，我当时并不是很想寻短见，而是想通过那样一种极端的方式，逼迫他就范。然而当我站在悬崖边，望着很深很深的下面时，变得身不由己起来了。‘跳下去，一了百了。’一个声音说，‘再也不会伤心，再也不会烦恼。’那是心音，是从我内心里发出来的一个声音。就这样，我鬼使神差地跳了下去。他说了好多什么都依我的话，然而我却充耳不闻，好像着了魔一样。就在我的两只脚踏空的当儿，两只强壮的大手抓住我的后衣领，把我拽了回来。力气很大，我被拽出很远，还在地上滚了两圈。我迅速坐起身，气急败坏地问干吗不让我去死！然而除了我自己，周围根本就没有别人。神志慢慢清醒后，我才意识到：他可能掉下去了。”

董小蓉停顿下来。有那么两三分钟，谁也没有开口。

“后来呢？”我打破沉寂。

“后来——”董小蓉擦掉眼角挂着的一滴泪珠，“我绕去悬崖的下面，发现他已经死了。”

我不知道应该说什么好。

“悬崖很陡，也很高，有六七层楼那么高。下面是一条小溪。小溪的水面不宽，只有七八米宽，一边是悬崖峭壁，一边是鹅卵石滩。水也不深，最深的地方只淹及我的大腿。由于他的头先着地，所以费了很大的劲，我才把他的身子从淤泥里拔出来。拔出来的同时，鲜血瞬间染红了一大片水面。接着，我把他拖到旁边的鹅卵石滩上，用力地摇，拼命地喊，可他就是没有反应。鼻孔和嘴里都有像豆腐脑一样的血块鼓涌出来，一坨一坨的，涂得我满身都是。”

董小蓉再次擦了擦眼泪。

“后来，来了好多人，包括几名公安。我对公安说：是我把他从悬崖上推下来的，快点抓我吧？枪毙我吧？可就是没有人相信。再后来，我被带上一辆警车，到镇上的派出所录了口供。我不记得自己是怎样交代的了，反正情绪很差，哭得根本不像样子。第二天一早，就被爸爸领回家里了。我把自己反锁在自己的卧室里，不吃，不喝，谁敲门也不开。几天后，得了一场大病，住院了。从医院里出来，发现中考的成绩发榜了，如他所料，他没有考上高中。

“如你所知，我也没有读高中。我对爸爸说：离开河南，离开平顶山，越远越好。爸爸说志愿里只填了高中，没得选。我说我不管，要么去外省读中专，要么离家出走。结果，爸爸把我送进了他的母校，也就是我们学校。

“出发来我们学校之前，我去了一趟他家。在他家的大门前跪了三个小时，他妈妈才开门见我。然后在我的恳求下，他妈妈带我来到他的坟前。他妈妈走了之后，我上香，烧纸钱，下跪，忏悔，哭成了一个泪人。我对他说，你安息吧，家里就交给我，我把一部分生活费存起来，供我们的妹妹读书，等我毕业了以后有了工资，再供那个时候上大学的妹妹继续读书。离开之前，我许诺说每年他的祭日，无论自己在哪里，都会回去看他。”

董小蓉看着我的眼睛，表示说完了。

“很伤感。”我发表看法。

“谢谢你耐心地听完了我的过去。向别人说起，这是第一次。”

我叹息一声。

“知道我为什么要说给你听吗？”

“转告李自由，断了他追求你的念头。”

“这，是怎么知道的呢？”董小蓉愕然。

“正好也是我的想法。”

董小蓉莞尔，说：“你这个人，有点不简单。”

意识到时，我的下肢麻木，没有知觉，蹲得太久的缘故。董小蓉说话的时间里，火车靠站过几次呢？我在大脑里盘算，大概三次。

“真的打算转告李自由，让他彻底的死心？”半晌，董小蓉问。

“怎么？”

“不觉得过分？”

“千万别这样想。”我站起身，一边用双手按压两只小腿，一边说，“李自由不值得被你同情，比起你的那一位，不是我说话夸张，差三倍以上，舔脚趾都嫌他的舌头粗。拒之千里就是。”

董小蓉沉默良久。

“听你这样说，我很感动。明白你的一番好意，也知道李自由那个人很花心。可是有一句俗话是怎么说的？常在河边走，哪能不湿鞋。被李自由苦苦地追求了四年，说我无动于衷，那是在自欺欺人。毕竟李自由的某些做法，正好也和他曾经的某些行为一样。莫非，两个人之间，存在某种通性？有了这个想法，我就开始试着接受李自由的约会。结果证明，他们两个之间，确实存在一些共通的地方：个头差不多高，样子很像，声音也差不多。我有时甚至会觉得，走在自己身边的，不是李自由，而是他，他通过李自由这个存在和我重逢了。知道我和李自由的约会？”

我说知道。

“不觉得我自相矛盾？一方面讨厌李自由，另一方面又好像在说他的好话。”

“动心了？”

“不是的，和李自由接触多了不行。接触得越多，越是怀念死去的他。终究是一个错觉，对吧？他已经死了，不可能活过来。另外：由于李自由的出现，他的形象被强调出来了，而他又偏偏是被我活活逼死的。因此，我原本平静的心情又变得惶恐不安起来了。怎么回事呢？我再也不能正常地谈恋爱了吗？青春已逝？”

“青春已逝。”我鹦鹉学舌。

“是的，我的青春，随着他的死，夭折了。或者说，青春的大门，就那样关上了。因此，我才成为现在的我，一个拒绝情书，给你一种‘女强人’印象的我。”

“时间会冲淡一切的。”我安慰道，“书上都写了，我们不是为了别人，而是为了自己，才接受耶和华的邀请，降临人间，感受人情，返回天堂的时候，灵魂就变得时髦了。”

“这，在哪本书上写的呢？”

“《圣经》里的《旧约》。”我回答。百分之百的胡编乱造。

董小蓉皱起眉头，看着我的眼睛，说，“你这个人，真的有点不简单。”而后站起身，叹息一声，一切已经成为过眼云烟似的叹息。

“谢谢你。”董小蓉把右手搭在我的头顶上。

我仰视着她，其端庄的气质和秀美的容颜，堪可和智慧女神雅典娜媲美。倘若我的人生中没有出现张娣，会像李自由那样穷追不舍，会像男孩那样坠崖殉情不成？

“不客气。”我自言自语。因为董小蓉走进厕所里了，没有听见。

乘客们仍在酣睡，火车仍以如电光火石一般的速度奔赴前方。我拄着膝盖，埋着脑袋，久久等待小腿部位的麻木感完全消失。抬起脸时，看见整个车厢浸泡在一片雾一样的晨光中了。

*

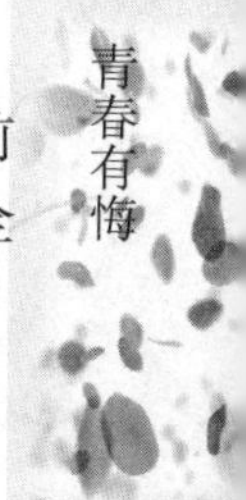

2008年，北京举办奥运会那一年，我从新疆返回湘西老家的途中，顺便到郑州市李自由的寓所停留了一宿。当时，他和董小蓉的儿子已满三岁。

李自由得到他岳父的资助，在郑州大学附近开了一家兼售文体用品的油画馆，据他自己说生意还行。

2004年，李自由在写给我的来信中提到他和董小蓉的婚礼时，我暴跳如雷，在回信中措辞严厉：如果对董小蓉不起的话，那么两人以后就再也不是朋友了。十七个月后，李自由又打来电话，说董小蓉自杀了，我错愕不已，说是跳崖自杀的，我又不那么惊愕了。

那天，从郑州火车站出来，我远远地望见迎接我的李自由坐在一张轮椅上，不禁又大吃一惊：这小子怎么就残废了呢？

晚上，我和李自由坐在他的地下工作室里，一边喝啤酒，一边交流人生。他拿出近几年的所有油画作品，要我一一做出点评。都是人物油画。模特儿一半是董小蓉，一半是别人。董小蓉要么跪在一片水清见底的荷叶丛中，要么站在一片银装素裹的雪域松林里，要么卧在一张色泽暧昧的床上，不过都没有笑，也没有脱衣服。以别人为模特儿的油画，则全部赤身裸体。我称赞这些女孩都很漂亮，去“三毛妮”物色的？李自由回答说花钱请的一些职业模特儿罢了。说话的语气和以前有所不同，带有一种向现实低头的味道。

接着，两人追忆大学生活，畅谈工作和婚姻。婚姻他可以谈，我没有资格。最后，我问他腿怎么了？李自由回答说锯掉了。

“不锯掉就活不了。”

“一场车祸？”我继续问。

李自由摇头，说不是一场车祸，而是一个苦肉计，“运行得非常顺利，而且目的也达到了。幸运的是只断送两条腿，没有把命搭进去。”

毕业那一年，李自由听我说完董小蓉的过去后，愈发不能自拔了。一毕业，就跑去河南，找到男孩的家里。至于是如何找到的，李自由回答得很轻巧：

“直觉。你不是说，平顶山往西大概三个小时的车程么？很容易就找到了。”

李自由谎称自己是男孩的一个拜把子兄弟，向男孩的母亲打听大哥死于何时、何地，葬于何处，然后回到附近的镇上，投宿了十七天。第十八天，是男孩的祭日，董小蓉如期出现在男孩的坟前了。董小蓉被接着出现的李自由吓了一跳，问你怎么也在这里？李自由没有回答，而是扛起董小蓉，来到附近的蜗牛山上。李自由想知道男孩死亡的整个经过，董小蓉违拗不过，一五一十地说了。董小蓉说到哪儿，李自由就一人分饰两角，演到哪儿。李自由演到董小蓉跳崖那一幕时，董小蓉才发现自己上当了，于是朝李自由伸手，劝李自由过去，但就是阻止不了李自由从悬崖上跳下去。董小蓉绕去悬崖的下面，看见李自由气定神闲地坐在小溪的水里，正等着自己。

“哼都没有哼一声！”李自由得意地说。

“你为什么要那样做？”我问。

“不是挺好么？腿没有了，做不成神父了。”

我问后悔没有？李自由说不知道。

“现在看来，董小蓉之所以主动提出要嫁给我，是因为同情我。但同情并不等于爱，所以她才在生下李董后，和那个小子相会去了。不过应该没有后悔。”

“李董？”

“我儿子的名字。”

“好气派的名字。”

“青春已逝。”

“青春已逝。”我想起董小蓉说过同样的话。

“是的。我的青春，在跳下悬崖那一刻，就已经死掉了。后来结了婚，有了小孩，虽然很想找回以前那个桀骜不驯的自己，

但是已经力不从心。或者说，再也不想把自己当成一把锋利的大刀在砺石上磨来磨去。甚至就连董小蓉的死，也没有对我造成太大的打击，那是她的宿命，我早就预料到了，她迟早会那么干！”

我默然。

“你呢？也老大不小了吧？在吃了几年五谷杂粮以后的今天，还有心思讨女孩子欢心？还有心情扁谁或者被扁？那个女孩死了以后，你的青春如故不成？”

我摇头。

第九章 禁果

一个星期时间过去了。在这一个星期当中，我和王静闹了两次别扭。一次发生在星期三，另一次发生在星期六。星期三那次，她中午打电话过来：

“在哪里？”

“学校。”我回答，“回学校四天了。”

“晓得。”

“晓得还问？”

“我搬寝室了，知道？”

我说知道，“实习期间打过电话给你，听那个寝室里的人说了。”

“几次？”

“一次就足够了，没有必要打第二次吧？别人不骂我骚扰她们才怪。”

王静“呃”了一声，然后拿一种旅长向团长下达命令的语气说：

“晚上过来找我。带上一束玫瑰花，碗口那么大的。”

“过哪里来？”我问。

“我们班的教室。这段时间，好多男生纠缠我，我简直就要崩溃了。我要让他们知道，我早就名花有主了。”

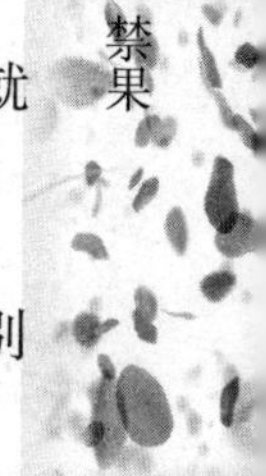

“不好吧？”

“不好吧？”王静鹦鹉学舌，“喂，上次不是说过了，别

再惹我生气。”

对对，被惹毛了，她什么傻事都做得出来。

“你们班的教室在哪？”我问。

“自己找。”说罢挂断电话。

晚饭后，我精心打扮了一番。洗澡，洗头，在头发上洒一些啫喱水，做成电影《007》里詹姆斯·邦德的发型，而后穿上白无常的一件白色衬衣，在白色衬衣的衣领上扎一条黑无常的黑色领带，外面套一身三爷的咖啡色西装后，不忘把脚底下一双狼狗的鳄鱼牌黑色皮鞋用鞋油擦得锃亮。统统做罢，对着贴在寝室墙壁上的一面试衣镜一照，颇像个正人君子。诸君也都打趣地说如果脖子上再挂一条毛巾什么的，就有点《上海滩》里强哥的味道了。

走出宿舍，来到校门对面的一个鲜花店。玫瑰花多得是，可是找遍了也不见碗口那么大的。于是用一朵美其名曰“赛向日葵”的菊花取而代之，说是买来送人的，请老板娘用几张金色礼品纸包扎起来。这玩意儿握在手里特别带劲儿，活活同一座大力神足球奖杯无异。从鲜花店出来，发现天色尚早，便在附近的一条商业街上散步。人影绰约，寒气袭人，街边建筑无不透出一股阴冷的色调。天空也打配合似的呈现出一派灰蒙蒙的颜色，好像被罩上了一层纱布。一家 KTV 歌舞厅的二楼正在以中等音量播放邓丽君的一首老歌，那旋律同从电视上听到的三十年代的一模一样,我恍惚觉得自己真的回到了许文强时代。看来偶尔武装一下自己也不是完全没有益处。“灵感由此诞生。”柏拉图说。

天黑尽了才返回学校，从综合楼的一楼登上六楼，展开地毯式搜索。时值晚自习，每间教室里都灯光通明，学生满座，可就是发现不了王静的踪影。无奈，拨通在上次打架事件中给我们上政治课的那个教导主任的电话，问新生的晚自习教室都有哪几间？回答说综合楼的三至六层全部都是,问我是哪一位，打听这个有何贵干。我没搭理他，挂断电话，开始从六楼往下搜索。这回不再贼头贼脑地偷窥，而是干脆敲开教室墙壁中间位置的玻璃窗，问坐在窗台边的一个同学你们班有一个名字叫做王静的女生吗？低声下气了三十分钟，在四楼的西头打听到是有一个叫做王静的。

“来了吗？”我乘胜追击。

对方是一个穿戴整洁的男生，从他身上看不出捉弄人的气质。他环视教室一圈，说来了。

“在哪里呢？”我又问。

他伸出左臂，挥向教室中间的位置：

“喏，戴小红帽那个。”

王静像一只正在打盹儿的哈巴狗一样把下巴慵懒地搭在课桌上，脸前立一本翻开的课本。头戴一顶毛线帽，耳戴一副暖耳罩，身穿一件羽绒服，一副爱斯基摩人的装扮，轻易辨认不出，但确实是她。

我从背后抽出“大力神足球奖杯”，请男生转交过去。

“是什么呀？”他问。问得很有道理。

“是菊花。”我回答。不是毒品不是炸弹。

“花呀。”他恍然大悟，“你自己去递。”

“叫她出来可以么？”

男生转过身去，大声喊：“王静，有人找。”

教室里的人齐刷刷地朝这边投来好奇的目光，我害臊，闪开了。背靠教室墙壁等了将近十分钟，也不见王静走出教室。

“怎么不出来呢？”我折回窗台，还是请教刚才那个男生。

“是你的一厢情愿吧？”男生拿一种毋庸置疑的口气说，“每隔那么几天，就有一个像你这样的高年级男生趴在这里嗅来嗅去，打听王静的姓名，问有没有男朋友，也有闯进教室送鲜花和递情书的，结果下场都很惨。”

“怎么个惨法？”

“惨不忍睹。送的花也好，情书也好，都被王静当着全班同学的面扔掉或者撕掉了。一些脸皮厚的家伙赖着不走，王静就破口大骂：‘丢你妈的老脸。’‘日你十八代的祖先。’反正我长到这么大，还没有见过比王静嘴巴更臭的女孩。”

我点头。

“有什么好嘛。没有教养，脾气坏，脏话连篇。不是我吹牛，我高中的女朋友比她斯文五倍不止。奉劝学长一句：走吧，这样的女孩追不得。”

男生说话的时间里，王静不时拿一种怪异的眼神瞟这边一眼，怪异得好像她知道这个男生正在说她的坏话一样。

“还不死心？”男生问。

我犹豫不决：“假如，我坚持送花进去，会有什么后果？”

“花被扔掉。还能有什么后果？”

“应该不会吧？”

“不信可以打赌。”

“赌什么呢？”

“你的这支菊花要是安然无恙的话，那么我就叫你一声大侠。”

我考虑了十秒：“叫爹如何？”

男生瞅了好一阵子我的脸。

“行。”他终于下定决心，“一边磕头一边叫。”

“君子一言？”

“驷马难追！”

我绕去教室的前头，推开教室门，径直走到王静的旁边，拿开她脸前的课本，用“大力神足球奖杯”取而代之，大声说“亲爱的，送给你”。王静少见地脸红了，其害羞的神情简直就像一个十六岁的黄花闺女。我得意起来，盯着和我打赌的那个不知天高地厚的男生，心想小样，你爹赢了。

后来的形势却对我极为不利起来：就在王静拆开包扎在“大

力神足球奖杯”外面的几层礼品纸，看清楚“大力神足球奖杯”的庐山真面目时，脸上羞涩的表情凝固了——好像被冻僵了一般。

“怎么是一支菊花？”王静拿一种轻微得仿佛是从牙缝里挤出来的声音问。

“没有碗口那么大的玫瑰花，只有碗口那么大的菊花，也是花嘛。”我也轻言细语地回答。

王静突然放大音量，拿一种全教室的人都能够听见的声音说：“一朵当然没有！代表什么呢？菊花。”

“不清楚。”我回答。确实不清楚，玫瑰代表爱情倒是晓得。

“代表悼念，你就这么希望我死？”说罢站起身，走去教室的后头，掀开一面海窗玻璃，将手里的“大力神足球奖杯”抛出窗外，动作轻轻的，缓缓的，如抛绣球一般。我能想象“赛向日葵”在空中转体三周半后，“吧嗒”一声落在地上的情景。

*

星期六那次。同样是王静打电话过来。

当时，隔壁的一个寝室里正在播放毛碟，日本的国粹，险些将女孩的敏感部位解剖开来那一种。片中的一个少女漂亮得摧枯拉朽，由此招来了包括我在内的一大帮性情中人的光顾。播放毛碟的电脑桌背靠窗户摆着，大家拍毕业合影似的蹲在前面的地板上，地板后面的两张搁物桌上，搁物桌两边的两台床架上，也都挤满了人。电脑的音量调得很不低，因此手机不知道响了多少遍，我才听见。

“……故意的？”王静问。

“什么故意的？”我反问。只听清楚她话的后半截，前半截不知所云。

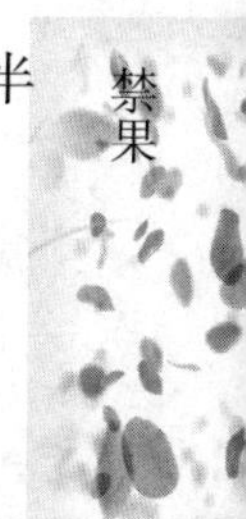

“你的那支麦秆菊呀。”

我盯着片中的性交镜头寻思：“麦秆菊？”

“怎么回事？你那头。”

“你的意思是说：我上次送错菊花给你，是我在故意耍你？”

“不打自招。”

“不是这样的。”高潮逼近，少女被身前的一名男子按住两只大腿，呻吟得更加急促了。

“怎么回事！”王静吼了起来。

得得，我集中精神打电话：“找不到碗口那么大的玫瑰花，之前不是解释过了吗？”

王静骂了一句什么，我没有听清，声音被推上情欲峰巅的少女的叫声湮没了。

我挤出人群，来到门边。

“喂？”

那头默然。

“喂？”

“一边和一个女孩子做那种事，一边接听我的电话？”王静问。

“哪里。”我出到走廊，折回自家寝室。

“一直留意你那边的动静，做那种事的声音我听得清清楚楚，就像我亲眼看见一样。”

我不好解释什么，对方是个女生，我不便直言不讳。

“可能是由于电话串线的缘故吧。我刚才好像也听见了。”我故意不当回事地说。

沉默。有那么两三分钟，谁也没有开口。

“你究竟想说什么呢？”我问。

“没什么。”

“反正我不是故意送错菊花给你。即便不是故意的，也是我的错。为了向你表示歉意，我晚上请你去学校的电影院看电影，《我的野蛮女友》。好吗？”

“你现在哪里？”

“自己的寝室里。”

“一直都在自己的寝室里？”

“正确。”

沉默再次降临。良久，王静说可以和我一起去学校的电影院看电影，但是在看电影之前，她还有很多衣服必须要清洗，叫我先进电影院，占领多少排的多少号座位，她随后自己买票进来。务必占领那个座位，因为之前的几次她都是坐的那个座位。我说没有问题。

我是六点四十分赶到学校的电影院的，比放映时间提前了二十分钟。赶到之前，特地钻进上次的那家鲜花店，买了很大一束红色玫瑰花，打算向王静将功折罪。不想走进放映厅一看，观众已经相当不少，都如企鹅一般，簇拥在厅中的位置，要么前呼后拥地大打招呼，要么百无聊赖地大嗑瓜子。

勿须说，王静点名的座位早已叫人占去，且是一对看上去蛮好欺负的情侣：个头都不是很高。我拍了一下情侣中男生的肩膀，拿命令的语气叫他和他女朋友坐一边儿去。两人停止卿卿我我，面无表情地注视了小会儿我的脸，然后互瞅一阵，终究没有让座，腰板反倒挺得更直了。可能我的长相还不够凶悍。既然硬的行不通，那么就来软的试试。我客气地表示如果两人能够让出这两个座位的话，那么我就支付两人二十元钞票，拿一个星期看一场电影来计算，够两人一起看一个月的电影了。两人还是无动于衷。无奈，我只好使出一招杀手锏：如果我不搞定这两个座位，我就会和谈了四个月的女朋友分道扬镳，恳请两位大发慈悲，高抬贵手，往后有用得着在下的地方，赴汤蹈火，在所……这招杀手锏还真不是浪得虚名，我话还没有说完，情侣中的女生就霍地站起身，丢下一句“神经病”，走了，男生像一只跟屁虫似的跟在她的后面。

这天晚上，我没有见到王静。

我把玫瑰花搂在怀里，像一个加勒比海盗守护自己用几个队友的生命才换来的一箱珠宝那样守护着身边的一个空座，一旦有谁想乘虚而入，就撩腿上去，为此遭到共计六个人的白眼。电影放到一半，我隐约感觉到王静不会来了：需要清洗的衣服太多，无暇赴约。时长两个钟头的《我的野蛮女友》一片终了，我才从全智贤的身上受到启发：王静是在故意放我的鸽子。

*

后来的两个星期，王静再也没有打电话过来。我也没有去她们班的教室里找她。几次在食堂里碰面——怪事，打从广西回来了以后，我经常见她在男生食堂里出没——也没有打招呼。她一般单独进餐，也有时和上回打桌球的那个男生一起。每次看见两人在餐桌上窃窃私语，我就心烦意乱。吃醋了不成？或许。

和王静重修旧好，是在第三个星期三的晚上。元旦节。我所在的班和经管系的一个班搞了一场联谊晚会。历次元旦晚会，都是本班单独行动，由于八成都是男生，所以很没意思，没有人表演，没有人主持，因为没有向同性者展示才华的必要，也就那可怜巴巴的十一朵金花把自己浓妆艳抹一番，生怕男生注意不到自己似的唱来跳去——其实每次晚会都是由她们首先发起的。男生们见时间差不多了，就往裤兜里塞两把瓜子，然后拍拍屁股走人，因此晚会总是提前草草收场。这次却并非那样，本班男生居多，彼班女生居多，八成应了异性相吸的科学定律，痴男怨女们的兴致都高涨到了极点。

至于这次联谊晚会是如何凑成的，勿须说，肯定是诸君的功劳。

这么着，本寝室位于宿舍的二楼，上届毕业生离开了学校以后，一楼的寝室全部空了出来，本班去广西实习期间，10月份进校的第二批新生搬了进去。怪就怪在搬进去的全部都是女生，校方便找来瓦匠，在一楼通往二楼的地方筑了一堵火砖墙，男生从火砖墙此侧的宿舍中门通行，连通值班室的彼侧让给女生。如此一来，整栋宿舍楼沸腾了，俨然久旱未雨的尼罗河迎来了一场骤雨。楼上男生的戏谑声此起彼伏，楼下女生反唇相讥的声音不绝于耳。宿舍楼的后面，有一个宽阔的庭院，里面铸满了单杠式晾衣架。比方说，几个女生正在那里晒衣服，楼上正端着饭盆在窗台边吃午餐的一帮男生也不会闲着，故意让女生们听见地高谈阔论：

“穿红衣服的那个女生，好漂亮喔！”

“是啊，和我好有夫妻相哟。”

“那个短头发的女生，胸围可能是 E 杯。”

“胡说八道，一看就是 G 杯。”

也有时对所晒衣物指手画脚：

“美女，你手里拿着的那条三衩裤那么小，你的屁股那么大，你穿得下吗？”

“我穿不下，你来试试？”

“好哇，扔上来。”

“扔你娘！”

每每听见戏谑声，我就伏在窗台上看热闹。但不是没有风险。一次，我正笑得前仰后合，隔壁的两个男生见楼下正在晒衣服的一个女生朝楼上望来，便缩回去了，那个女生的目光正好落在我的脸上，一副怒不可遏的样子。

“看你妈去！”她说。

“刚才又不是我说你看起来好像没有穿内裤。”我喊冤。

“下流！”她朝我竖起中指。

得得，我也缩回了脖子。

开始的那几天，是有些水火不容，日子久了，男生们要不出新的花样了，大家也就和睦共处了。

拿我所在的寝室说事：白无常不知从哪里找来一截钓线，此端拴在窗台上挂梳子的一枚铁钉上，一个风铃和一个衣夹一起系在彼端。把写满填空题——芳驾姓 __，名 __，贵寝室的座机号码是 ______，诸如此类——的一张纸条用衣夹夹紧，然后

连同风铃和钓线一起抛出窗外，徐徐下降至一楼的窗前。而后像引诱鱼儿上钩那样轻轻地拽动钓线的此端，钓线彼端的风铃因此响个不停。楼下会意后的女生把手探出窗外，摘下纸条，复又挂上。见风铃复响，白无常赶紧收线，查看纸条上的答案。

这招本是本舍的专利，不想别的寝室也如法炮制，结果二楼几乎所有寝室的窗外，都悬挂着一根此种类似垂钓的绳索，五颜六色，蔚为壮观。将近两个星期的时间里，宿舍熄灯了以后，它们便同时作业，风铃声飘荡开来，娓娓动听。两个星期后，周扒皮打出有伤风化的口号，率领一帮喽啰将这些绳索一个不留地摘除了。好在被摘除之前，诸君早已和楼下寝室里的女生们达成了此次联谊晚会。

举行此次联谊晚会的教室里霓虹闪烁，彩带横飞，布置得像是一个歌厅。两个班的人员在歌厅里坐成一个圆，圆心处铺一张地毯，即舞台。见舞台上的同学表演完毕，台下的同学便“呱唧呱唧”的鼓掌、打呼哨、叫好不迭。坐成一团的诸君对表演无甚兴趣，只是一味地就坐在自己周围的彼班女生们的长相评头论足，争执不休。后来，我们的争执声被彼班一个女生的歌声打断了。那个歌声，怎么说呢？无论你的心思飞出去多远，都会被拽回，任其蹂躏——便是这种类型的歌声。唱歌的女生是明显的中音区，却高唱什么《珠穆朗玛》，结果发出来的声音很恐怖，像是被人用双手死死地掐住脖子，所发出的一阵求救声。

女生不是别人，王静是也。咋闻歌声时，我就隐约觉得可能是她，巫婆那一类型，唐老鸭式。朝舞台上望去，果不其然。她在满场嘘声中引吭高歌，唱罢《珠穆朗玛》，又抱起地上的一把吉他，一边弹一边唱伍佰的《浪人情歌》。《浪人情歌》同样唱得不甚动听，吉他也弹得无甚水平，她本人却一脸陶醉的表情。末了，指名道姓说是唱给彼班黄弟同学听的，导致本班学员全部朝我投来责难的目光。我无地自容，伏在课桌上假寐。

晚会定在十点结束。可是我和王静八点不到就离场了。她在前，我在后。《浪人情歌》一曲终了，她提着吉他出门了。约三分钟后，金毛狮王这样提醒我时，我立马追了出去。王静正等在外面。

“以为你再也不想理我了呢。”她说。

我看着她。她看着别处，突然回头，在我的胃部擂了一拳。力道相当不小。我呼吸困难，几欲跪地。王静像欣赏特技表演似的盯着我可能涨红的脸，片刻，把吉他塞在我的手里，转身走了。我一只手抱吉它，一只手捂肚子，随她走出教学楼，在足球场边的草坪上坐下。

“我们之间，可有什么误会？”王静首先打破沉寂。

我说有。

“比如？”

“比如上次送错菊花给你，我真不是有心的。”

“这个可以原谅。”

“谢谢。”

“还有？”

“还有说好一起去学校的电影院看电影，你却放我的鸽子。”

“故意为之。想听理由？”

“想。”

“那天，在我拨通你的手机之前，我打过三次电话到你们的寝室，都没有人接听，你却在手机里声称一直都在自己的寝室里。你把我当成是一个傻子，我当然要放你的鸽子。此外？”

“没有了。”

“想想？”

我想了五至八秒：“确实没有了。”

“轮到我了。”说着，王静伸出双手，捧住我的下巴，用力地往右扳动七十五度，“看着我，说，你为什么要和那个女

的睡觉？”

“哪个女的？”

“那个女的。”

“哪个？”

王静站起身，退后五步，脱下身上的一件灰色呢子大衣，露出里面的黄色紧身羊毛衫和灰色牛仔裤。把呢子大衣在头顶挥舞三圈后，顺势抛出去了。然后装出一副欲火焚身的样子，大声呻吟起来。一边大声呻吟，一边朝我张开大腿，驱动盆骨，摸下面。

“就是这个女的！”重新坐下后，王静理直气壮地说。

乖乖，我居然有点勃起。

“不说这个好吗？”

“不好。说：我哪里不如她？要长相有长相，要胸有胸，要屁股有屁股。盆骨也很宽，肯定可以给你生个大胖小子。床上功夫你刚才也见识到了，动作非常到位，叫得也很销魂，肯定比她更加厉害。”

“说了是电话串线。”

“拿你的这个理由，去说服那个人。”王静伸出右手，指着头顶的一轮弯月。

“嫦娥？”

“吴刚。”

左边的教学楼，右边的综合楼，都灯火通明，和操场周围的路灯，学校外面的霓虹灯一起，将黑夜染成一种暧昧的色调。在光和影的烘托下，泥沙铺就的足球场美轮美奂，给人一种沙漠的错觉，走在上面的几个学生，则成了埃及人，正在寻找传说中的绿洲。我在心里朝他们发话：“绿洲在这里！”可是埃及人的耳朵都被埃及女王刺聋了，没有听见，兀自朝沙漠的纵深处踽踽前行。我不耐烦地说：“既然不相信我，为什么要带我来这里？不是多此一举吗？”

“你这是什么话！”王静吼道。

我想告诉王静，我是和别的女孩睡过觉，而且还不止一个，但是开不了口，总觉得一旦和盘托出，两人就玩完了，那不是我希望看到的现象。我希望看到一个怎样的现象呢？不知道。

“对不起，确实不是电话串线。你那天打电话过来的当时，我正在隔壁的寝室里看毛碟，真不是和别的女孩睡觉什么的。”

王静一直耷拉着脸，此刻，判若两人了：扬起脸，眉毛拉宽七毫米，眼睛里发出亮光：

“真的？”

“千真万确。”

“说说剧情？”

我简短地说了剧情。但是根本就没有什么情节可言，无非男女演员的裸体亮相，性交姿势的层出不穷罢了。

“就是说，在你看得最过瘾的时候，我拨通了你的手机，害得你连潮吹也没有看到，就离场了？”

“潮吹？”我吃了一惊。

“是我错了。”王静愧疚地说，“你怎么不早说呢？我肯定会支持你的，举双手支持。说声‘对不起，打扰了，您继续’。等到了晚上，再打通你的手机，蒙在被窝里打，一边打，一边和你一起研究内容。”

“没事了？”

王静看着我的眼睛，一脸困惑的表情。

“见你一副嬉皮笑脸的样子，好像原谅我了。”

“还能把你怎么样？我不是不想原谅你，很想很想原谅你，只要你有一个说得过去的理由，哪怕是一个骗人的理由我也深信不疑。”说罢，王静轻叹一声。片刻，附在我的耳边低语：“抱我。”

我抱住王静。我的手指触到她的腰肢的当儿，她顺势倒进了我的怀里，好像在我的指尖有一股电流，把她电瘫痪了。一

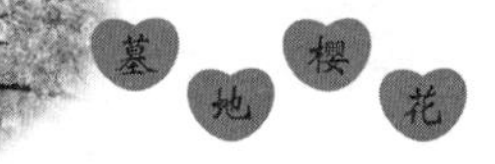

股沁人心脾的体香扑鼻而来。我又想起一年以前，自己和张娣在学校外面一起投宿时的情景。莫非，女人真的都是由水做成的？意乱情迷之时，即消融之际？

“知道么？在你去了广西以后，我就像被丢在了一个没有人的小岛上，寂寞孤单得不得了。”

“可你不是生我的气么？”

“因为生你的气，所以我才寂寞。由于心里有气，我得罪了身边所有的人。”

“现在好些了？”

“嗯。现在这样舒舒服服地躺在你的怀里，觉得自己好像终于有了一个安乐窝似的。好想在你的头顶上插一杆旗，打出我‘王静’的番号。之前，在那个险象环生的小岛上，我可是光着屁股，溜达了两个月哩。每天都在刮风下雨，打雷闪电，到处都是蚂蚁呀，蜘蛛呀，蜈蚣呀什么的。”

“说得好像真有那么一个小岛似的。”

“喂，看电影放你的鸽子，是我的不对，我向你道歉。”

“没关系，重新开始好了。”

“不嘛，不要重新开始，不要忘记一年前的夏天，你对我的救命之恩。那句俗话是怎么说的？救命之恩，涌泉相报？”

“以身相许。”

“对呀对呀。”

“对了，你们寝室搬去哪里了？告诉我座机号码可以么？”

王静说了她们寝室的座机号码，我用手机保存起来。

“门牌号码是一二八，就在你的下面，你在二二八，对吧？现在的我们，中间就只隔了一层水泥板。太可恶了，你们寝室的人怎么那样？回到学校才几天，就往我们窗外投字条呀蟑螂呀安全套呀什么的，别说你不在数。”

“在数。”

注意到时，王静睡着了，发出如婴儿一般均匀安逸的呼吸声。我脱下自己身上的西装上衣，裹在她的身上，而后无所事事地审视她的脸：好一张精致的脸，精致得好像是依照美学数据用打印机打印出来的一样。在此之前，我怎么一直就是注意不到呢？教学楼那边，举行晚会的四楼依然霓虹闪烁。谁在唱梅艳芳的《女人花》，缥缈的歌声变成一股凛冽的寒风，拂面吹来。

后来，突然睁眼醒来的王静把两只手缠在我的脖子上，说好冷，叫抱紧一些。我抱紧王静的身体，吻在她那微微上扬的嘴唇上。一个温柔的吻，一个长达数分钟的吻。吻罢，王静说两人以后就是一对铁证如山的恋人了，问我承不承认？我点头承认。快十点时，两人同时起身，朝宿舍的方向步去。

*

接下来的两个星期，王静每天早上六点半拨打我的手机，铃响两声后挂断，以这样一种方式催促我起床，到楼下与她会合，一起跑步二十分钟，然后共进早餐。中晚餐也多半在一起吃。周末则一起看电影，逛街，骑着宗申在湘江沿岸一带兜风。

期末考试的前一天，王静说今天是他爸爸的生日，要我陪她一起去扫墓。我以为他爸爸被安葬在潇湘陵园，不料竟被埋在湘乡的老家，需沿一零七国道一路南下，途经湘潭市，湘乡县城，还要在乡村马路上颠簸好一阵子，距离相当不短，估计四个小时的车程。听王静如此一说，我捏住灭火器，把宗申停靠在一个加油站前。

“怎么不早说呢？明天都有考试吧？万一回不来怎么办？”

“露宿呗。”王静不当回事地回答，“再说肯定回得来。”

“未必。”我按响宗申的喇叭，“这个家伙快要五岁了，如果拿你打比方，就是更年期，路上突然熄灯歇火的可能性不是没有，此其一。其二，好冷哇。”我把冻得弯曲不全的十根手指伸给王静看。

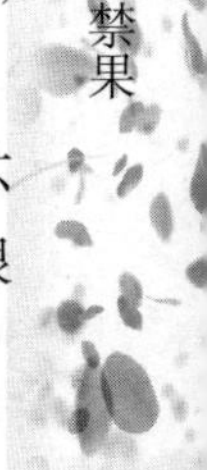

于是换成王静开车。我求之不得。我开车，她的表现总是那么叫人心惊肉跳。没出河西的时候，就有过一次从后面伸出双手蒙住我眼睛的危险做法，只差那么两秒，两人就连人带车一起飞出橘子洲大桥，扎进湘江里喂鱼去了。由于大型机动车辆都走长株高速，国道上畅通无阻，王静把宗申的档位打到最高，油门扭到最大，我死死地箍住绿色羽绒服裹住的她的腰肢，把脸缩在她的背上，大声喊："开慢一点！再开慢一点！"耳畔寒风呼啸，我觉得自己好像成了传说中的阿里巴巴，正骑着莫吉娜的魔毯和她在天上一起飞。

*

目的地是一个圆柱形的山冈。两人从东面的一条岩道上山。山势险峻，我有点恐高，几次回头，都摇摇欲坠。山顶平坦且开阔，但是没有树。风大，沉甸甸的茅草如波涛一般起伏不迭。极目远眺，尽皆被茅草覆盖的半圆形的小山丘，连绵数里，恍若侏罗纪时期遗留下来的无数只恐龙的坟茔。我心生邪念：倘若甩一把野火出去，整个世界岂不是瞬间就会变成红海？

至于路线，我记得附近有一个给人以寒碜印象的小村庄。村庄多狗，我们刚一进村，狗便竞相叫个不停。一只眼神酷似周扒皮的黄毛老狗追赶得最卖力，险些咬住我的屁股，被我叱喝一声，止步不前了。进村后不久，道路没有了。准确说不是没有，而是坑坑洼洼的泥巴路面不宜通行。王静把宗申停靠在一家杂货店前，同一个好像是熟人的年轻女店主寒暄了几句之后，说把摩托车停放在这里，请代为照看。接着进店拿了香、蜡烛、纸钱和白酒，用一个大号塑料袋装了起来。付罢款，王静领着我穿过村中一片广袤的橘园，再从西面的一条峡谷进山，翻山越岭，约四十分钟后才抵达这里。

"爸爸被埋在这里，是他自己的意思。"上山的路上，王静告诉我说，"他在我们刚才经过的那个村子里长大，落叶归根，早在身子骨还算硬朗的两年前，就请人造好了一座墓碑，然后找来一个风水师勘测位置。位置确定了以后，就开始自己动手挖坟坑，说什么坟坑还是自己挖的好。你也看到了，这下面，全部都是红岩，所以敲敲打打了差不多一个星期，每天都是我从村子的老屋里做好饭菜，端来这里给他。”说着，王静环顾四周，问这里埋了这么多死人，怕吗？我说毕竟是白天，不怕。她便动情地一笑，继续在前面带路。

山谷那边，荡来几声乌鸦的悲鸣。一只硕大的黄鼠狼蹿出茅草丛，飞快地从我们的脚前穿过。两人的裤腿上，都沾满了苍耳的种子。

王静且走且谈：

“爸爸接受不了别的葬法，所以才把自己埋在这里，哪怕自掘坟墓也在所不惜。什么火葬呀，水葬呀，鸟葬呀等乱七八糟的东西。莫非你喜欢？”

我说除了火葬以外，其他葬法闻所未闻。

“我也是半斤八两。”王静回眸一笑，“只是听爸爸提起过。爸爸死了以后，出于好奇，才跑去定王台的书店，翻阅了一整天。知道吗？死人的葬法，真是无奇不有唉。什么风葬呀，沙葬呀，崖葬呀，有六十多种。这是按照方法分。按照方式分，又有仰身葬，直立葬，解肢葬等等等等。天葬，听说过没？”

我说没有听说过。

“恶心得不得了，待会儿详细说给你听，保管叫你三天三夜吃不下饭。”

王静父亲的位置，在山顶的西端。坟头的茅草高得出奇，把一个大理石墓碑严严实实地盖住了。王静推开墓碑上的茅草，将香和蜡烛一起插在墓碑底座上的一个祭槽里，用打火机点燃了以后，又把一整瓶白酒浇在祭槽前面的石板上，然后叫我和她一起蹲在石板上烧纸钱，末了又一起双膝跪地，毕恭毕敬地朝他爸爸磕头了三次。

完事后，王静钻进坟后的一片草丛里不见了。

“小心！”我大声喊，“那边是峡谷，掉下去就没命了。”

“那你还不快点过来拉我？”王静从草丛里探出脑袋。

两人手拉手穿过草丛，来到峡谷边一块巨大且平整的磐石上。好一个天然的休憩之地，两米多高的茅草丛占据了三面，剩下的一面是深不见底的悬崖。哪怕两人将身上的衣服脱得精光，也不担心会被人发现，听王静如此一说，我有点脸热。

“坐下，愣着干嘛。”

我挨王静坐下，和他一起眺望峡谷对面的恐龙坟茔。

王静开始讲述天葬。讲得很细。里面确实存在一些在旁人看来惊世骇俗的做法，比方说用尖刀将逝者的骨肉剥离，捣碎，喂给秃鹫吃。还讲了树葬，同样是藏族的一种习俗：在青藏高原上的一片原始森林里，树枝上挂满了婴儿的尸体，要么被一块粗糙的麻布包裹着，要么放在一个小木匣子里。陪葬的小衣服，被时光撕成了碎片，飘荡在风中。流逝的岁月和曾经鲜活的生命在此凝固。人们看到的，不止孩子们楚楚可怜的尸体，还有妈妈们破碎的心。

“喜欢哪种葬法？”王静最后问。

“都不喜欢。”我回答。

“选一种吧？”

“不选。”

“选嘛。”

无奈，我说随便。自己哪天一命呜呼了，尸体随便家人怎样处置。

“你这个人，挺达观的嘛。”

在我看来，人和动物无甚分别。我以“我”——既非“她”，又非“它”——这一意识形态出现在这颗星球上，本身就是一件匪夷所思的事。一身臭皮囊，烧掉也好，埋掉也罢，哪怕拿去喂狗，怎样都无所谓。只要不被做成一具木乃伊摆进一个博物馆里供后人观摩，就不至于死不瞑目。

“你呢？”我问，“喜欢哪种葬法？”

“星葬。”王静回答。

“星葬？”

“嗯。”

我想了想：“你刚才好像没有提到星葬吧？”

“本小姐的新发明，还没载入史册呢。”

“唔。”

照王静的说法，在她寿终正寝了之后，我悲痛欲绝，也吞食老鼠药自杀身亡了。经过特殊处理后的两人的尸体，被葬礼公司一起装进一个灌满氮气的不透钢球，又被一艘火箭送至十万公里之遥的大气层外，接着被工作人员抛入太空，像一颗卫星那样绕着地球公转。五百年过后，我们被掌握起死回生之术的人类捞回地球，复活了。

“祝你美梦成真。”我笑着说。

“谢谢。”王静沾沾自喜。但是很快，变得忧郁起来了，说：“我爸爸死的时候，我一滴眼泪也没有掉。”

“换成是我爸爸，我也哭不出来，搞不好还要笑。”

“人家是说真的，你正经点好不好？”

我收起笑容。

“爸爸把后半生所有的爱，全部都给了我。从小到大，没有我要，他不给的东西。没有我做，他不允许的事情。当然我不是指大是大非的事情，比如我说我想要退学，他就不准。但是如果我说我想要换一所学校，那么他就会马上到处走关系。哪怕我要《快乐大本营》里何炅哥哥手中的那只话筒，估计他也会千方百计地弄到手。可是，我不喜欢他。”王静摇了下头，“喜欢不来。我看着他死，看着他下葬，就像看一场电影，和自己一点关系也没有似的。”

两颗豆大的泪珠滚出眼眶，挂在王静的脸上。

我不好说什么。

王静抽了一下鼻子，接着说："我脸上的那个疤，你还记得吗？"

我说记得。

"是爸爸烙上去的。"

"不会吧？"

"在我七岁那一年，爸爸把我绑在一张床上，用一条枕帕堵住我的嘴，用一只手按住我的头，用另一只手上的一双筷子夹起一枚烧红的炭块，使劲地烙在我的脸上。我瞪大眼睛，拼命挣扎，满脸是泪，满身是汗。然后晕过去了。不知道昏迷了几天。反正醒来的时候，除了这件事，别的事的记忆全部没有了。我爸爸对别人说：'我女儿在烤火取暖的时候，打瞌睡，扑进火炉里去了。'哼，根本不是那样的。可是我没有勇气揭穿他。那个时候的我，害怕他就像害怕恶魔一样，甚至在后来长达三年的时间里，都不敢跟他说一句话。知道爸爸为什么要那样对待我吗？"

"为什么？"

"嫉妒。嫉妒我长得漂亮，承受不了我的漂亮带给他的心理压力。至于是什么心理压力，连他自己都不知道，这是他后来的解释。简直叫人笑掉大牙。他一本正经地对我说：'静儿，我的心肝儿，我的宝贝儿，一个姑娘家嘛，样子稍微看得过去也就可以了，没有必要太好看，红颜祸水，会连累别人的。'连累别人了吗？我连累你了吗？"

"没有。"

"就是，鬼才相信他。爸爸死了以后，爸爸的哥哥，也就是大伯才说了实话，说我是被爸爸捡回来的。我问是爸爸从哪里捡回来的？大伯说不知道，只说：'你老子是个黑社会，年轻的时候抢银行，在东北打死过三个警察。后来有了钞票，开搬家公司了才收手。'可能是有那么一回事，爸爸没有结过婚，在外头又没有情人，我不是他亲生的，也不是他的野种。"

"恨爸爸吗？"我问。

王静摇头："不恨，也不喜欢。我习惯朝他狮子大开口要钱，习惯翻他的白眼，习惯朝他大喊大叫。假如，我是说假如。假如我没有和他一起生活，而是正常人家的一个孩子，那么会是怎样一种情形呢？肯定适应不了，对吧？比如我经常听见一个同学刚打电话回家，就被电话那一头的父母骂得狗血淋头：'什么？钱又花光了！''成绩怎么还是不及格！'每次听到这些，我就感到不可思议，觉得如果自己也和她们一样，同时和那么多流着相同血液的人打交道的话，那么肯定会疯掉的。与其做一个被家长牵着鼻子走的好女孩，我更愿意做一个自由自在的野丫头。所以，我不恨爸爸。况且，一个活人没有必要和一个死人较劲。一个活人没有必要和一个死人较劲，这句台词怎么样？"

"精辟，记得抄进笔记本里。你爸爸是怎么死的？"

"自杀。"

"自杀？"

"嗯。他说反正得了胃癌，晚死还不如早点死掉算了，不想病得动弹不得的时候，却没有人照顾。这个'人'，其实指我。可能他认为我肯定不会管他吧。我的态度是：想死就死呗，悉听尊便。那天，也就是你送我报完名过后的第五天，我回家拿东西。看见他独自一人趴在一楼客厅里的餐桌上，兑着一瓶甲氨磷，一碗一碗地喝着三瓶啤酒。全部喝完了以后睡着了，再也没有醒来。事情发生了以后，所有亲戚都指着我的鼻子骂我：'你这个当女儿的良心被狗吃掉了，看见你老子寻短见，既不制止，又不报警。'哼！怎么能够怪我呢？我怎么知道他喝的是农药啊？装甲氨磷的瓶子身上，明明写着剑南春。"

我没有说什么，能说什么呢？

西边的天空明朗、寥廓。太阳把不强的光线投向大地，温柔、和煦。远方连绵起伏的山峦被阳光染成轮廓分明的银色，如海市蜃楼一般。一团乌云笼罩着北方的一小片天空，像滚雪球一样越积越大。

*

这天下午，我和王静那个了。她说完要说的，把头偏在我的肩膀上，一动不动。我仰望已然飘到头顶的那团乌云，思忖接下来可能落雪还是下雨。这时，王静扯断身边的一根茅草，用茅草穗在我的耳朵上无所事事地刷来刷去。我问干嘛？她说亲亲我。于是我亲了她，并且在情绪高涨的时候被王静脱掉了裤子。

“天啦！莫非，你练过金大侠的那本《九阳真经》？这么大的家伙，我可不敢用。”

“不大啊。”我说。

准备进去时，王静紧紧地夹住自己的两条大腿，看着我说，“很难受吧？想一吐为快吧？真的打算进来？你可想清楚了？”

我点头。

“那么过我三关。依得？”

我说依得。

“第一关：你为什么要进来？”

“爱你。”我回答。

“你爱我什么？第二关。”

“体毛。”

王静皱起眉头，说：“你这个人，怎么这样？”

“反正爱你。至于爱你什么，连我自己都说不清楚。我是一只飞蛾，你是一团火，我朝你扑过来了。就是这么简单。”

“你不会变心？不会爱上别的女孩？”

我被哪里飞来的一枚冰针扎中了喉咙。

“警告你：如果你敢变心的话，那么肯定会遭到报应的。”

“哦？”

“我是这么想的：如果哪天你移情别恋了的话，那么我就跑去美国，或者日本，做一个成人电影演员。我既没有亲人，又没有朋友，所以不必在乎观众朋友们的眼光。连你都不要我了，那么我留在中国还有什么意义呢？还不如把身体奉献给地球上的所有男人。到时候你一打开色情网站，就看见我同时被三个黑人那个，于是你一边抽自己的耳光，一边埋怨：我黄弟的脑袋当初是不是被驴踢了？或者大便吃多了？这么美妙的一具身体，怎么就拱手让给那些黑鬼享受了呢？你越想越后悔，直到被几个全副武装的警察捉进一家精神病院。”

“你的脑袋才被驴踢了。”我说。

“那么你就是那头驴。”

我投降了。

“第三关：你爱我到什么程度？”王静继续问。

“一言难尽。”我回答。

“你爱我到一言难尽的程度？”

“我的意思是说：爱你到什么程度，三言两语说不清楚。”

“说嘛，求求你。”

“小的时候，我不懂事。”我想了想说，“一个偶然的机会，用手指把自己弄那个了。在之后的每个星期里，都要那个几次。一那个就是七年。直到有一天，你闯进我的生活，像现在这样躺在我身体的下面，给我再那个一次的机会。于是，我把那个掉的东西统统找了回来，打算那个进你一个人的身体里。我就这么爱你。”

“那么我岂不是会被你的东西活活淹死？”

“有这个可能性。”

“那好，我给你那个的权利。”说罢，王静一巴掌拍打在我的屁股上。

进去时，王静哼了一声。

“痛？”我问。

王静点头。

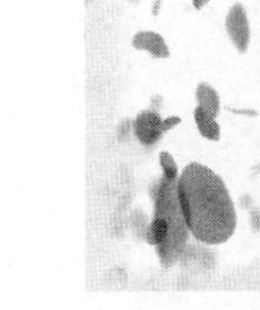

“第一次？”

“嗯。”

“出来？”

“别管我。”王静咬紧牙关，“你那个你的。”

“舒服吗？”完事后，王静问。

“妙极。”我回答。

“怎么个妙极法？”

“全世界的牛奶，倒进全世界的水里。”

“妙极。”

“你呢？感觉如何？”

“料极。”

“料极？”

“嗯。不会责怪我吧？”

“不责怪你。”说完，我被一股温热的清泉淋湿了大腿。

*

这是五年一期发生的，最后一件需要记录下来的事。

第十章 墓地樱花

樱花最早的痕迹，出现在北半球温带的喜马拉雅山地区。此后逐步传入印度的北部，中国的西南山区、长江流域、台湾岛，朝鲜半岛和日本。

——《樱大鉴》[①]

时间要追溯到印度的吠陀时代[②]，维护之神毗湿奴[③]和妻子吉祥天女拉婏诗米[④]生下大女儿珠穆朗玛[⑤]和小女儿丁结协桑玛[⑥]。珠穆朗玛被凡间尊称为雪山女神，丁结协桑玛被凡间尊称为落樱女神。丁结协桑玛长大成人了以后，和树神仓木决共淌爱河，生下一对双胞胎女儿木花开耶姬[⑦]和目覃卡索。这两位貌美如花的姑娘，不是在迷卢山[⑧]和家人共

①日本学者撰著的一本樱花专著。

②印度成立吠陀圣典的时代（约公元前1500年~公元前600年）。

③印度教三大主神之一。

④藏密中的一个女性护法神，毗湿奴的妻子。

⑤藏语意“圣母之水”，暗喻珠穆朗玛峰。

⑥藏语意“青色美貌的仙女”，暗喻洛子峰。科学家们考查发现，洛子峰原本比珠穆朗玛峰高出800米。

⑦日本神话中的一个人物，集樱花之神、安产之神、富士山神于一身。

⑧印度神话中维护之神毗湿奴的固居地。

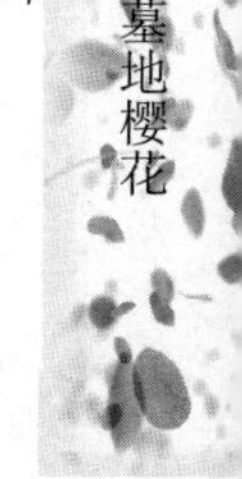

享天伦之乐，而是被帝释天[①]囚禁在洛子峰[②]顶的一个冰窖里。原因是在天国解围后的一次诸神大会上，年少无知的目覃卡索把阿修罗王毗摩质多[③]率领阿修罗围攻须弥山[④]这件事说成是一个正义之举，反倒把帝释天冷落邬摩[⑤]这件事说成是一种非神所为的行径。大发雷霆的帝释天惩戒日覃卡索的同时，也没有放过为目覃卡索苦苦求情的丁结协桑玛，姐妹俩被终身监禁。

忍受了一千年的孤独和寂寞之后，两人开始终日以泪洗面，埋怨帝释天的专横跋扈，父母和外祖父母的冷酷无情。她们的外祖父毗湿奴于心不忍，觉得是时候讨回两个孩子的自由了，于是把自己变成一只身高达一千五百丈的雪猿，朝洛子峰撞了过去。洛子峰被撞塌了八百米，由世界第一变成了第四高峰。重新获得自由的木花开耶姬和目覃卡索将坍塌下来的冰山，打造成两架巨大的雪橇，分别坐上自己的雪橇，从山顶滑向山谷，再从山谷滑向山顶，在毗湿奴的暗中帮助下，两架雪橇越滑越快，越滑越高，最后都朝着太阳升起的东方飞了出去。

木花开耶姬乘坐的雪橇就像一艘宇宙飞船一样，飞过青藏高原，穿过长江中下游平原，越过东海，飞到东瀛列岛的上空时，融化得差不多了。下方的群岛上都很荒芜，这让爱美的木花开耶姬有了恻隐之心，于是施展法术，把融化的冰水变成无数个美丽的花朵，撒向群岛上的每一个地方。群岛上的人们为了纪念木花开耶姬，将这种花命名为樱花，将木花开耶姬奉为樱花

①佛教护法神之一，天龙八部之一的天众首领，佛教称他是三十三天之主。

②世界第四高峰。

③印度神话中四大阿修罗王之一，九头，每头千只眼，九百九十只手，八足，口中吐火，发动阿修罗围攻过须弥山。

④印度神话中帝释天居住的神山。

⑤毗摩质多之女。

之神。

凡间多了一个樱花之神，这令身处高天原[①]的日本诸神都很震惊。天照大神[②]接见了木花开耶姬。天照大神的孙子琼琼忤尊爱上了木花开耶姬，并且在奇稻田公主的撮合下和木花开耶姬结成了一对夫妻。新婚的第一夜，木花开耶姬就怀孕了，琼琼忤尊怀疑孩子不是自己的。为了证明自己的清白，木花开耶姬就造了一间没有窗户的木屋，把自己关在木屋的里面，然后对木屋外面的琼琼忤尊说如果我肚子里的孩子不是你的，那么我就被活活烧死。在随后被自己点燃的熊熊烈火中，木花开耶姬生下了火照命、火须势理命、火远理命等三个在日本历史上颇具地位的神，因此成了日本的安产之神。木花开耶姬此外还是日本富士山的山神。

不过，木花开耶姬通过冰水变化出来的樱花只有白色。直到公元七世纪的日本奈良时代末期，大批壮志未酬的日本亡国武士在樱花树下剖腹自杀，鲜血渗进了泥土，才把樱花渐渐地染成了红色。开出的樱花越红，说明树下的亡魂越多。由此之故，樱花开始受到日本上流社会的尊敬，以致到了平安时代，取代梅花，成了日本花坛真正的主角。

*

和木花开耶姬乘坐的雪橇比较起来，妹妹目覃卡索乘坐的雪橇要小巧得多，以致飞到秦国黔中郡[③]的上空时，就完全融化了。如果不是因为目覃卡索之前被帝释天废去了法力，那么她就不会像是从星空里坠下的一块陨石一样，击穿森林里一间

①日本神话中众神居住的天上世界。

②即太阳神，日本神话中高天原的统治者。

③由战国时期的楚国设立。秦楚战争后，秦国于公元前 277 年将楚国的黔中郡与巫郡合并成一个新的黔中郡。公元前 221 年，秦始皇统一中国时将天下整合为三十六郡，其中也有一个黔中郡。本文是指秦楚战争后的黔中郡。

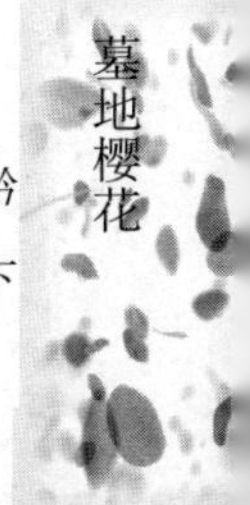

茅草屋的屋顶，重重地撞在正在睡觉的落洞女[①]身上。睡在隔壁屋里的草鬼婆[②]和傩神[③]，尽管都对自己唯一的闺女被目覃卡索撞死了的事实痛不欲生，但是看见目覃卡索那副昏迷不醒奄奄一息的样子，又不忍心报仇雪恨了。痊愈后的目覃卡索决定留下来，以报答草鬼婆和傩神的不杀和救命之恩。

所谓落洞女，就是经过山洞时，被洞神看上并且带走魂魄的一些女子。她们的年龄通常在十八至二十四岁之间，面色灿若桃花，眼睛亮如星辰，声音如丝竹一般悦耳，从身体里还会散发出一股馨人的清香。落洞女整天不停地抹桌擦椅，洒扫厅堂，把原本破败的一个家收拾得纤尘不染，进入了一种不食人间烟火的境界。其实，她早把自己许配给了洞神，以致生活在一个美轮美奂的梦境中。心上人既然是一个救人于水火的神，那么她就不必再为世俗中的男子动心，只需保持好自己的美丽和娴静，等待她的神选好吉日来迎娶她。迎娶之日，即香消玉殒之时。所以这就注定了落洞女的一生，不会出现母亲经历过的生儿育女、盼夫心切、妒怨煎熬的烦恼，也不会有哪个世俗中的男子想到要用自己的婚姻去解救她。

除魂魄外，落洞女的肉身迟早也会被洞神带走，这是草鬼婆和傩神都不找目覃卡索报仇雪恨的原因。或许在这两位年迈的老人看来，被一个天外来客莫名其妙地撞死，是闺女更好的一种解脱方式。

至于草鬼婆，她们的眼睛通常都是红色的，好像患了红眼病一样，眼角还有许多眼屎，一般人不敢接近，谁愿意接近这么肮脏的女人呢？草鬼婆天生就会一种古老的黑巫术，叫做放草鬼，也就是放蛊。所谓蛊，就是找来几只蝎子、蜈蚣之类的

①湘西传说中被洞神看中的一些少女。

②湘西传说中会蛊术的一些妇女。

③湘西传说中会傩技的一些男子。

毒虫，集中于同一器皿中，任其互相攻击和吞食，最后存活下来那一只，才是蛊，即毒虫之王。遇有仇怨嫌隙者放之，于外食五体，于内食五脏。被放之人，或痛楚难堪，或形神萧索，或风鸣于皮皋，或气胀于胸膛。放蛊是父系社会时，女巫传下来的。当时，男子打猎的成果越来越多，母系社会解体了，男人们拿着猎物去别的部落找二奶，家中的妻子没有更好的办法，只好借助女巫的法术，放蛊拴住丈夫的心，并且一代一代传下来，算是对一夫一妻制最后的挣扎。

如此说来，草鬼婆能耐不小呀，她的女儿怎么就落洞了呢？

草鬼婆当然不是洞神的对手，即便加上她的丈夫，那位既能上刀梯、下油锅、踩红犁，又能赶尸还乡的傩神，同样是小巫见大巫，不自量力。草鬼婆和傩神懂得的都是巫术，洞神却拥有法力。况且，很多草鬼婆，连自己懂得巫术这一点都被蒙在鼓里。比方说被目罩卡索撞死的这个落洞女的母亲，她本来住在苗寨，打从因猜疑而被几个族人指认为草鬼婆的那一天起，就被族长赶出来了。她就像生活在一个透明的华盖下，不曾翻身，已然碰头，日子长了她也就死了心，放弃了讨还清名的企图。她越来越害怕见人，就像人们也越来越害怕见到她一样。她在年复一年指桑骂槐的声浪中老去，夜复一夜的哭泣让她熬红了双眼，见风就落泪。她已经多年不曾唱歌，一副又甜又美的嗓子嘶哑了。她再也不用当户理妆，因此不光衰老了容颜，也褴褛了衣装，最后变成了一个世界上最邋遢最丑陋的老女人。她就这样背着草鬼婆的名声走到了生命的尽头，快要咽气的时候，才发现自己真的是一个草鬼婆，而且就像当初不知道是谁把草鬼婆的巫术传给她的一样，她也把草鬼婆的巫术传给了目罩卡索。

这是目罩卡索降临秦国第二年发生的事。

第三年的中元节，洞神托梦给傩神，要傩神务必于第二天交出落洞女，否则死无全尸。目罩卡索从傩神嘴里得知事情的

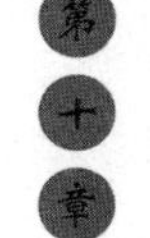

来龙去脉了以后,叫傩神把自己装进一个麻布口袋,送去给洞神。傩神将目罩卡索送去给洞神的途中,不巧撞见了正在树林里打猎的努德瓦。努德瓦是苗寨族长的大儿子。努德瓦看出了破绽,喝令傩神将肩膀上的麻袋放在地上。傩神畏惧努德瓦手中的那把神弓和背上的几支神箭,那是苗寨的镇寨之宝,只好怏怏地放下装有目罩卡索的麻袋,只身一人挑战洞神去了,再也没有回来。

努德瓦把目罩卡索带回了苗寨。苗寨的族长问目罩卡索家在何方?有何打算?目罩卡索回答不上来,因为她在两年前撞死落洞女的同时,自己也身受重伤,昏迷了两个月,醒来了以后,之前的所有记忆都不见了。可是当族长的夫人问目罩卡索愿不愿意嫁给自己智勇双全的大儿子时,这个既美丽又不谙世事的姑娘脸红了。就这样,目罩卡索和努德瓦结成了一对夫妻。

这个消息很快就传进了洞神的耳朵里。洞神担心目罩卡索这个未来的压寨夫人为被自己杀死的傩神报仇,不让苗寨里的人继续供奉自己,心里便产生了一个棒打鸳鸯的想法。洞神把一种名字叫做"拈花咒"的符,贴在一个代表努德瓦的木偶人身上。努德瓦因此多情起来了,经常利用狩猎的机会跑去别的部落的山头,调戏正在那里采集的一些少女。关于努德瓦的流言蜚语,让目罩卡索寝食难安。她念咒施法,从一个水碗里窥探丈夫的行踪,但看到的景象令她大失所望。之后努德瓦每次出门狩猎,目罩卡索都难免在家以泪洗面。她太不想失去努德瓦了,因此乘努德瓦在夜里睡着的时候,在努德瓦的身上放了一种叫做"粘粘药[1]"的蛊。

任何男子中了"粘粘药"这种蛊,都会对放药的女子死心塌地至死不渝。"粘粘药"可以由女方控制药量,规定男方的出行范围。如果是五里路的药,那么中药的男子就只能在方圆五里范围内活动,出了五里,就有生命危险。也有温柔一些的,出了五里,就特别想念放药的那个女子,马上飞奔往回赶,直

①湘西传说中的一种春药。

到见到那个女子。“粘粘药”的神奇，在于将爱情中弱势一方的地位提高到了如神明一般的程度。

在“粘粘药”的作用下，努德瓦很快就摆脱了“拈花咒”的蛊惑。他痛心疾首，跪在目罩卡索身前忏悔自己之前的龌龊行为，还拉着目罩卡索的小手满山遍野地奔跑，把采集到的鲜花扎成一个一个美丽的花环，亲手戴在目罩卡索的头顶上，好像离开目罩卡索，他一刻也活不下去一样。

但问题是草鬼婆放蛊，中一人，可自保三年无病，中一牛，可保一年，中一树，可保三个月。如果不继续放蛊，自己就要生病。连续三年不把蛊放出去，蛊虫不得食，就会伤害草鬼婆自身。动物之中唯独狗不能放蛊，草鬼婆怕狗，也从来不吃狗肉。

由此之故，目罩卡索不得不继续在努德瓦的身上放“粘粘药”。但是那样一来，难保不会被族人发现，难保不会重蹈历来草鬼婆悲惨命运的覆辙，或像落洞女的母亲那样被逐出苗寨，或被开膛取蛊。一天夜里，目罩卡索把内心的这种担忧说了出来，努德瓦心急如焚。努德瓦对草鬼婆的了解，并不比目罩卡索少，也清楚草鬼婆都是一些可怜之人，可是一旦被发现，又确实没有一个能够善终的。

第二天一早，努德瓦向族中的一个长老打听到：治蛊，轻者郎中草药或可奏效，重者非放蛊者本人才能化解，可是想要驱除放蛊者身上的蛊源，则难于登天，因为只能去找山神。一切蛊虫，皆来自山林。夺取山神手中的那根蛊棍。蛊棍乃是一条千年赤练蛇所化。千年赤练蛇是虫王之王，取胆食之，蛊源遁之。但问题是，山神是蚩尤[1]左腿的化身，刀砍不进，枪刺不入，火烧不焚，水淹不泯。战胜山神，谈何容易？这个长老最后告诫努德瓦：无蛊不成寨，这是一条古训，违逆不得。

当天夜里，努德瓦做了一个梦，梦见一个身披蓑衣、头戴斗笠的老人立于一片云端之上。老人右手持一张图，左手执一

①苗人的祖先。

把耜，自称是禹。禹问努德瓦：山神是蚩尤左腿的化身，你是蚩尤左臂的化身，你想了结他，不叫手足相残叫什么呢？努德瓦不说话。禹又问：只要你答对我的两道题，我就告诉你山神的位置，和战胜他的法门，你看如何？努德瓦说好。禹问：什么花只在夜里开放，生命极短，只有一盏茶的工大？努德瓦回答说是白果花[①]。禹又问：女娲造人，为何不造男人，只造女人？努德瓦回答说因为男人皆由女人所生。禹总结道：既然你答对一道题，答错一道题，我问对一道题，问错一道题，那么我就将山神的位置和战胜他的法门告诉你，但是不透露那样做的后果。禹说完要说的，就变成一头熊[②]，咆哮着跳进身后的云霄里了。

努德瓦跋山涉水，在禹指定的位置果然找到了山神。山神见来者是一个乳臭未干的小子，便哈哈大笑，轻蔑地说：古往今来，送死之人很多，一共有二十九个，你是第三十个，我先让你三招，你若不能动我分毫，我便举起一座大山，踏平你的苗寨。努德瓦没有多费口舌，而是拉开神弓，连续射出三支神箭。每支神箭在出弦之前，都在自己的大腿上扎一下，让箭簇沾满鲜血。第一支神箭射穿了山神的左脚掌，第二支射穿了山神的右脚掌，第三支正好射中山神的眉心。弦音毕，山神变回一座大山，轰然坍塌了。山神刀砍不进，枪刺不入，火烧不焚，水淹不泯，却忌讳倒下，这是禹所说的战胜山神的法门。让努德瓦万万没有想到的是，山神倒下的同时，自己却越长越高，越长越大，最后变成了一座新的大山。

目罩卡索找到努德瓦变成的那座大山，跪在大山的脚下，一边不停地磕头，一边哭着乞求努德瓦赶紧变回来。她哭啊，不分昼夜地哭。悲壮的哭声响彻云霓，连在苗寨里的人都能够听到。但是努德瓦始终没有变回来。目罩卡索在连续地哭了整

---

①湘西织锦西兰卡普里的一种，半夜开花半夜谢，类似昙花。

②野史记载禹的化身。

整三年之后，被蛊虫食尽了五脏六腑，变成了一堆白骨。又过了三年以后，白骨下面的泥土中长出一棵小树苗。苗寨的人们就把过世的亲人都埋葬在小树苗的四周。小树苗汲取了尸水中的养分，长大了，开了花。人们把这种花称作樱花，把目罩卡索称作樱花女，把努德瓦称作山神。樱花女目罩卡索和山神努德瓦的爱情故事，是流传在中国湘西地区最美丽动人的传说之一。

不过，这里的樱花只有白色，白得就像雪一样[1]。

*

“真的只有白色？”我问。

张娣好看地一笑，说：“这里的樱花，是的。你这个本地人还不知道？”

不知道。墓地樱花附近没有人家，儿时的我和苗再兴一起打茶苞，只来过两回，都是暮春，没能赶上樱花盛开。

“哪一座山才是努德瓦变成的呢？”我扬起脸，审视眼前的几座高山，都不险峻，形状如一只倒扣着的瓷碗。

“哪一座山会哭，就是哪一座。”

“会哭？”

“嗯，遇上刮风下雨的天气，其中的一座山，就会发出‘呜呜’‘呜呜呜’的哭声。于是老人们就说，是樱花女在为山神哭泣。”

“为什么非要等到刮风下雨的天气呢？”

“可能是因为樱花女不想自己在哭泣时所发出的声音被人们听见，而引起恐慌吧。还不是，谁会留意风雨声中的哭泣声呢？”

这是一个寒风凛冽的冬日正午。早上出门时，雪并没有多大，拿雨打比方，也就是毛毛细雨的样子，我和张娣因此都没有打伞。两个钟头过后，到达墓地樱花，正准备在奶奶的坟头

①此篇中的部分内容来自百度百科。

上香，这时大风起兮，“毛毛细雨”变成了鹅毛大雪，席卷而来。于是两人跑进附近的一个山洞，坐在洞口的一块大石头上，望着眼前翻卷的雪，和被雪渐渐染白的一切。这时间里，张娣向我讲述了樱花女和山神的故事。讲了三个小时，远比我整理出来的详尽，好像还提到了一个什么盐水女神，可是我记不确切盐水女神在故事里的作用，只好遗憾地剪掉。即便剪掉了什么，内容也大抵如此，我想。

奶奶是于腊月初十过世的，时间上正好是我和王静一起为她父亲扫墓的同一天。家里隐瞒了噩耗，直到期末考试结束，我去到株洲，邀张娣一起回到苗寨，才听爷爷说起，于是第二天一早，也就是今天，两人背着一应祭奠物品，朝这里赶来。

这里的樱花树很古老，个头差不多都有数十米高，树干千疮百孔，树皮如龟壳似的裂开，对了，就和纪录片里见到的亚马孙河流域的那些参天古木差不多，簇拥着，将两个足球场大小的一个山谷挤得水泄不通。树叶早已落尽，树下的坟茔宛如无数个浑然天成的小土丘，星罗棋布。

此刻，张娣嘴里没有了言语，一对姣美动人的脸颊在雪光的辉映下，显得晶莹剔透，一头乌黑亮丽的长发在背后飘拂。

“想奶奶了？”良久，我打破沉寂。

“嗯，奶奶怎么就离开我们了呢。”张娣伤感地说。

“寿终正寝，也不见得是一件坏事。”我安慰道。

雪以一种优雅的姿态和一个凌乱的角度在洞前飘落，形成异次元之门似的一道门帘，将我们同外面隔绝了。

又沉默一阵后，我向张娣说起了王静。还是说一下好，一旦和张娣的目光相碰，看见她那一对清澈明亮的眼睛，和一副楚楚动人的表情，我就神魂颠倒，心想眼前的这个女孩是多么纯洁，自己又是多么污秽，在这样一种自我厌恶的情绪下，不把自己瞒着她做过的那些混账事说出来，我就痛苦不堪。另外，如果只是一个萍水相逢的女孩，那么倒也罢了，但是王静不同。

我向张娣交代了我和王静是如何认识的，关系是如何一步一步地发展到纠缠不清的程度的，以及连日来两人都在学校外面一起开房的事。我对张娣说，我喜欢王静，她是一个火辣奔放的女孩，身上有一种魔力，令我无法抗拒，但是随着开房次数的增加，我懊悔的程度也跟着增加，觉得很对不起人家，因为我发现，无论自己往王静的身上注入多少情感，那些情感终究如装在漏斗里的水一样，会一点一滴地漏掉，唯独对你的感情是亘古不变的。

“对不起。”我道歉。

张娣望着洞外的哪里，嘴里没有吱声，脸上也没有表情。我怀疑我刚才说的话她没有听见。

“听你这样说——”良久，张娣欲言又止。

“对不起。”我重复。

“黄弟。”张娣不看我地说，“我上次就向你表示过，如果，你遇见一个心仪的女孩，那么就请放心大胆地和她交往，不要在乎我的感受。现在你遇见了，我应该替你感到高兴，又怎么可以责怪你？你为什么要告诉我这些，又为什么要说对不起呢？”说着，张娣把脸扭向一旁，片刻转回，两只眼睛红红的。“反正，我迟早是要离开的，对吧？我们不可以陷得很深，有谁能够进来，那是一件好事。”

“谁也进不来。”我说。

张娣没有再说什么。

约五分钟后，从我身前五米处的雪地里蹦出一只有我两个大小的黑熊，手里握着一只铜锤，朝我扑了过来。“当！”铜锤敲打在我的头上。

“怎么了？”张娣关心地问。

我没有回答。

“是哪里不舒服吗？”

“嘘……”我回头，注视着两人身后的山洞，里面黑得出奇，

深得可以，仿佛另外一个世界的入口。

张娣抓住我的手臂，带着哭腔说：“你不要这个样子。”

“听见哭声了吗？”我问。

张娣点头。

“是从山洞里面发出来的？”

张娣点头。

“是樱花女在为山神哭泣吗？”

张娣摇头。

“进去看看吧？”

“怕。”

是怕，怕里面有妖怪，吃掉我们。然而必须进去。

背篓里一共装有九支蜡烛，本打算烧给奶奶和张娣的父母，奶奶三支，张娣的父母一起六支。我抽出其中的一支，用打火机点燃了以后，举在一只手上，用另一只手拉着张娣，一起往山洞的里面慢慢地挪步。洞口不大，也就直径两米左右的样子。但是越往前行，情况越是糟糕。时窄时宽。窄时，只能弓着身躯前进。宽时，目力所及，尽皆黑色，方向都难以分辨。脚下乱石嶙峋，如刀山一般。约十分钟过后，到达一个有水潭如大厅一样的地方，举烛四顾，到处都是石钟乳、石笋、石柱。一块牛粪形状的巨大钟乳石盘旋在水潭的上方，其尖端的泉水垂直地落下，像一头大象正在撒尿一样。游弋在水潭里的一群小鱼，通体透明，连内脏都能清楚地看见。

“是盲鱼。”张娣朝我低语道。

“好像你什么都知道一样。”我有点吃惊。

两人立在水潭里的一块观音石上，商量走前面左边的那个大洞好，还是走右边的那个小洞。这些观音石，数量一共有二十几块，都圆得可以，宛如六月里的荷叶，漂浮在水潭里的水面上。

“哭声好像消失了。”张娣侧耳聆听片刻，口气轻松地说。

“是的，好像我们刚一进来，樱花女就住嘴了一样。走哪边好呢？”我征求张娣的意见。

“走右边。”

“理由是？”

“右边的小洞可能要安全一些。左边的大洞如果通往飞虎洞的话，那么我们进去后就出不来了。”

“飞虎洞？”

从小洞里突然出来一股阴冷的气流，我手里的烛火开始摇曳。于是两人停止说话，搂成一个团，挡住气流不让烛火熄灭。山洞里面的温度比外面要高得多，这股阴冷的气流极有可能来自山洞的外面。莫非，出口就在前方？我想。但来不及细想，那个哭声就再度出现了，音量比之前大了三倍不止，那是一个尾音被拽长了的，被注入了某种凄惨因子的少女的抽泣声，且就在前方。

“回去好吗？”张娣战战兢兢地说。

“别怕。”我说。与其说是给张娣打气，莫如说是鼓励我自己。虽说我这人学习成绩不好，和父亲的关系不行，人际关系也很一般，但自觉满足继续存活下去的条件：一没有偷盗抢劫，二没有绑架勒索，三没有杀人放火，更没有做出过王静的父亲干过的惊动国家的大事。一句话，不存在谁硬是要化作一只厉鬼找我索命的可能性。想通这一点，我放下背篓，抽出余下八支蜡烛里的六支，全部用打火机点燃了以后，又从背篓里抽出两张报纸，分别套住三支蜡烛做成两根火炬，自己的手里拿一根，往张娣的手里递一根。最后从裤兜里摸出一张纸巾，用潭水浸湿后，捏成两只小团塞进张娣的两只耳朵里。

“听得见我说话吗？”我大声问。

“声音小了很多。”张娣回答。

“还怕吗？”

“怕。”

“说说你前面提到的飞虎洞吧？可能就不怎么怕了。”

张娣讲述飞虎洞的时间里，我拉开七八米的距离走在她的前面。倘若我遇险，她或许还有逃命的机会。路况和进洞时无甚差别，九曲十折，乱石环绕，石缝中偶尔传出几声蝙蝠磨牙的声响：“吱吱吱！吱吱吱！”

飞虎洞位于乌龙山大峡谷的中段，隶属于龙山县。清末年间，一种身长一米，体型酷似老鼠的动物在洞内的石壁上攀援自如，跃步如飞，被当地人发现后称作飞虎，飞虎洞的名称由此得来。飞虎存在吗？谜。虽然每隔那么几年，就有或轻生，或胆大，或好奇者钻进飞虎洞一探究竟，但是能够活着出来的，几乎没有一个。抗日战争期间，一个运硝药的农民倒是活着出来过。他从湖南省湘西州龙山县境内的一个入口进去，一个半月过后，从湖北省利川市磨刀溪附近的一个岩洞里出来，两地遥之数百里。倘若此事属实，飞虎洞无疑是世界上最长的洞穴。

此外还有一种说法，飞虎洞不仅贯通湘鄂两省，还连通重庆的酉阳、秀山等地，支洞数以千计，洞内有高山、瀑布、暗河、园林、天眼、天坑。此种说法同样得不到证实。二十世纪九十年代初，一帮狂热的法国探洞爱好者带来大批专业装备，进到飞虎洞里面探险，此后几乎每个河水干涸的冬季，他们也都会来，也都会无功而返。去年 5 月，湖南电视台做了一个以探险为看点的电视节目，十名队员，探险五天，同样没能揭开飞虎洞神秘的面纱。

说这些时，张娣就像站在讲台上的一个幼儿园老师，正在向讲台下的一群孩子讲述一个神奇而又古老的故事，显得饶有兴味。可是我提不起兴趣。因为我发现，情况并非我想的那么简单：已经走出水潭半个钟头了，虽说举步维艰，但一里的路程还是有的，樱花女到底躲在哪里哭泣呢？

“考考你，飞虎洞里边，最大的一个洞厅，有多大？”张娣问。

“不晓得。”我回答。

“听不清楚，能大点声吗？”

“不晓得。”我停下，回头大声说，“之前，听都没听说过飞虎洞。你是从电视上看到飞虎洞的？”

“嗯。”

我举高手里的“火炬”，继续在前面探路。

“也不完全是从电视上看到的。”张娣接着说，“高二那一年，县里举行了一次摆手节，全县的高中生都要参加，我也参加了。活动的现场，就在飞虎洞里面。从那个时候起，我就知道飞虎洞里面，最大的一个洞厅有十万平方米的面积，有三百四十米的高度。知道这意味着什么吗？这意味着，它可以把埃及的胡夫金字塔整个儿吞进肚里。不小吧？”

“不小。”

“当时，班上有一个和我关系要好的同学，邀请我去她的家里做客，我去了。她家离飞虎洞不是很远，只有两三公里的山路。她爸爸是一名渔夫，屋檐下的一根竹篙上，晒着好多渔网，渔网上挂满了水草和螃蟹，发出一股好腥好臭的味道。同学告诉我说，只要不发洪水，她爸爸每天都会去飞虎洞附近的一条河里捕鳜鱼和角角鱼，也有时会钻进飞虎洞里边捉娃娃鱼，卖给城里的一些达官贵人。那个时候，娃娃鱼卖四百块钱一斤哩，不过很难捕捉到，一年能够遇见一回，就很幸运了。”

“娃娃鱼是国家二级保护动物。被公安逮住的话，她爸爸要坐牢的。”

“人家也是没有办法呀。还不是，住在一个山沟沟里，放眼望去，尽是大山。离县城又很远，即便是庄稼丰收了，拉出来卖，运费也是承担不起的。她家连可以种植稻谷的水田都没有呢，手头紧的时候，只能吃从山坡上挖来的红薯。”

我没有表示什么。

“我的这个高中同学，现在倒是一点音信也没有了。她爸

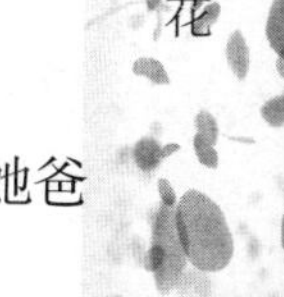

爸死了之后，她辍学去了广州，在一家手袋厂打工。开始的半年，还和我通信过两次，后来我写信过去，就再也没有收到回信了。”

“她爸爸是怎么死的？”

“是被自己炸死的。”

“有这种事？”

“嗯。渔夫炸鱼，都希望自己制作的炸药瓶，刚一落水就爆炸，那样才不会赶走鱼儿，因此引线做得极短极短。炸药瓶被点燃了之后，渔夫稍微想点事情，或者发生什么意外，比如脚下的一块泥土突然松动了什么的，结果炸药瓶刚被扔出去，就在手边的空气中爆炸了。同学的爸爸，就是这种情况，被炸开了膛，摔进河里淹死了。”

“活该，难怪河里的鱼儿越来越少了。”

“别这样说嘛，人家还不是为了有口饭吃。”

我停下，转身，盯着张娣。拥有黑色背景的她脸色刷白，像极了一部香港恐怖电影里出现过的一只女鬼。我明明有话说，却忘记了。

“假如，”俄顷，我记起，“我和你一样，也读高中，也有那些际遇，比如摆手节、飞虎洞什么的，应该不会错过接触的机会吧？”

张娣笑着说当然不会错过接触的机会。

和张娣说话的时间里，我绷紧的神经松弛下来了。但哭声没有消失，它就像是一条馋涎欲滴的海蛇，缠绕着我们，时而增大，时而减小。增大时，似乎就在前方不远处的一道岩缝中。减小时，又遥远得仿佛来自时间的断层。怎么回事呢？掉进岁月设计的一个陷阱里了？

后来，张娣再未说话，我仍拉开六七米的距离走在前面。每当谁不小心踩松脚下的一块石块，那石块便表示抗议似的发出一个惊人的响声，让人汗毛倒立。两人穿过一条逼仄的弯道，来到一个如广场一样的地方。广场非常大，从洞顶塌陷下来的岩石，堆成一座不小的山丘。两人翻过山丘，钻进山丘后面唯一的一个大洞。期间，风吹吹停停，时而来自前方，时而从背后吹来，风向每转换一次，掉进陷阱里的感觉就更深。

“不觉得难以置信？”钻进大洞后不久，张娣再次开口了。

“什么难以置信？”我问。

“我前面说到的飞虎洞。”

“有点。”我说。

“是呀，里面大大的，黑黑的，周围到处都是出口，真正的出口却只有一个。选择一个出口进去吧，结果走了一整天，才发现哪里也到达不了，只好返回，选择另外一个出口，结果又返回，如此没完没了。在那样一种情况下，人会是怎样一种心情呢？一定很焦躁，很害怕吧？”

“是啊。”

“所以，别再往前了，好吗？蜡烛也快燃尽了。”

我没有回答，停下脚步，整理头脑。是什么，令我的头脑如此混乱不堪呢？黑熊。黑熊如一艘潜艇一般，缓缓地浮出水面，抡起手里的铜锤，再次敲打我的脑袋。

“又怎么了？”张娣问。

我出不了声。

张娣从耳朵里摘下纸团，定定地看着我的脸，诚惶诚恐地说：“你的脸，好黑。”

“回来了。”我说。

“回来了？”

“回到水潭了。”

我们是从这里右边的小洞进去的，却从左边的大洞里出来了，就是说，兜了一个圈子。

“会是撞鬼吗？”张娣帮忙分析。

“怎么说？”

“小的时候，我听我娘说起过，在黑灯瞎火的夜晚，路过

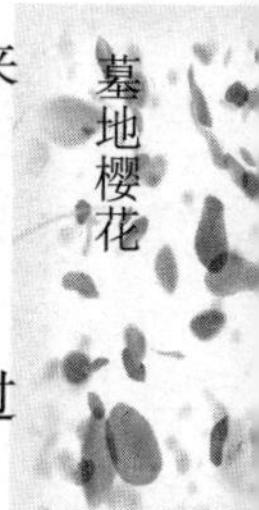

墓地，很容易被鬼盯上。被鬼盯上了之后，就只能在同一个地方打转，无论怎么努力，都出不来，因为所有的出口都被鬼用障眼法封死了，我们选择的一个自以为正确的方向，其实是错误的，而错误的方向，反倒有可能正确。这里是墓地樱花吧？可能有鬼的。”

“是么？”

“我娘说了，鬼那种东西，不可以全信，也不可以不信的。”

我想说这不是在原地打转，而是兜了一个圈子。见张娣一副虔诚的样子，又不忍心反驳了。不但不忍心，还很伤心。我一把搂住张娣，难过地说：“对不起，我告诉自己，如果樱花女真的存在的话，那么只要进来，找到她，跪下来求她，她既然是神仙，就一定帮得上我们的忙。”

“知道你是这样的想法。我的病，你别担心。人家还担心你。”

“担心我什么？”

“担心你，变得好像有点不正常了。至于哪里不正常，我却说不清楚。”

“听你这样说，我觉得你好像也有点不正常。”

“是吗？”

“至于哪里不正常，我也说不清楚。”

张娣把嘴凑到我的耳边，小声细气地说：

“那是因为，我想把握住每一个和你相处的日子，尽量让自己过得开心，给你留下一个美好的印象。这样一来，在我离开了以后，你就不会很快地把我忘记。”

*

从山洞里出来，雪止歇了。壮丽的雪景，令我惊叹不已。眼前的一切：群山、峡谷、树林，全部都被皑皑白雪粉刷了无数遍，晃得眼睛隐隐生痛。我和张娣置身于一个如童话一般的冰雪世界的正中心。凝目望去，天空仍有少许迟来的雪花，恍若遗落人间的丘比特背上的羽毛。

两人在雪地上踉跄了一阵，来到奶奶的坟前，刨开坟头厚厚的积雪，供上猪头肉，点香，烧纸钱，敬酒，磕头。做罢，来到张娣父母的坟前重做了一遍。好了，我想，先人们，安息吧，但愿天国的冬天不比这边寒冷，逝者已矣，生者如斯，我和张娣明年再来。

虽说折腾了一整天，但丝毫感觉不到疲惫。与其说疲惫，莫如说撩人情怀的成分更多一些。一阵惊恐过后，目睹漫山遍野的雪，和在雪光辉映下张娣姣好的姿容，我兴奋莫名，浑身是劲。还没等到张娣完全收拾好东西，就一把拉住她的左手，在雪地里奔跑了起来。跑出大概十五米远，张娣一个趔趄，摔倒了，我没有理会，继续跑出大概十米的样子，回头喊：

“起来，快起来！”

“有危险吗？”张娣跪在雪坑里，神色慌张地环顾四周。

“没有危险。”我回答。

“以为野猪来了呢。”

我捧起一团雪，朝两人中间的一棵樱花树顶抛去。树枝上的积雪土崩瓦解，纷纷落了下来。张娣爬起身，拍掉身上雪的粉末。

“站住！”我制止张娣前进。

“怎么了？”

“还记得《马桑树儿搭灯台》这首歌吗？”

“怎么不记得呢。小的时候，经常听见上山干活儿的大人们唱，苗寨的孩子，个个都会唱。”

“你和我一起唱好吗？”

“好的。不过，如果觉得我唱得不好，你不准笑。”

“不笑。”

我清了一下嗓子，唱道：

“马桑树儿……搭灯台哟，写封的书信儿与耶……姐儿带哟。郎去当兵，姐儿耶……在家哟。我三五两年，不得来哟。

你个儿移花儿别耶……处栽哟……”

张娣唱道：“马桑树儿……搭灯台哟，写封的书信儿与耶……郎带哟。你一年不来，我一年……等哟。你两年不来，我个儿两年挨哟。钥匙不到锁耶……不开哟……”歌声悠扬、婉转，宛如一个春日的清晨漫步在一处山涧，眼观满目绿树，听到的一段水流声和几声鸟鸣。

张娣继续唱：“姐儿在家中，勤耶生产……”

我唱：“郎在前方，把敌杀哟……”

张娣朝我走近了两步。

“别动。”我再次制止。

“又怎么了？”

“在我八岁那一年，你对我说过，无论我叫你做什么，你都不会拒绝。还记得吗？”

“还记得。”

“答应我两件事。”

“是哪两件事？”

“第一件，你大学毕业了以后，无论有什么打算，都要叫上我和你一起行动。你还需要一年半的时间才能毕业，我只有半年，我在比你多出的一年时间里，打算努力工作，为你把什么都准备好，比如医疗费之类的。你要相信我，相信自己，要坚强，要快乐，因为事情其实并没有你想象得那么糟糕。好吗？”

“嗯。第二件呢？”

“伸手。”

“伸手？”

“伸出双手。”

张娣顺从地伸出双手。

“不对，你这样就变成一只僵尸了。伸向身体的两边。”

张娣把双手伸向身体的两边。

“转圈。”

“转圈？”

“对，像……一个芭蕾舞演员那样。”

张娣开始像一个芭蕾舞演员那样转圈。

“可以停下吗？”

“可以。”我话音刚落，张娣就停下了。

“然后呢？”张娣问。

“你刚才转了几圈？”

“三圈。”

“再转三圈。不过——”

“不过什么？”

“可不可以把下巴举高一点，两只手臂都甩动起来，像，一只飞上天空的大鸟一样。笑出来，放肆地大声地笑。”

“举高下巴？甩动手臂？笑？”

“嗯。”

如此转罢三圈，张娣气鼓鼓地瞪着我，说：“你还有什么鬼把戏？”

“你没笑。”

“笑不好嘛。”

“笑不好，也要笑呀。”

“好吧。这一次，转几圈呢？”

“三百圈。”

“你是在开玩笑吗？”

“我是在开玩笑。即便我是在开玩笑，你也得照做不误，不是吗？”

“呃。”

“转吧。”

张娣显得有些难为情，说：“我很少大声地笑过，不晓得那样的自己，会是一副什么模样，可能丑态百出吧，你不准取笑人家。”

“嗯。”

张娣扬起脸，轻盈地转动身子，从她嘴里所发出的欢声笑语在山谷里荡漾开来。我一边欣赏她那尖尖的下巴，甩动的长发，格调高雅的羽绒服和脚底下溅起的雪的碎片，一边慢慢地往后退，同时把双手搭向嘴边，朝张娣大声喊：

“你要转得快一些，再快一些。笑得大声一些，再大声一些。”喊罢转身，加快脚步，走远了。

“你要去哪里呀？”张娣在我的身后大声问。

“我在前面等你。”

“在这里等不可以吗？”

“不可以，天就要黑尽了，看看四周吧。”

“四周怎么了？”

“四周到处都是坟，可能从那些坟里钻出一群披头散发、青面獠牙的鬼来，我还是赶紧逃命要紧。”

张娣失去重心，摔翻在地，浑身是雪。

“不转了，可以吗？”

“说过的话，怎么可以不算数呢。”

张娣拿一种马上就要哭出来的声音呼唤：“那么你不要扔下我呀！”

我充耳不闻，飞快地跑到山谷的尽头，爬上山顶，朝下面一个晃动的身影大声呼喊：

“张——娣，我——爱——你！”

有人回答：

“张——娣，我——爱——你！”

那不是别人，而是我自己的回音。

*

很多年以后，我才从一期叫做《科学观察》的电视节目中看到，自己和张娣那天听到的哭声，其实是气流穿过拥有喉咙结构的一些岩洞时，产生的一种怪响。

第十一章 尘埃落定

2003这一陌生年轮的到来，让我想起一个潘多拉的魔盒，包装固然华丽，但是里面的东西，着实叫人难受。

一开始就有一个预兆似的，班上，弥漫着一股异样的气氛。光从表面上看不出来，好像和平时没有什么两样，但若留心观察，又确实存在一个异常的什么。那个“什么”我可以形诸文字：大家即将毕业，步入社会，或多或少留恋象牙塔里的生活、同学之间的友谊、校园里的一草一木，同时又对社会这个陌生的庞然大物惴惴不安，不知道路在何方，不清楚前方有什么样的景色，因此惶惶不可终日。都是不折不扣的愤青，表现得对学校，社会，乃至国家不屑一顾，心灵的最深处，却赤诚得不行，尽管当时死不承认，因为压根儿是那样想，且那样行动的。很多年以后，才恍然大悟，就像现在的我一样。

一旦形诸文字，又觉得和那个预兆关联不是很大。

总之，是一个多事之秋。

*

开学之初，打架事件频繁发生。如同《新闻联播》里日益紧张的伊拉克局势，班上男生动不动就和别班男生大打出手，好像第二次伊拉克战争还未正式打响，一场发生在校园里的战斗便提前上演了。奇怪，平时表现怯懦的几个成绩优异的男生，此时也兴奋莫名，听说哪里又有一个闹事的机会，便头一个站出来倡议：“搞！”连此等人物都说搞，大家自然更加不把什么校纪校规放在眼里。幸运的是，校方总是站在“五年学业艰难”的立场，不肯轻易地开除学生。老实说，我巴不得开除几个，最好是将本班男生尽数从全校学员登记手册上除名，如此一来，还能在人生的笔记簿上记上那么特殊的一笔。不幸的是，乔丹招惹黑社会，断送了一条手臂。好像是有点危言耸听，但绝非信口开河。

去年，乔丹就和计算机系的一个女生好上了。那个女生我认识，振生铝材公司某高管的千金，乔丹的一个铁杆粉丝，有乔丹参加的篮球赛场边，经常出现她的身影。长相可爱，气质优雅，身材高挑，独自行走在学校外面的一条大街上，回头率颇高。但是当她挽着乔丹的臂膀，一起漫步在人头攒动的一条校园路上时，却显得不怎么可爱了。她有一种冷眼看人的倾向，独处的时候没有，唯独和身高达一米九二的乔丹相伴而行时才表现出来。那种倾向似乎想要告诉旁人，走在她身边的，不是一个什么扣篮高手，而是一位国王，自己当然就是一位王后了。两人只短短接触了两个星期的时间，便同居了，寒假都没有回家，而是钻进湘雅医院附近的一间租屋，不分昼夜地寻欢，堪比繁殖季节里的一对海狗。

“太厉害了。”乔丹苦笑道，“不是处女，但是肯定很久没有那个了，能把做那种事当作饭吃。”

“你没有被榨干？”黑无常调侃道。

“我没有被榨干，是因为我的体格强健。平均每天四次，你小子扛得住？九次都有过。”说罢摇头，“可惜——”

“可惜什么？”我问。

“可惜我的安全套，杜蕾斯牌子的，是浮点型，十元一只。非用杜蕾斯不可，连用多乐士都不行，她说是一种习惯。”

“比找小姐便宜多了。”白无常挖苦道。

“我姐姐在深圳的一家制衣厂里打工。没有福利，没有社保，没有假期，平均每天工作十三个小时。扣掉伙食费，房租费，水电费，一个月下来，最多存八百块，那钱还不够你小子给你那玩意儿买工作服！”金毛狮王声色俱厉地说。

诸君哄笑。

正月初九，乔丹所住租屋的隔壁搬进一对沉默寡言的夫妇，年龄都在三十五岁上下。夫妇中的男子皮肤黝黑，矮矮瘦瘦，貌似武大郎；妻子则给人以一个“卖火柴的小女孩”印象——反正都属于很好欺负的类型。武大郎有个不好的习惯，每次回到家，都会把脚下的皮鞋脱在门口旁边位置的走廊上。那双皮鞋看似不脏,却从里面发出一股浓烈和恶毒的异味儿,那是脚气。

对于这股异味儿，乔丹并不介意，哪怕正好呷着一杯热气腾腾的早餐豆奶回到家，食欲也丝毫不会受到影响。说理所当然也是理所当然，在臭味熏天的男生宿舍里生活惯了，此种味道何足道哉？但对他的女朋友而言，完全没有这种免疫力，抱怨说心情糟糕透了，乔丹若是不拿出一个男子汉的威严，给皮鞋的主人一点颜色看看的话，那么两人就搬家好了。于是乔丹警告武大郎，你随地脱鞋的恶习影响我马子的生理健康，不改后果自负。武大郎一边手指发抖地给乔丹打烟，一边客气地表示绝无下次。无独有偶，时间仅仅过去两天，女朋友又对隔壁飘来的一股油烟味儿大动肝火。这股油烟味儿淡薄得很，乔丹几乎感觉不到，但在他的女朋友闻来，竟达到一种呼吸困难的程度，一口咬定卖火架的小女孩在炒菜的时候，用一台抽油烟机把油烟全部都抽来这边了。被乔丹找到头上的武大郎当着乔丹的面，把那台抽油烟机拆除了。

接着，是电视机的音量过大，水龙头放水的声音太吵……大凡从隔壁传出的种种声响，都会使乔丹的女朋友愁眉不展，牢骚满腹。乔丹只好继续向武大郎施威，以致两人每次回到家，都要首先敲开隔壁的房门，朝房内瞅两眼，后来干脆踱步进去，对地板的干净程度，家具的摆放位置，垃圾的处理情况也指手画脚一番，离开时，不忘带走桌上的一个苹果或者半盒香烟。

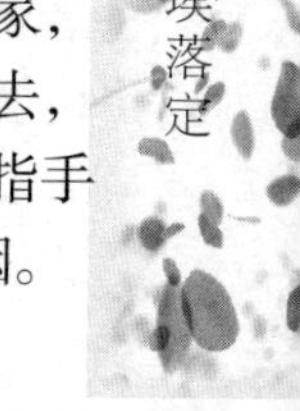

这种病态的得寸进尺，令乔丹和女朋友都大得其乐。不知道是玩性大发，还是人类邪恶的本性作怪，一天，准确说来是开学后第一个星期天的晚上，乔丹和女朋友一起醉酒归来，仍像平时那样敲开隔壁的房门，然后进屋找酒喝，还说身上没钱了，叫卖火柴的小女孩把家里的现金统统都拿出来。夫妻俩一时半会儿没有搞清状况。搞清状况后，武大郎一反逆来顺受的常态，从厨房里拿出一把菜刀，将两人轰了出来。后来的几天，乔丹收敛了许多，见邻居死活不肯开门，也没有格外无理取闹。尽管如此，每次见到乔丹，武大郎和卖火架的小女孩仍像见到一个瘟神一样，唯恐躲避不及。这个星期六，也就是今天中午，武大郎想要造反似的敲开乔丹的房门，说是明天做一个了断。

至于如何了断，乔丹并不清楚。武大郎说完了断的时间和地点，就回屋了。可能他想请自己撮一顿吧，化干戈为玉帛。但听口气似乎又没有那么简单，武大郎好像怀恨在心了，倘若武力报复自己，那该如何是好？不管怎样，去肯定要去，不去多没面子。思来想去，乔丹回到宿舍，把原委说了，目的是说服诸君，为自己助威。

我原本以为，诸君都不会答应，一来理亏，二来对手是学校外头的人。学校里头的人没事，结怨再深，哪怕打得头破血流，毕业后双方若是供职于同一家公司，照样是校友——这便是校园闹事的本质，说成是一场儿戏也不过分。这次却不是那样。岂料乔丹话音刚落，诸君便骚动起来。不仅满口答应了，还给予乔丹极高的评价，称“屌”者有之，谓“拽”者有之，白无常更是称赞乔丹是本·拉登的接班人，不去美国搞点活动，实在是埋没人才。由于大家应承得太爽快了，我不好表示异议。诸君开出条件，说是每人提出一个问题，乔丹必须如实回答，说谎的话就死全家。乔丹拍着胸膛说，这有何难！于是大家轮流发问：第一次上床的经过啦，喜欢采用什么姿势啦，舔过彼此的肛门没有啦。统统是一些乱七八糟的问题。但是在乔丹方面，回答得很不含糊，堪称绘声绘色，以致大家都有些哑然。

第二天，乔丹的右手断了。晚上九点，在乔丹的率领下，我们一行七人来到时代帝景大酒店门前的广场。为了增强威慑力，每人口里叼一支雪茄，装出一副吊儿郎当的样子。这块地皮规划得很不错，尽管高楼耸立，但是并不给人以沉郁感。广场前面的一条马路如飞机跑道一般笔直地展开，马路两边的街灯汇成一条光河。等了约莫二十分钟，一支类似迎亲的车队从我们身前缓缓地驶过，全是奔驰，数量达十二辆之多。正当我们在为奔驰汽车的价位讨论不休时，车队突然停了下来，中间一辆黑色 S350 的四个车门同时打开了，出来五个身穿黑色中山装的青年男子，中间的一个矮子连走带跑，一边指着我们，一边朝随后下车的手持木棍的几十号角色发号施令。我们抱头鼠窜，但为时晚矣，已被团团包围。乔丹被逮住了。约十五分钟过后，我们被放走的六人重新回到这里时，发现对方的车也好，人也好，都不见了踪影，唯见乔丹躺在一汪血泊之中，一边满地打滚，一边哭爹喊娘，被砍断在旁的一条手臂，俨然壁虎逃生时丢弃的一条尾巴。

后来，乔丹被抬进了湘雅二医院的骨科，做完断肢再植手术后退学了，再也没有回到学校。据说成了一个马仔，在江浙一带帮人家看守地下赌场。还有一个说法是他在深圳做鸭，傍富婆，开宝马。我相信后面的说法，因为网易的同学录里出现过一张照片，里面的乔丹坐在一辆银光闪闪的宝马汽车的保险杠上，交抱双臂，两边的脸角都挤满了笑容，身后的车盖上，蹲一头个头和他差不多大小的藏獒。当然，这是若干年后的事。

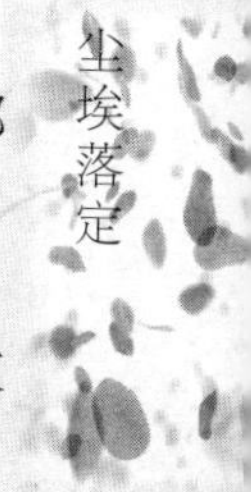

*

乔丹出事后不久，班上掀起一股赌博之风。我不知道是哪个寝室开的先河，反正我注意到的时候，大伙都在议论：“喂，昨晚赢了多少？”“阔啊你，连电脑都输掉了。”如此看来，这股歪风邪气似乎聚敛成型很久了。起先，我无甚兴趣，兴致盎然的几个同学跑来本寝室召集牌友，架桌子点蜡烛玩通宵，我好不耐烦，恨不得训斥两句。还不是，整夜“开开开开”个不停，都变成神仙了，不用睡觉了？岂料自己当了几回看官后，竟心痒难耐，也玩了起来，且势不可挡，一旦听见门口响起“砸金花儿喽”的吆喝声，我便“骨碌”一声从床上爬起，外套也不穿，直接裹着一张棉被去了。这玩意儿相当神经过敏，特别是手握三公时，颇有一种中福利彩票一等奖的感觉。

3 月中旬，几家公司来校招聘。我参加了其中的两场。由于第一场轻易地被刷掉了，因此第二场格外认真了起来，一举通过了初试和复试。那是一家以生产硬质合金而闻名天下的国有企业，由于厂址就在张娣所在的城市，因此我在复试之前特地上网查过，就当时而言，其生产能力雄居亚洲首位。不管怎样，工作总算是有了。诸君拉着我去到芙蓉区的一家华天大酒店吃了一顿大餐，宰了我七百元——这样说不表示我有什么不满，概莫能外的事，谁一旦找到一份工作，且不论好坏，都会被关系要好的几个同学搜刮一通，连被拉去一个发廊破处男之身的都有。

下旬，美国侵入伊拉克，只用了区区十三天，便攻克首都巴格达。这令电视机前的一些黩武分子颇为失望，叫嚷什么萨达姆何以这般不堪一击，第一次海湾战争时期的那股霸气遁去哪里了。班里是有几个狂热的军迷，其中的一个我印象特别深刻：他姓党名政，每逢周末，便坐在自家的寝室里画坦克。既不画轰炸机，也不画航空母舰，厚厚的一个绘图本，用铅笔和作图尺绘满了各式各样的坦克。我经常跑去他们的寝室砸金花，问他在画什么？回答说坦克。问为何画？回答说个人爱好。若再追问，他便口若悬河，娓娓道来，什么构造啦，型号啦，哪里架设机关枪，哪里安装滑膛炮啦，不光中国，外国造的坦克也如数家珍。我佩服得五体投地，心想大家都在放肆地挥霍光阴，唯独党政坚守自己的爱好，此等人物不去国防科技大学研究坦克，实在是国家的一大损失。

*

3月过去，迎来4月。

*

4月的最后一个周末，李自由跑来我所在的寝室找我，请我和他一起去学校的外面吃麻辣涮。我问有何喜事，他说没有喜事，酬谢。

“酬谢？”我满头雾水。

“酬谢你提供的那个情报。”

“情报？”我又吃了一惊。

“呃——”李自由顿了顿，“上个学期快要结束的时候，你对我所说的董小蓉的罗曼蒂克史，那个情报对我来说，犹如一盏引路的神灯。”

“不能算是一个情报吧？说得我好像是一个奸细似的。”

“从某种意义上讲，你是一个奸细。有约会？”

“没有。”

“上个学期就想酬谢你，可是你整天和王静泡在一起，我找不到机会。今年看起来挺悠闲的，你和王静吹了？”

“她去上海实习了。”

“那好，走。”

两人打的来到五一广场，钻进步行街附近的一家火锅店。时值晚上八点，人满为患。点罢菜，身穿女仆装的一个服务生女孩端来一锅麻辣汤，摆在我们身前的一个电磁炉上，旋即点开电源。约五分钟后，汤开了，我和李自由一起把羊肉串、韭菜、猪肉圆子等陆续丢进锅里，然后一边吃，一边喝德山大曲。

“又辣又麻，好味道！”我称赞道。

李自由咧开嘴唇一笑，露出一口整齐洁白的牙齿，得意地说：“几天前，和董小蓉一起吃过一次，觉得味道很可以，所以这次带你来。”

“如此说来，你和董小蓉确定恋人关系了？”

“哪里。一回生，二回熟，三回四回肉 liā 肉。按这样一种长沙方言式的说法，介于‘一回生’与‘二回熟’之间吧。她现在，只是对我不那么反感了。”

“这个学期一直没有看到你，去哪里了？”我又问。

“流浪，挣钱。挣钱交学费。”

“交学费？”

“欠八千，不还不准毕业。”

“在我的眼里，你一直是一个出手大方的人物，怎么还欠哪家子的学费？”

“一言难尽。反正我从去年的腊月十六开始，一直流浪到昨天才宣告结束，整整七十七个昼夜。挣了六千，还差两千，不过家里应该借得到。”

“厉害。”

“猜猜我是怎么挣到的？”

“乞讨。把头发揉成一副鸡窝状，在衣服上剪二十个窟窿，用一支粉笔在身前的地面上写一堆家破人亡的谎话，再在谎话前面摆一只破铁盆。心地善良的贵太太们看见你的这副造型，心花怒放得不得了，于是都往破铁盆里大把大把地丢钞票。”

李自由哈哈大笑，说：“好主意，要不要把两条腿都锯掉，再撑两根拐杖什么的？”

“顺便脱光上衣，露出胸口的一片伤疤。”

“如此一来，就不能让贵太太们心花怒放了哟。”

“挣钱就行，不管那么多。”

“你还别说，这种角色我遇见过。”李自由饶有兴味地说，“我背着一副画板，跑遍了南方。每到一个城市，就在人流量大的一个路口扎营，一边画画，一边兜售。其间，有城管追赶，有同行争抢地盘。我什么都画，一幅肖像画要价五十块，其他的类型胡乱开价。在我的旁边，不是几个乞丐就是一帮杂耍艺人，里面就有我们刚才提到的那号角色。那个人瘸了右腿，没了左耳，有模有样地穿着一套军装，坐在一张又旧又厚的轮胎皮上，总是高唱一首什么《老班长》。歌唱得确实好听，打赏之人络绎不绝。话说回来，那种角色根本就不值得同情，身材魁梧，站起来比我还要高大，不是打架劫舍被废，就是在赌博的时候抽老千挨了家法。”

“你怎么知道？”

“猜的，尽管是猜的，但是百分之八十正确。在我认识的几个人贩子当中，就有一个家伙仅仅是为了博取同情，就朝拐来的几个小孩儿头上泼开水，把几个小孩儿都烫得面目全非了之后，就逼迫他们满世界要钱，把要来的钱统统据为己有。”

“一幅肖像画要价五十块，也有人买你的账？”片刻，我问。

“当然。五十块算是便宜的了。要是被人叫去太平间给一个死人画遗像的话，那么就赚大了，五百元起底。”

“感觉如何？”

“嗯？”

“流浪的感觉如何？”

“寂寞。除了寂寞，还是寂寞。住宾馆太贵，找不到一个廉价的小旅馆，就只能睡大街。惶惶恐恐，惨惨戚戚。有时会异想天开，指望有一个美女光临，叫我给她画人体艺术。但是那个美女一直都没有出现。也有时会气愤。想到这一切都是为了什么鸟屎学费，就气不打一处来。心想毕业了以后搞一张假文凭，不就解决所有问题了？但是转念一想：流浪，也不失为一笔财富，在精神上的。起码我李自由经历过，你黄弟就没有经历过，对吧？就这样，我辗转广州、深圳、海口，还到了厦门、福州。再北的地方不敢去，太冷。上个星期转回长沙，在黄兴广场摆地摊的时候，正好撞见和一个女同学一起逛街的董小蓉，费尽了口舌，才把她们拉来这里一起吃三人火锅。”

“你的流浪挺浪漫的嘛。”

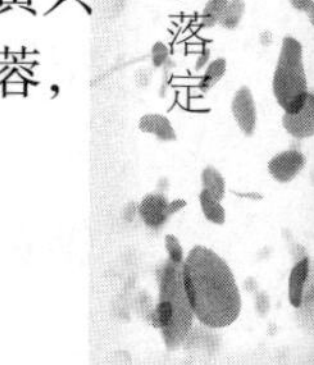

“是么？要是喜欢，你拿去好了。”

“有点跃跃欲试喔。暑假想和你一起流浪，可惜没有那个机会了。”

“是啊，都毕业了嘛。”李自由轻叹一声。

两人再未多说，闷头吃菜，喝酒。一瓶德山喝完，又要了一瓶。李自由问我最近在忙什么，我说打架，砸金花，找了一份工作，如此而已。两瓶德山喝完，晚上十一点都过了。

“工作可满意？”李自由带着醉意问。

“承诺的待遇不怎么样。”

“我说，干吗要替别人卖命？公司那种地方，上头都是吸血鬼，你累死了他们也不可能会同情你。要干，就自己干。”

“没有另起炉灶的能力，也没有那个实力。再说了，我想利用一年的时间，攒下一大笔钱，为我姐治病，舍此别无他路。”

“追求高回报？”

“越高越好。”

李自由举高手里的一只玻璃酒杯，眯细眼睛凝视了好一阵子。

“去新疆吧？国家不是倡导西部大开发么？我有一个远房叔叔，在乌鲁木齐市的一家大公司负责人事，那家公司和你的专业很对口。如果他肯帮忙的话，保管叫你如愿以偿。”

“太远了。”我想了想说，“气候上也可能无法适应。谢谢。”

“远有什么关系，异域风情，很值得体验嘛。小的时候，看过一部电影，叫什么名字来着？”李自由闭目合眼，冥思良久，“不记得了。”他睁开眼睛，看着我说，“反正，里面的几个新疆姑娘销魂得要命，那深邃的眼神，那弯弯的睫毛，那水蛇腰，风韵动人得不得了。我当时在心里想，自己长大了以后，一定要娶一个那样的老婆。你去那边，和一个维吾尔族姑娘结婚，生一个别具风韵的女儿。我有空的话就过去看你，一起吃葡萄，饱览天山风光，皆大欢喜。”

“有点意思。”我笑着说。

“蒙古族姑娘也不赖。”

“怎么变成蒙古族姑娘了？”

李自由置若罔闻，动情地说：“在平均海拔两千米高的蒙古草原上，由于水资源匮乏，姑娘们一生只能洗三次澡：出生一次，嫁人一次，死后一次。热情奔放的蒙古族姑娘，粗犷豪爽的蒙古族小伙。嗯，找一个像麻雀一样活蹦乱跳的蒙古族姑娘做老婆也不坏。”

“有点语无伦次了哟。”我说。

“别打岔，听兄弟我把少年时代的几个梦中情人讲完。”

“好好，请。”

“是这样的，我背着一副画板，来到蒙古高原的一个草原上，打算把一碧如洗的天空，和天空下星星点点的蒙古包画下来。不料迷路了，还饿晕了，醒来的时候发现自己被一个牧羊的蒙古族姑娘救了。她把我的头搂在怀里，像一位母亲给自己还没满月的孩子喂奶那样喂我吃她手里的烤羊肉。恢复体力后的我向她道别。她依依不舍地望着我，慢悠悠地解开自己身上一件肥大衣袍的衣带，朝我敞开衣袍，露出两只黑黑的乳房，和两颗更黑的乳头。乳头之所以那么黑，是因为长年累月不洗澡的缘故。知道她的这个行为意味着什么吗？”

“意味着什么？”

“意味着，她跟定我了。我既然看了她的咪咪，如果不留下来，或者不带她远走高飞的话，那么她就会从小腿上的皮靴里抽出一把用来剥羊皮的尖刀，来剥我的皮。蒙古族姑娘的个性，狼的个性。”

“你留下来了？”

“哪里。坐上一架直升飞机来到东北，降落在鸭绿江边了。”

“这又是为何？”

“鸭绿江边还有一个我的梦中情人呗。知道么？朝鲜国不

怎么富裕，对某些女孩来说，食物比贞操更加重要。比如那天，我正独自一人坐在鸭绿江边的一块大石头上钓鱼，一边钓鱼，一边啃手里的一个馒头。鸭绿江的对岸，一个正在洗衣服的朝鲜国姑娘放下手里的活儿，直勾勾地盯着我手里的馒头发呆。她肯定饿坏了，我想，于是朝她打手势，示意如果她能够把身上的衣服都脱掉的话，那么我就把馒头扔过去给她。她没怎么犹豫，就把身上的衣服一件一件地脱掉了，露出一具洁白的胴体。后来的几年，我每天都去鸭绿江边钓鱼，看胴体，扔馒头，直到这个女孩嫁人为止。”

“若是有情，你游泳过去，接她过来不就行了？”

“不行不行，朝鲜国的爱国主义教育相当邪门儿，那样的行为，就是叛国，要坐牢的。”

“那么你过去，来个倒插门也是可以的嘛。”

李自由倒酒时，把一只装韭菜的瓷盘挤下桌子，摔碎在地。一个服务生女孩走了过来。我解释说是我朋友不小心打碎的，结账的时候照价赔偿便是。李自由已经醉得不行，对正在发生的事视若无睹。

“你的这个提议很不错。明天，我就游泳过去，先找准机会和女孩上床，然后告诉她的父母，米已成炊，来不及反对了。就这样，我成了朝鲜国的一个上门女婿，在那边过着一种中国七十年代的生活。不坏。一起过去？”

“我有意中人了。”

“我好像也有意中人了。”李自由恍然大悟。

“是的。所以，别再想入非非了。”我看了一眼墙上的挂钟，“十二点了，走人？”

“去哪？”

“你说？”

“咱俩是怎么狼狈为奸起来的？”李自由问。

“看录像的时候，被几个公安逮个正着，在派出所里一起关押了二十四个小时。”

“有再次被一起关押二十四个小时的愿望？”

“没有。不过看录像的愿望还是有的。”

“看它个通宵黄色录像？”

“行。”

*

下得的士，非但找不到那家录像厅，连记忆里那条有意避人耳目、空气中弥漫一股下水道味道的“暗巷”也找不到了。那挂在门口上方的一面粉笔字招牌；那一排排不知道被多少屁股坐过、臭不可闻的沙发；那一幅画面模糊的投影屏；那一台四四方方给人以笨拙感的老式影碟机；那一张张关键时刻卡得“咔嚓”作响的盗版光盘。一切的一切，都遁去哪里了呢？

“打 114 吧？”李自由提议。

“能从 114 那里，打听到这个？”我吃惊地问。

“试试，不试怎么知道。”

我折回大街，钻进街边的一个公用电话亭，用二零一卡拨通 0731114。一句以“拨打 114，就有机会得手机”开头的广告语过后，一个拥有甜美语声的女话务员开口了：

“您好，很高兴为您服务。”

“知道，就是因为这个，我才来找你。”

“有什么可以帮助到您的？”女话务员继续客气地问。然后沉吟下来，等待我的答复。

“想知道——”我不好意思开门见山，索性说了一声“时间”。

“是此时此刻的精确时间吗？”

“是的。”

“请稍等。”电话那头传来一阵手指叩击什么的声响。我闭目合眼，浮想联翩。心想她是在敲打键盘呢？还是在发送电报？莫非正在将我的请求信息以一种无线电报的形式发送给居住在月亮上的一位老人，老人神通广大，无所不知，无所不晓，

收到请求信息后，立刻报告答案？

“公元2003年，4月26日，星期六；农历癸未年，三月二十五；北京时间，凌晨一点零一分。”女话务员一字一顿地说。

“能重复一遍？”

她重复了一遍，然后问：“记住了？”

“记不住。”我回答，“之前喝了好多酒，现在的脑袋又胀，又痛。身上没有表，使用了四年的一部手机，也在前段时间砸金花的时候输掉了。所以——告诉我几点几分好吗？不必描述太多。”

“几点几分？”

“几点几分。”

“一点零四分。”

“一点零四分。”我复述一遍，“记住了。谢谢。”

“真记住了？”

“真记住了。”我回答，“一点零十分，没有记错吧？”

“零四分。”她纠正道，“不过现在变成零五分了。”

“怎么变成零五分了呢？”

“时间在走嘛。”

“对对。脑袋有点运转不灵，不好意思。”

“是酒精在作怪，可以理解。还有什么可以帮您的？”

“不要挂断电话，让我想一想怎么开口。”

“不挂断电话的。”

“事情是这样的，”我想了想说，“我和李自由，现在在长沙火车站附近。这里连个鬼影都没有。好像整座长沙城，就只剩下我和李自由两个人，当然还有电话中的你。我和李自由都很想得到你的帮助。因为我和李自由在三年前一起常去的那家录像厅找不到了，好像被你藏起来了一样。那是一家背景极其复杂，非常了不起的录像厅。门口上方的一块黑板上用粉笔写着‘淫你’两个字，公安局方面却熟视无睹，因此生意好得不可开交。那家录像厅的名字叫做‘月亮岛’，‘月亮岛’这个名字在三年以前很响亮。如果你当时的男朋友也有这方面嗜好的话，那么你就应该从他的嘴里听说过。既然你从你男朋友的嘴里听说过，那么就请告诉我它现在的下落好么？不搞清楚它现在的下落，我和李自由就无家可归，就会像两条蛇一样地继续纠缠着你。”一口气说完，我用额头抵住电话亭壁，闭目合眼，静候佳音。

“像你这种龌龊的服务对象，我还是第一次遇见。”沉默了大概十五秒过后，女话务员拿一种私人性质的愤懑语气开口，“对不起，帮不了你。”

“电视上不是说，有问题，就找你们号码百事通吗？”

“你的问题，在我们的服务范围之外。”

“找错对象了？”

“拜托，深更半夜，回家睡觉吧。”

“学校早就关门了。”

“还有别的事吗？”

“没有别的事了。”

“我能挂电话吗？”

“你叫什么名字？”

“七十九号话务员，夏雪。”

“小时候养过一只猫，名字也叫夏雪。夏雪误吞老鼠药，毒发身亡了。我好想它。”

“开玩笑？”

“是开玩笑。你的服务非常到位。谢谢。”

“不客气。晚安。”

“晚安。”

挂断电话，我叫醒背靠电话亭壁打呼噜的李自由。李自由吃力地站起身，打了个嗝儿，身子晃动了几下，险些摔倒。

“我这是怎么了？”他问。

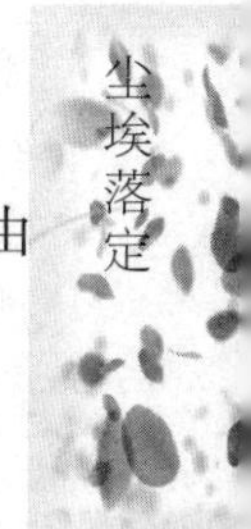

“你喝醉了。”我说，“114 帮不上忙。”

“怎么办？”

“回学校，还能怎么办？大不了，爬围墙进去。”

“你确定自己身上还有爬围墙的力气？”

“那么你说怎么办？”

“高桥附近还有一家，去那边？”

“去哪边都行，只要能够挨到明天早上。”

高桥下车时，凌晨两点都过了。李自由嘴里的这家录像厅，位于一栋老式建筑的二楼。一楼的钢筋门锁上了。

“哐哐哐！”李自由用两只拳头捶门。

片刻，下来一个精瘦的老头，不耐烦地呵斥：

“捶么子喽！”

说明来意后，李自由从裤兜里摸出一张十元钞票。老头接过钞票，打开铁门让我们进去。

里面的光景，和“月亮岛”如出一辙，昏暗，乌烟瘴气。空气也一样：类似一辆长途卧铺汽车上的味道。一个不大的空间里，观众也就三十来个，同“月亮岛”那个足可容纳百人的放映厅相比，显得寒碜多了。两人进去时，《双龙会》已近尾声。

成龙的《双龙会》，我在“月亮岛”看过两次，一部就那个年代而言牛屄哄哄的电影。此类录像厅，都有一个规律，首先播放一部充斥暴力因子的动作片或者枪战片，接着是一部吊人胃口的三级片，最后才是一部叫人叹为观止的货色。《双龙会》播完，果然放了一部八十年代出产的香港三级片，名字叫做《玻璃浴室》。女主角是一个保姆，照顾某大亨的衣食起居。女主角拥有一对如春笋一般坚挺和硕大的乳房，她每次走进玻璃浴室里淋浴，半身不遂的大亨便转动自己坐着的一台轮椅，钻进隐藏在玻璃浴室后面的一间暗室，像欣赏橱窗里的一件展览品那样进行偷窥。此类影片，总是令我产生一种如同吃了变质食物的厌恶情绪，觉得男人统统都是粪渣，包括我自己。

《玻璃浴室》一片终了，发现和我坐在同一张双人沙发上的李自由睡着了。他在沙发的角落里蜷缩一团，如一只冬眠的棕熊。我拾起被他踢落在地的一张臭熏熏毛毯，盖住他身上除了脑袋以外的所有部位。而后沉进沙发，似看非看地盯着自己身前的一台大屏幕电视机。电视机里面正在上演一部美国大片，登场的男优女优数以百计，很难相信电影公司会投入巨资拍摄这么一部成人电影。电影的背景是古欧洲的一场攻城战。攻城方的人数大概是守城方的五倍。守城方狗急跳墙，在夜半时分派出由妇女组成的一支敢死队向攻城方的营地发起突袭，失败后，全部沦为了攻城方的性奴，里面居然有守城方的王后，以致守城方的国王自刎，城堡沦陷，战火连天。

影片演员俊俏，道具逼真，情节亦无挑剔。我比较介怀的，是城堡沦陷了以后奸淫掳掠的场面。只见攻城的大军如洪水猛兽一般涌入城堡的各个角落，把珠宝首饰揣入囊中，见男人就格杀当场，见女人就压在身下。此刻，三个士兵一起闯进一间华丽的居室，被躺在一张天鹅绒床上的一个女子的容貌惊呆了。女子是战败国的一个公主，容颜姣好，玉骨冰肌，睡姿优雅，超凡脱俗。她从睡梦中惊醒过来，在满屋子里逃窜，把双手碰到的精美玉器扔得遍地都是。

“她是我的。”士兵甲流着口水说。

“不对。”正在流鼻血的乙表示反对，“我的两只眼睛最先看见她。”

“我手里的剑能够让你的两只眼睛都看不见她。”丙开口了。

“决斗吧！”甲怂恿着说。

乙和丙开始决斗。数回合下来，乙被丙割破了喉咙。

“喜欢他的下场？”丙指着乙的尸体问甲。

“不喜欢。”甲回答，“不过，你确定你不会为他陪葬？”言毕，挥出腰间的一柄大剑，把丙的脑袋削飞了。

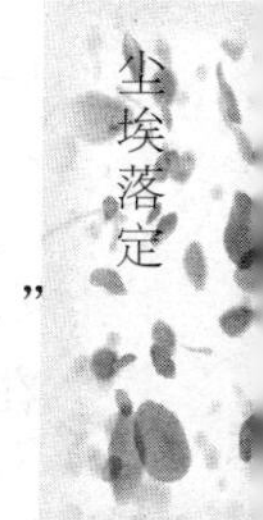

“你瞧，”甲转向公主，“他是一个草包，被我只用一招就弄死了。”

蜷缩在一个墙角里的公主战战兢兢地朝甲摇头。

“别害怕，我的心肝儿，宝贝儿，美人儿。”甲把嘴巴咧成一个正方形，色眯眯地走向公主。

“Stop！”一个声音响起。

甲转过身来，拿一只狗的声音问：“你是在和我说话？”

“是的。”我回答，“离她远点儿。”

“凭你的这句话？”换成了一只鸭子的声音。

“还有这把枪。”我两只手里紧紧地拽着一把瞄准他的左轮手枪。

“是个什么东西？”甲好奇地瞅了好一阵子。

“Made in china！”我回答，“比你手中的大剑，和你身上的铠甲加起来都还要牛屄。”

“是吗？”甲夺步上前，我慌忙闪开。“咣啷”——我身后的一张圆形石桌被他手里的大剑一分为二。

“请保持冷静，枪随时都有可能走火！”我退到墙边，朝甲大声说。

甲从上往下审视我身上穿着的一套黑色西装，然后拿一只怪兽的声音问：“这身衣服逊毙了，你是从哪里搞到的？”

“是从阿波罗商业广场搞到的。”我回答。

“阿波罗商业广场？那么，你来自阿波罗商业广场？”

“不对，我来自一个录像厅。我是在一个录像厅里看一部录像的时候，被你残暴的行为所激怒，情急之下扑进你们这里面来的。”

“录像厅？”又变成了鸭子的声音。

“是的。”

“这词儿真有意思。不管你是从哪里来的，快点离开这里，在我改变主意之前。”

“可以带走她吗？”我望了望公主。

“看来你这个不知死活的毛头小子，是非要和我争抢这个女人不可喽？”怪兽的声音再次出现。

“是的！”我回答。

“好极了。”言毕，甲抡起大剑，朝我冲了过来。

我扣动扳机——“呯”——他额头的正中间多了一个圆形的小孔。

“他挂了，伤害不了你了。”我来到墙角，安慰惊魂未定的公主。

“谢谢你，杰克。”

“我不是杰克，我是你的一个粉丝，你演得实在是太好了，比张曼玉还好。”

“这不是在演戏，你别用这种漂亮话来伤我的心。”

“好的。但我真不是杰克。”

“你之所以不知道自己是杰克，是因为你不记得我了吗？”公主一把抓住我握着左轮手枪的右手。

“什么？”

“天啦！你竟然把我忘记了。”公主哭了起来。

“说了我不是杰克。”

“你不是杰克，可是我认得你，尽管我叫你杰克。”

“是吗？”

“是的。我姓周，是你的恋人，情人，妻子，前世，今生，来世，轮回转世百年，千年，万年。”公主深情地说。

“可是，我根本就不认识你。”

“看着我。不看，怎么知道你不认识我呢？”

我看着她，却看不见她。无论我怎么努力地看她，她的脸都只是朦朦胧胧的一团。

“我看不见你。”我苦恼地说。

“不，你根本就没有看我，你根本就不想看见我。”

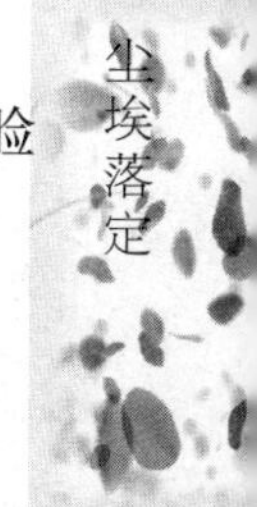

“不是的。”

“那么你睁开你的眼睛，看看我到底是谁，是谁呀！”

我睁开我的眼睛，看见自己坐在一台电视机正前方的一张沙发上，身边躺着我的一个猪朋狗友李自由。我条件反射地到处张望，寻找这个战败国的公主。然而除了或抽烟，或嚼槟榔，或打呼噜的观众，根本就没看见什么公主。电视机里一个金发美女的裸照上滑过一道一道英文字母，影片结束了，我这才意识到自己刚才只是做了一个梦。

我起身离座，叫醒躺在门口一张滕椅上打瞌睡的录像厅老板，问卫生间在哪儿？录像厅老板指着左边有亮光泻出的一扇木门，说在那儿，我顺着墙角摸了进去，然后一边撒尿，一边仔细端详贴在墙上的镜子里的一个面孔。公主是谁呢？我问面孔。张娣，面孔回答。不像是她的声音，我说。她姓周，在你所认识的女孩子当中，可有一个姓周的？面孔问。没有，我回答。罢了，我不再自言自语，扣上裤裆的纽扣，折回座位。

刚坐下，楼下的铁门被“吱嘎”一声打开了，继而响起一阵“咯噔咯噔”的皮鞋声，貌似警察驾临了。也罢，我想，再次被捉进派出所里关押个二十四小时也无妨。回头望去，竟是四个女郎，都穿着性感，打扮时髦，如火鸡一般。女郎们穿梭在沙发之间，逢人便窃窃私语，大概正在推销什么商品。被找到头上的男子要么摇头，要么沉默不语，也有低声交谈几句后，起身离座的。

“快活不？”这回找到我的头上了。

我错愕不已，审视眼前这个如画皮一般浓妆艳抹的年轻女郎的脸，竟闻到一股芬芳从其胖乎乎的身体里散发出来。

“芳驾姓周？”我问。

“是的。”女郎回答，“请随我来。”

我随女郎来到放映厅后面的包厢里。四个包厢，前面三个有人，黑洞洞的里面发出窸窸窣窣的响动。刚在第四个包厢里坐下，我西装裤的皮带就被女郎解开了——“叽咕叽咕叽咕”——

我困惑地望着自己身下的一团黑影，居然不知道女郎究竟在做什么。

“姐妹们叫我了。”约十五分钟过后，女郎站起身，过意不去似的说，“还要赶去别的地方。”

“去吧。”我说。

“不那个不要紧？”

“不要紧。”

“嫌我太胖，所以才不硬的吧？”

“我被你下迷药了？”我反问。

“只收你三十。”女郎没好气地说。

女郎走了之后，我不穿裤子，独自躺在一张宽宽大大的双人沙发上，久久地凝视着在黑暗包厢里隐约泛出一个灰色轮廓的我的下面。它根本就不是我的下面，而是一只死了两天两夜的蝙蝠的尸体，腐臭，渺小，猥琐，恶心至极！何不找到挂在裤腰锁匙扣上的小剪刀将它剪掉！我想。但是这种想法马上被鼓涌而出的两行泪水淹没了。

*

第二天早上回到学校时，我困得连早餐也顾不上吃，就上床躺下了。中午醒来时，发现开中餐的时间早就过了，于是找金毛狮王借了一袋方便面。吃完方便面，握着一支钢笔，来到食堂后门旁边的一个小卖部，买了一沓信纸、一个信封和两张邮票。握着这些东西登上教学楼二栋的三楼，找到一间没有人的教室，在挨窗的一个位置坐下。

朝窗台望下去，可以鸟瞰大半个南湖公园。公园的入口处，是一座喀斯特地貌的假山，约莫一台双层结构的床架大小，假山被一池清澈的自来水包围着，池水里的两条红色大鲤鱼正悠闲地游来游去。把池水圈起来的一条环形石塄上，并肩坐着两个怀抱课本的女生，把头慵懒地靠在一起，正在享受晒太阳聊天的乐趣。分布在两个女生四周的灌木丛，已经开出一片五颜六色的花朵，在地面上绿茵的点缀下，显得烂漫极了。杂木林那边，荡来一阵欢快的鸟鸣。我条件反射地扭过头去，发现原本黄叶落尽，给人一种岌岌可危印象的杂木林已经穿上了一身绿装。哦，春天来了，已经深入到校园的每个角落，将残冬的寒意驱逐一空。在此之前，我怎么就是注意不到呢？

我想起两年前，张娣第一次从株洲过来看望我时的情景。当时，两人一起从周扒皮的值班室里出来，我发现身上没有带钱，便返回宿舍拿钱包。回来时，远远地望见张娣坐在环形石塄上的侧影，竟心动和心酸得不得了，那拢起的长发，那白皙的脖颈，那笔挺的腰背，那挤压得肥美动人的臀部，轻易地俘获了我，心想坐在那里的，正是自己早思暮想，只能在睡梦中与其相见的女孩。

想到这里，我突然有点伤感。哲人云，越是弥足珍贵的东西，越容易消逝。想到张娣不在自己的身边，不知晓她的近况——哪怕远远地看一眼也好——我就惶恐不安。尽管我坚信自己抓得住她，可还是患得患失起来。

我伏在课桌上，开始给张娣写信。写从电视上看到的第二次海湾战争，写打架，写砸金花。我写道：

进入最后一个学期，每个毕业生的身上都或多或少存在这种状态。我们虚掷光阴，肆意发泄情绪，同时又痛苦不堪。和大家比起来，我算是一个幸运儿，因为在我的生命中起码还有一个你，你就像是一池温泉，将我的整个身心浸泡在一股温暖之中。没有你，我的情绪可能要败坏得多。

写到这里，我从衣兜里摸出一盒白沙，确认教室里仍然只有自己，没有别人后，点燃一支。接着写工作的事。

我即将工作的地方离你很近，在株洲市的荷塘区。一个114话务员告诉我，从那里去芦淞区你所在的学校，虽然中间需要转乘一次公共汽车，但也只不过多花十五分钟的时间。如此说来，再忍受三个月寂寞的日子，或许之后的每个周末，我们都能一起度过。一起逛街、溜冰、唱KTV、看电影。倘若条件允许，晚上还可以相拥而眠。这是一件多么美妙和惬意的事情呀。一想到它，我就恨不得马上买一张时空隧道的车票，投入到那样的生活中去。

知道吗？随着时间的推移，我愈发觉得，你在我心目中的位置，是任何人，任何事物，哪怕整个世界，也代替不了的。不能和你约会，我度日如年。有时甚至会产生一个如果没有你，那么我的人生就毫无意义的想法。这种奇妙的心境，既给我带来忧伤，又带来激情和希望。

搁笔之际，说声对不起。寒假还是在苗寨的时候，我就答应过你，这个学期既不可以写信，也不可以打电话给你，更不可以去株洲探望你。我知道，你是为了我的学业着想，勉励我在最后一个学期把落下的功课全都补上。可是，我实在克制不住对你的思念。

我把四页信纸都折成心的形状，装进信封，用口水封口，用口水贴上邮票。然后从烟盒里抽出一支白沙，再次吸了起来。我觉得有什么没有表达清楚，又觉得该说的都说了。白沙吸到一半，我在信封的背面加了一句：

如果可以，请回信。当然，不回也没关系。

*

收拾好信，准备起身离座的当儿，教室门开了。开得甚为猝然。“砰”，被一脚踹开；“嗵”，门板砸在墙壁上，反弹回来，抖了几下。来者不是别人，王静是也。我一边把没有用完的几张信纸在大腿上偷偷地揉成一个团，悄悄地塞进课桌，一边不动声色地望着她朝我走来。

“想我了没？”王静一边大步流星地走，一边满面春风地问。

“想。”我皮笑肉不笑地回答。

王静上面是一件橙色运动装，下面是一条灰色牛仔裤。被

牛仔裤紧紧裹住的一个滚圆的屁股蛋儿微微一翘，轻飘飘地落在我身前课桌的桌面上，动作优雅，像吊威亚一样。而后蛾眉微蹙，不怀好意似的盯着我的脸问：

“我怎么就是觉得，你言不由衷呢？老实交代，躲在这里做什么见不得人的勾当？”

“抽烟。”我指着地上的几只白沙烟头回答，“这里没有人抓。”

王静好困似的把头搭在我左边的肩膀上，不动了。约三分钟后，把左手的食指和中指探进我的衬衣兜里，拈出一支白沙和一个打火机。

“知道么，”王静仍旧把头搭在我的肩上，一边用打火机点烟，一边说，“我，本来想好了，只要一回到学校，就马上给你一个下马威，所以才用脚踹门。可是，一看到你的人，又心软了，火气全部烟消云散了。”

“不开心？”

“明知故问。”王静这才扬起脸来，看着我的眼睛，“两个月里，你一次也没有联系过我。信收到了吧？里面地址和电话什么都有。”

“信？”

“我写给你的那封信呀。里面有我实习的地址，和我的一个同学的手机号码。”

“没有收到。”我摇头。

“真没收到？”

“真没收到。”

“莫非，忘了贴邮票？”王静挠了挠后脑勺，而后抱怨起来，“讨厌写信，一写就头疼，脑袋就像要炸开似的。我像憋大便那样，憋出一箩筐的情话，你居然告诉我说你没有收到？电话又打不通。”

“手机输掉了，座机停掉了。”

“手机输掉了？”

“和几个同学一起砸金花的时候，我没有钱开最后一张牌，就把身上的手机压了上去。”

“败家子。那么座机又是怎么一回事？”

“几个室友经常打骚扰电话到女生宿舍，女生宿舍告到教务处，教务处叫周扒皮拔了我们寝室的电话线。”

“真够贱的。包括你？”

“包括。”

王静耸了耸肩，好像在说“算了”，而后把吸得只剩下一只烟屁股的白沙塞进我的嘴里。“呸”，我将烟屁股一口吐在地上。

“走吧。”王静跳下桌，不容分说。

“去哪？”我问。

“快活去。”

“快活去？”

“喂，别想歪了。是和我一起去学校的外面吃饭。”

吃饭前，王静说先回宿舍洗个澡，叫我坐在周扒皮的值班室里等她。我坐在周扒皮的太师椅上，望着王静走进宿舍，提着两只空热水瓶走出宿舍，走进开水房，然后提着两只打满开水的热水瓶又走进宿舍。期间，透过值班室的玻璃墙，王静朝我吐了两次舌头，眯了三次眼睛。约二十分钟过后，再次走出宿舍的王静已经换了一身衣服，是一套活力四射的桃红色运动装，在我的身边一蹦一跳，像一只跛脚的小鹿。王静边走边说由于太担心我了，所以一回到学校，就冲进我所在的寝室，听我的一个室友说我可能看书去了，这才找到教室。

“担心我什么？”我问。

“担心你不见。”

“好端端的一个人，怎么可能不见嘛。”

“别不当回事好不好。你不给人家写回信，人家以为你被学校开除了，或者找到一份工作后去外省了，又或者过马路的

时候被一辆面包车撞死了。反正，想得到的灾难，我全部都替你想到了，所以才这么担心。”

“谢谢你的担心。”

“难道你就不担心我？”

“担心你什么？”

“担心我大病一场，或者在一个男同学的穷追不舍下移情别恋，又或者，在下班回家的路上被几个蒙面人捉去，按倒在一个阴暗的巷子里嘿咻嘿咻。嗯？”

“你的想象力真丰富。”

说话的时间里，两人已经走出校门。在校门对面的一个公交站牌旁站了约莫五分钟，和十几个学生一起，挤进一辆拥挤不堪的公共汽车。在桐梓坡站下车时，哪边的天空飘来一团黑云，遮住太阳，豆大的雨滴“吧嗒吧嗒”的落下。王静拉着我的手，在一条大街上小跑了四五分钟，来到一座古色古香的酒楼门前。酒楼似乎刚刚建成不久，红色的琉璃瓦也好，白色的木板墙也罢，都显得格调高雅，洁净异常。檐廊里挂着两只大红灯笼。门楣上方横着一块木匾，上面大书：顺口溜酒楼。木匾下方的两侧外墙上，贴有一副红纸黑字的对联。上联：

迎宾十菜一汤，尝八宝鸡、凤凰腿、全家福，山珍海味，直吃得挺腹伸腰，花公款何必小气。

下联：

陪客一桌十座，品五粮液、杏花村、味美思，佳酿名酒，喝他个天昏地暗，慷国慨干吗伤心。

进到酒楼的里面，又见收银台后面的墙壁上挂着一幅书法：

喝白酒，摸白腿，打白条；喝红酒，亲红嘴，收红包。

点罢菜，我们被一个女侍领进客厅右边的一个包间，里面装潢雅致，墙壁和地板均由竹条编织而成。打开窗户，可以望见外面的一树桃花。

“两天没吃东西了。”等菜的时间里，王静撅着嘴皮说。

“怎么？”

“身上就只剩下两块钱，还是饿得晕头转向的时候，在一个行李箱的底层翻到的。不好意思找同学开口借钱，所以这次去上海实习，我可是吃尽了苦头。”

这时饭菜上桌，我为王静盛了一碗米饭，为自己开了一瓶啤酒。

“总共点了八个菜，不介意吧？待会儿可是要你买单的哟。”王静一边狼吞虎咽，一边说。

我计算身上钞票的总值，好像离付款还差那么一小步。无妨，结账时把王静作为抵押，回学校拿钱便是。

“请女朋友吃一顿便饭，也显得这么犹豫不决，嗯？”

“哪里。多吃一点，别客气。”

“才不和你客气呢。”说着，王静鲸吞几口，而后拿一种医生查看体温计的眼神瞅着我的脸，问：

“想听？”

“想听？”我不解。

“我是一个银行里有三百万存款的小富婆，说过的吧？百万富婆沦落到弹尽粮绝的地步，不觉得滑天下之大稽？”

“如果是一个难言之隐，不说也没关系。”

“不是一个难言之隐，而是我在实习期间，做了一件天大的善事。”

“呃。”

“这‘呃’，是什么意思？”

“没什么特别意思。”

“拜托，你别心不在焉好不好？好歹两个月没有见面了。一日不见，如隔三秋，别人又是亲，又是抱的，你却冷淡得像一根冰棍儿。想不想听嘛？究竟。”

“说说看？”

发生在两个星期以前，从时间上推算，王静在上海的一家

证券公司已经实习了一个半月。那天，由于在工作中被上司训了两句，王静的心情特别不好，所以在下了班之后，并没有像平时那样坐公共汽车，而是选择走路回距离公司大概三公里的住处。途中经过一座高架桥时，王静看见一个妇女骑在高架桥的护栏上，一副准备跳桥的架势，于是立刻跑上前去劝阻。就在王静将妇女从护栏上拉下来，准备请一个路人帮忙报警时，妇女“嗵”的一声，跪在地上，哭着说在五分钟以前，自己的一个女儿还乖乖地待在这里，自己只是去了一趟附近的一个公共厕所，回来时就看不到女儿的人影了，恳求得到王静这位好心人的帮助。王静不忍心拒绝，便领着妇女找遍了附近的蔬菜市场、百货商城、汽车站，该找的地方都找了，也向不下二十个人打听过，可就是没有线索。期间，妇女自怨自艾，向王静问这问那。王静感情难却，知无不言，言无不尽。

薄暮时分，一个年龄大概只有十三岁的少年不知道从哪里钻了出来，拦住妇女和王静的去路，问两位是不是正在寻找一个六岁的小姑娘，小姑娘身穿一件绿色的小棉袄和一条黑白格纹的小长裤，头上还扎着两条大概十五厘米长的马尾辫。妇女激动地回答说是的，问你是怎么知道的？是我爷爷告诉我的，少年回答，我爷爷已经得道成仙，红尘中事，了如指掌。妇女满脸希望，恳求少年带自己去见一见他的爷爷。少年显得很不情愿，但还是领着妇女和王静一起来到附近的一条小巷。小巷深深，拐角颇多。到得第四个拐角，少年说前方不远处就是我爷爷的寓所，我爷爷他老人家既然是一个仙人，当然不会没有预约就随便接见凡人，叮嘱两人在此等候，自己先去通报爷爷一声，马上就回来。不想十分钟过后，和少年一起回来的，还有走丢的妇女的女儿。

“后来，妇女在她女儿的屁股上狠狠地拍了几巴掌，搂在怀里大哭了起来。我感动得也哭了。再后来，少年转向我，说他爷爷知道我是一个好人，可是好人未必就会有好报，不久就会有一场大灾难降临到我，或者我男朋友的头上。我说我不相信。于是少年马上说出一大堆我的情况，不容得我不相信。什么是在 1982 年出生的呀，生日是 5 月 1 日呀，父母双亡呀，在长沙读大学呀，成绩中等偏下呀，特长是跳远呀，简直就是一个魔咒。甚至，连我最爱吃的食物是青蛙肉都知道。怎么可能呢？连你都不知道吧？”

“不知道。”

“所以，我担心得不得了。心想会是一场怎样的大灾难呢？有没有化解的办法呢？知道少年所说的那场大灾难是什么吗？”

“是什么？”

“你。”

“我？”

“对，说你会死，就在这个月。”

“老东西连我都知道？”

“不知道。但是我的男朋友，不是你，难道还会是别人？”

“呃。”

“他说你的死，对我的打击非常大，以致人生毁灭，孤独终老。因为我很在乎你。说的可是‘很’哟。我很在乎你吗？所以，我下定决心，不能让你死，起码不能死在我的前头。”

“怎样才能不死在你的前头？”

“少年说，准备一笔钱，或者一件值钱的东西，在他爷爷寓所的神龛上供奉七七四十九个小时。我马上想到我自己。我很值钱的，从里到外，穿的全是品牌衣服，一副文胸就值九百大洋。听我这么一说，你猜少年怎么回答？”

“怎么回答？”

“少年说，灾星爷根本就不喜欢女人，女人阴气重。不光不喜欢，还可能因此而大动肝火。再说了，把一个大活人供奉在神龛上，也不大像话。话说回来，果真惹怒了灾星爷，后果可是不堪设想的，搞不好就要倒霉一辈子。想想看，会是怎样

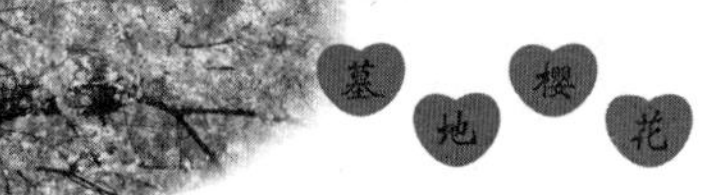

的一种倒霉？”

“想不出。”我想了想回答。

“你不是很喜欢看书吗？这点想象力也没有？比如，我们两个像上个学期那样，睡在学校外面一家小旅馆的床上，你在我上面嘿咻嘿咻，我在你下面啊喔呃咦呜吁。眼看就要完事了，却从窗台上的木缝里蹿进来一只老鼠，跳到我白白嫩嫩的肚皮上，吓得我半死不说，性欲也没有了，还烙上了一个心理阴影，结果在半年的时间里都不让你碰。”

“这就是倒霉？”

“再打个比方，此刻的我们，正在吃晚饭，对吧？菜里有一颗老鼠屎，被你当成一颗老干妈吞进肚子里了。半个小时以后，你满地打滚，说肚子非常痛，必须马上去医院。到了医院以后，才发现那是一只吃了老鼠药的老鼠屙的一颗毒屎，医生说必须马上开刀，否则你的小命不保。开刀的医生是个新来的，毛手毛脚得要命，把开刀时用到的三把手术刀都忘记在你的肚子里了，结果不得不把你绑在手术台上再次解剖一遍——就这是得罪灾星爷的下场，倒霉的事一桩接着一桩。”

“明白。”

“明白什么？”

“明白倒霉系何物。后来呢？”

“后来，我没有更好的办法，只好从一张工商银行卡里取出里面的全部存款，交给了少年。”

“多少？”

“九万多。本来想给得更多，可是另外的两百九十万是固定存款，存放在别的银行卡里，没有带在身上。”

“你真够大方的。”

“有什么办法嘛。少年说了，押一万块钱，可以消灾。押两万块钱，五年无虞。押十万块钱，一生平安。虽说九万多也不是一笔小数，可是一想到你可以继续在我面前好端端地活下去，我就觉得自己为你做任何事都是值得的。”

“九万多块钱还给你了？”

“没还给我。我回到住处，觉得哪里不对劲，就把事情的整个经过说给实习带队的一个老师听。老师叫我立刻报警。在老师和警察的陪同下，我再次去到那条小巷。可是向附近的人家打听遍了，也找不到那个少年，更别提什么神仙爷爷。事后我仔细一想，觉得事情可能本来就只有三个人在捣鬼：妇女，少年，妇女的女儿。通过妇女身上的窃听器，少年在不远处偷听我和妇女的谈话，见时机成熟，就突然跳出来，准确无误地说出我的身份，见我信以为真，就进行诈骗。真是的，干吗把你说得那么惨，欺骗我的钞票事小，欺骗我的眼泪和感情事大。”

我不知道该说什么才好。

“不止这些呢。”王静嘟着嘴说，“知道我是怎么活下来的吗？”

“怎么活下来的？有这么凄惨？”

“肯定的呀，饭钱没有了，还要买零食、牙膏、化妆品和卫生巾吧？时间还有整整两个星期，身上却只剩下从行李箱底层找到的十几枚硬币。不觉得像是一个世界末日？”

“有点。”

“所以，那天晚上我失眠了。心想我该怎么办呢？联系不上那个小子，找同学借钱又开不了口。”

“那个小子是？”

“你呀。”

“呃。”

“也不是开不了口，关系要好到可以开口借钱的同学还是有几个的。可是，找别人借钱，总得给出一个诚恳的理由吧？让她们知道我被诈骗了九万多块钱，传播开来了怎么办呢？被班上那几个爱说女生闲话的男生听见，肯定就像是钻进了几只狗的牙缝，招来一阵讥讽。什么怎么这么弱智呀，傻缺呀，甚至很有可能骂我是一头猪。因为这个，我没有找任何人借钱。第二天天还没亮，就悄悄地起床，偷偷地溜进住处附近一家通宵营业的超市，买回了一箱泡面。二十四袋装的那一种，才十五块钱，平均每袋七毛钱都不要，中午泡一袋，晚上泡一袋，对付了两个星期。同学问我干吗这么节俭，我只回答说正在减肥。”

“怪不得瘦些了。”

“不漂亮了？”

“漂亮。”

“谢谢。把那一段日子的背景换成下着鹅毛大雪的冬天，我岂不是成了白毛女？”

“同感。”

王静轻叹一声。

“过去了。”我安慰道。

“嗯，因为过去了，所以才有心情说给你听。为了你，我受尽磨难，你却连半点表示也没有。”

“需要我怎么表示？”

“看看后面？”

我转身，看见自己后面的墙壁上贴着一幅书法，标题美其名曰《英雄榜》，但其内容，却风马牛不相及：

一等男人家外有家；二等男人家外有花；三等男人花中寻家；四等男人下班回家；五等男人妻不在家；六等男人无妻无家。

“你是几等男人？”王静神色认真地问，“别说谎好吗？想听真话。”

“六等。”我想了想回答。

“六等……”王静低语重复，仿佛在舌尖上掂量话的重量，“你确定？”

“确定。”我回答。

王静再未开口。一时间，如海底一般的沉默弥漫四周。

“需要我怎么表示？”半晌，我重复前面的话题。

“陪我多喝几杯。”

“好的。”

王静从对面的位子站起身，坐来我身边的位子，说一起猜酒令吧？我说好。于是，两人“两只小蜜蜂呀，飞到花丛中呀……嘿！石头、剪刀、布……左一下，右一下……啪、啪……啊、啊”了起来。我反应迟钝，输多赢少，数回合下来，被罚酒罚得皮肤麻木，房间里的东西如地震一般在我的眼前晃动。尽管如此，在这个星期日的午后，我出奇地能喝，王静亦然，十二瓶啤酒空空如也，两人均无大的醉意。王静招呼女侍，又搬来了一箱。后面发生的事，我记不大清了，好像没能再喝多少，我就不省人事了。我隐约记得，自己去过一趟洗手间，还在洗手间里摔伤了右边的膝盖，又恍惚觉得，在自己昏迷的时候，有人搜过我的身。一觉醒来，挂钟显示下午五时十五分。我伏在餐桌上，眼前的桌面上杯盘狼藉，桌底，摆满了空啤酒瓶，啤酒瓶盖扔得遍地都是。然而，王静不见了。

一个女侍告诉我，王静在离开的时候，有一个红包托她转交给我。红包里，是一张正反两面，都密密麻麻写满了小字的收据。

“请问她是什么时候离开的？”我问。

“一个钟头之前。”女侍回答。

女侍撤盘的时间里，我坐在窗台前的一把木椅上，一边抽烟，一边阅读收据上的留言。

“饭钱我付过了，”王静用蓝色圆珠笔写道，“没开发票，只开了这么一张收据。之前，我说身上没有带钱，那是在骗你，为了看你的反应。我写这些文字的此刻，你就趴在我的旁边，叠在一起的双手贴在桌面上，左脸贴在手背上，两只眼睛都闭着，嘴巴呈‘O’形，朝我发出像打雷一样的鼾声。你可能觉得奇怪，我怎么没有喝醉？是的，你中计了，我特地把你拉来这里，就

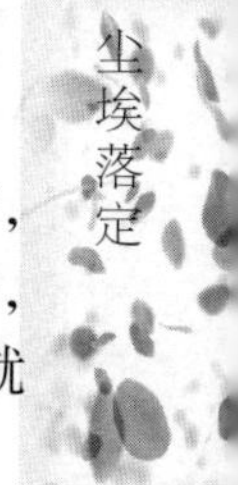

是为了灌醉你，然后我好乘机在你的身上为所欲为。现在的你，就像是手术台上一只刚刚打完麻醉药的青蛙，我不费吹灰之力就能够阉掉你。我从酒楼的厨房里借来一把水果刀，扯开你裤裆的拉链，揪出你的小鸡鸡，把水果刀的刀刃抵在小鸡鸡的根部。但是在最后一刻，我选择了放你一马。”

读到这里，我背上渗出一股冷汗。查看牛仔裤的拉链，果然被扯开了。王静这是怎么了？我闭目合眼，十秒钟静止不动，然后开始阅读收据反面的内容：

“今天中午，看见你独自一人坐在教学楼二栋三楼的一间教室里，我天真地以为，你肯定正在给我写回信，因此在教室外面等了足足三十分钟，直到你收工。后来我闯进教室了以后，很想让你抱一抱，你表现得像一根木头，明明在写信，却骗我说你在抽烟。

“我们做过吧？上个学期期末考试的那几天，在学校外面的一家小旅馆里。做了总共十五次，其中的十一次是在床上，三次是在卫生间里，还有一次是在埋葬我爸爸的山冈上。既然我们连那种事都做过了，那么你在回答我的提问时，为什么要说自己是六等男人呢？不把我当做是你的妻子，难道一朵野花也算不上？

“以上，是我之所以把你灌醉原因。

“你写给那个名叫张娣的女孩的信，我从你右边的裤兜里搜出来，一字不漏地看完了，看了三遍。她在你心目中的位置，是任何人，任何事物，哪怕整个世界，也代替不了的。不能和她约会，你度日如年。有时甚至会产生一个如果没有她，那么你的人生就毫无意义的想法。多么感人的情话啊。这就是你？脚踏两条船的你？既然你早就有了女朋友，为什么在每次回答我的提问时，都要撒谎说没有，又为什么还要和我这个一直被你蒙在鼓里的大傻瓜睡觉？信已经被我撕掉了，以后你走你的阳光道，我过我的独木桥，老死不相往来。”

读罢王静的留言，我站起身，望着窗外的一树桃花。雨已经止歇，桃花妖娆，残留在花瓣上的雨水，宛如无数颗晶莹的珍珠。不知望了多久，直至右边太阳穴的位置隐隐作痛，而且越来越痛，里面好像扎了一根刺，而且越扎越深。于是我快步走出酒楼，拦住一辆计程车，吩咐司机朝学校开去。下车后，钻进工商银行门前的公用电话亭，用二零一卡给王静所在的寝室打去电话，听说王静不在后，抱着疼痛欲裂的脑袋跑回宿舍，什么也不脱地上床睡了。醒来不知是何时，周围一片死寂，估计正值半夜。我摸黑敲开隔壁一个寝室的房门，用二零一卡再次打电话过去，这回，是王静接听的。

“是谁？”她问。

“是我。”我回答。

“不认识。”

“听我说——”

“嘟……”那头电话挂断了。

又拨打了数次，铃响五十遍也没有人接听。勿须说，电话线被王静摘掉了。

*

第二天是星期一，要去实验室，实验的内容是通过拜耳法，从铝土矿中提取氧化铝。由于头痛，还发高烧和咳嗽，我叫狼狗代我向化学老师请假。快开中餐时，我才吃力地起床，来到学校的医务室。四十岁左右的一个女医师只是摸了一下我的额头，就立马为我开了两瓶点滴。挂完点滴，叮嘱我明天还要来。没什么大不了，这个我知道，无非食欲不振，目光涣散，浑身无力，离死亡还有很长一段距离。第二天，理所当然地没去，而是继续睡觉。怪事，怎么也睡不饱。一觉醒来，盯着寝室的天花板，想入非非，一边想一边再次滑入睡梦的斜坡。在半梦半醒中，我回顾了和王静一起遭遇过的事件，五年的大学生活，儿时和张娣一起度过的时光。往事如同黎明时分远方的风景，随着旭日东升，雾气消散，层层然历历然浮现出来。思及感伤处，任凭泪水顺着两只眼角连续流淌。念及开怀处，却无论如何也高兴不起来,有的只是心脏位置一种如阵痛一般酸酸涩涩的感触。有好几次，我绝望地想：手边有一瓶安眠药多好，自己便可以吞下整瓶安眠药，躺在这里一分一秒安静地死去。如此云里雾里了三天。三天后，头痛没有了，体温正常了，病魔消遁了。

从星期四开始，是五一劳动节，学校连续放假七天。学生们大多回家了，或者去哪里游玩了，整栋宿舍空若鬼宅。几天来我头一次从床上爬起，到学校的外面吃了一顿鸡肉火锅。返回寝室的途中，绕到宿舍楼的后面，敲开王静所在寝室的窗户，问坐在窗台边正在画眉毛的一个女生王静在吗？回答说不在。她去哪里了？我又问。不知道，她说，然后关紧窗户。

回到寝室，开始给张娣写信。我把被王静撕毁的信复述了一遍，又加进了一些新的内容：

前面的几页，原本是我于三天前写成的，不巧被人拿去，还撕掉了。还好我记得内容，因此复述起来，倒也不难。之所以记得这么真切，可能跟我写的每句话都发自肺腑有关。

撕掉它的，是去年腊月，我在墓地樱花向你提到过的王静。上次我就对你说过，她是一个火辣奔放的女孩，身上有一种魔力，令我无法抗拒。或许正因为这样，我和她的关系才发展到今天这种无法收拾的地步。我万万没想到会因此伤害她这么深，我无意伤害任何人，我只是，没有你在身边，无可排遣的寂寞和孤独。

在王静撕掉我写给你的那封信之前，我一直都不把男欢女爱当回事，认为那只不过是作为动物的人类的一种生理需求，无论对男方而言还是对女方而言，都是平等和公正的，因为只要双方都不往里面注入情感，那么那种行为就什么也意味不了。然而在现在看来，事情又并非我之前想得那么简单。因为我在深深伤害王静的同时，也把自己推向了一个痛苦的深渊，可恶的是，直到今天才深刻地感受到。

班主任说，毕业时间已经提前到了6月1日。也就是说，只要再忍耐一个月，我就可以跑去株洲的公司报到，和见你了。连月来，我无数次地在脑海里推出自己和你见面时的情景，每推出一次，情景里梦幻的色彩就浓重一层，好像世间万事都在为我们的见面做准备一样。我不知道王静会不会让我们真正见面时的情景黯然失色，但无论怎样，我眼下最应该做的，就是同这边的人，这边的事，做一个彻底的了断，然后以一副全新的面貌投入到你的生活中去。

*

第二天，我骑着宗申，来到南站附近的外婆家。两年没来了。两年前，为了履行我对外婆所作出的一个承诺，倒是一个常客。外婆，舅舅，舅妈都很高兴，一起留我多住几日。我说谎有急事，必须马上走，问能不能把岳麓山下瓦屋的钥匙借给我，有几样东西要拿。舅舅从卧室里找出钥匙，深沉地说：

“再不去，就没有机会了。”

“怎么了？”

“有政府的一份强拆文件寄到家里，年底就要把它拆除，说是打算把它融进岳麓山景区。”

外婆留我共进午餐。一起吃饭时，舅妈说表妹终于有下落了，不久就会一家人团聚。

“表妹？”我一时半刻没有反应过来。

“小的时候，你和表妹一起玩耍过吧？你那个时候五岁，表妹四岁。舅舅逗你说，等你长大了以后，就把表妹许配给你，你拍着小手说好哇好哇。不记得了？”

“就是在她六岁那一年，被一个坏蛋绑走的那个表妹？”

舅舅说是的，“上个月，东塘警方破获一起飞车抢劫案，一个犯罪嫌疑人在录口供的时候，提起当年那件事。也就是说，绑架我女儿的那个摩托车男子他认识。有了这条线索，很快就

能破案了吧。不论人在哪里，是死是活，总算是有了希望。”

我说“是啊”。

饭后，我向大家道别。舅舅将我送出大门，站在屋檐下朝我大声叮嘱：“路上注意安全。”

“好的。”我说。

“弟伢子，经常过来看望姥姥呀。”随后出来的外婆也大声说。

我说知道了，然后发动宗申的引擎。三个没有血缘关系的亲人并排立在檐廊里，拿同一种惜别的眼神望着我离开，恍若永别。

*

较之两年前，岳麓山下的瓦屋已经破败得面目全非。竹制的栅栏也好，木制的院门也罢，都被时光侵蚀得千疮百孔，一副苟延残喘的样子。院子里野草滋生的势头有增无减。屋檐下居然多了一个燕巢，可惜燕子早就飞走了。我掏出钥匙，准备开门，却发现瓦屋的大门虚掩着，里面空空如也，家具也罢桌子也罢椅子也罢，均不知去向，走进卧室，发现席梦思大床亦不翼而飞。最里头的墙角蹲两只老鼠，不知正在做何勾当，一看见我，就在屋子里上蹿下跳，最后擦过我的脚间，一起蹿外面去了。

查看了好几遍，也找不出任何有必要带走的东西。罢了，我想，八成是由于长期无人居住，有用的东西都被捡垃圾的阿姨收走了。我从山下借来一把笤帚和一个畚箕，将屋子里里外外打扫了一遍。然后归拢垃圾，扯掉宗申的油管，接了半矿泉水瓶汽油浇在垃圾上面。接着打燃火机，“轰”的一声，垃圾在院子里烧了起来。我盘腿坐在垃圾堆旁边的野草丛中，望着橘红色的巨大火舌越舔越高，产生的滚滚浓烟朝岳麓山顶爬去。火堆里，有沾满老鼠屎的几件旧衣服，有折成两半的一张藤椅，有几本灰尘扑扑的杂志，有若干张方便面包装袋，有背面残有石灰痕迹的一张小虎队的演唱会海报等等，都是陈年旧货，付诸一炬不足为惜。

等到全部结束，时间已近黄昏，火烧云上来了，将大地涂得通红。在这如电影镜头一般的一片血色之中，我踏灭最后一粒火星，步出院门。

“好了！”我朝瓦屋大声喊，“我们的缘分到此结束。你可能会被夷为平地，也可能完好无损，无论怎样，都和我没有关系了。珍重。”

*

历年都是 7 月毕业，今年之所以提前到 6 月，原因是“非典”。校党委那帮大脑发达的头头们预测，5 月底，这一场气势汹汹的“瘟疫”会有一个减弱的趋势，届时毕业，此其时也，若错过机会，情势一旦反弹的话，那么毕业的时间就只能推迟到下个学期。于是五一七天长假刚一结束，校方便封锁校门，进行全封闭式管理。确实，“非典”在中国已达数千病例之多，数百人被火化，悲剧仍在世界上三十多个国家和地区持续上演。电视上、报纸上、互联网上、广播里，相关报道铺天盖地。封锁、隔离、全城消毒、全民戴口罩。死亡人数又增至多少呀；白醋供不应求呀；板蓝根价格飞涨呀；哪里又出现一个因公殉职的白衣天使呀。罢了，不看没事，一看到此类新闻，我就纳闷儿：人的生命何其脆弱，简直同蜉蝣无异。

从广东省返校的学生都会被捉进招待所的四楼，隔离一周。谁的体温一旦超过三十八度，同样会被揪去那里。抗击“非典”的动员大会陆续召开，知识讲座接踵而至。无论走到校园的哪里，都干净异常，空气中弥漫一股大扫除过后的醋味儿。我被这股醋味儿熏得实在难受时，就伙同诸君爬围墙，一起出到学校的外面买烟抽，走在平日里热闹非凡的大街上，顿觉门庭冷落，行人和车辆均屈指可数。

以上，是那段时间的实况。但是把“非典”真正当回事的，在我的身边找不出一人。没有人关心病情的发展，没有人在乎预防措施，有的只是对校方的诸多做法用一句长沙话表示不满："死就死喽，封么子校门撒"。现在看来，那似乎是一种叛逆心理的体现。我们迷茫、彷徨，理想触手可及却又遥之千里，都是自视甚高的自负狂，从书上学到一点皮毛，就偷窥社会并觊觎大事业，结果得到的只能是失望，内心深处一个不妨称之为原动力的东西消失了，以致铁石心肠，对任何事情都听之任之。

很多年以后的今天，我才想通当初改变我们，或者说令我们惶恐不安的那个东西究竟是什么：高度发达的市场经济和大行其道的拜金主义。在中国这个文化底蕴丰厚的国度，从老祖宗那里流传下来的优秀思想和传统都被这个正在改革开放的时代摒弃得所剩无几了，教科书里倡导的东西同现实格格不入，现实中盛行的更是一种金钱至上的价值观和由此衍生的种种社会怪状。只要有钱，便拥有权力、跑车、别墅、尊严和地位。有钱就是大哥，没有钱寸步难行。话说回来，这是高度发达的市场经济体制下形成的一套新的处事法则和为人观念，习惯也好，不习惯也好，都得学会适应。若不适应，只能移民去安哥拉或者埃塞俄比亚。

*

和王静再次搭话，是在封校三个星期以后，离毕业只剩下一个星期的时间，那也因此成了诀别。之前，不是没有碰过面，五一长假结束的当天下午，两人就在开水房撞见了。王静提着两只打满开水的热水瓶返回宿舍，我把两只空热水瓶搁在地上，摊开双手拦住她，问可否谈一谈，她没有吱声，绕了半个大圈走了。后面的几次，情形也大抵如此。

而那个星期一的早上，是王静主动的。我独自一人伏在食堂里的一张餐桌上吃早餐：一个馒头、一个盐蛋、一碗白米粥。吃完馒头，埋头剥盐蛋时，王静坐在我的对面了。我吃惊地望着她。她拿起一双筷子，开始慢条斯理地吃胸前餐桌上的一碗米粉，吃到一半，从衣兜里抽出一张纸巾，轻轻地揩了下嘴，不看我地问盐蛋味道如何？我说还行。她说也要。于是我跑去之前打饭的窗口，又要了一个盐蛋，剥壳后投进她的碗里。她用筷子夹起盐蛋，举在嘴边，说：

“恭喜。”与其说是朝我说话，莫如说是恭喜盐蛋。

“恭喜什么？”我问。

“恭喜你，下个星期就可以离开学校了。而我，要忍耐到05年。”

我没有表示什么。

王静张开小嘴，咬在盐蛋的顶端，留下一个新月形状的缺口。

“很快就可以和张娣长相厮守了，很得意吧？”王静接着说。

我没有回答。

王静又说了一些带刺儿的话，我沉默应对。快八点时，食堂里就只剩下我和她两个人。

“要迟到了。”我说。

王静这才抬起脸，看着我的眼睛。

我指着挂在食堂墙壁上的一面挂钟：“快八点了。七点五十三分。”

“你有很重要的事？”

“八点之前必须赶到教室，提交毕业论文。”

“那么你先走吧。”

我把自己和王静的空碗重叠在一起，投进摆放在食堂大厅中间位置的一个餐具桶，然后朝宿舍的方向步去，打算先回寝室拿毕业论文。快走出食堂大门时，身后传来王静的尖叫声：

“陪我呀！”

我转身，望见王静走远了。走得很快，快得快出校门时，才被我追上。王静对两个门卫说自己已经怀孕三个月了，必须

马上去湘雅医院做人流手术。门卫们一脸苦笑，说没有医务室开出的怀孕证明，没有教务处盖章的请假条，不能让任何人离开学校。来到教职工家属区的北门，同样碰了一鼻子的灰。

“真的要出去？”我问。

王静点头。

于是我把她拉到南湖，叫她骑在蹲着的我的脖子上，慢慢起身将她送上围墙后，自己爬上围墙旁边的一棵大树，从树上下到围墙上，再从围墙上跳到马路上。最后叫王静踩在我高高托起的两只手掌上，缓缓下滑。越狱成功，我问王静要不要我陪她一起去湘雅医院。她说没有怀孕，只是想出来走一走。

我点头。

王静怏怏地走出几步，回头大声说：“跟上啊！”就这样，在这个5月的星期一上午，我跟着王静，一起走到汽车西站，再从汽车西站走到溁湾镇。路过枫林宾馆时，又朝湖南大学的方向拐去，可是直到中南大学，王静也没有止步的打算。到达左家垅后，登上一条环城公路，又朝南郊公园的方向大走特走。路程相当不短，尽管有风，而且是阴天，我背上还是渗出许多汗来。中间两人谁也没有说话。迈上猴子石大桥，王静终于停下来了，立在桥的中心位置，手搭栏杆，望着下面被阵风掀起层层浊浪的湘江，一动不动。风吹乱她的一头秀发，露出半边姣好的额头和一只小巧可爱的耳朵。两年前，离开瓦屋的那个夏日傍晚，立在湘江边，还是披肩长发的她也是这样一副姿态。想到这里，我伤感得不行，几欲落泪。一抬头，看见王静已经翻过栏杆，扒在桥身的外侧了

“别过来！”王静朝我发出警告声。

我惊呆了，立在原地，一动也不敢动。

王静接着说“我是心甘情愿的，死了是自己活该。只有不死，才能开始新的生活。”

“肯定会死的。”我难过地说。

王静扭头望着脚下的湘江，抓住栏杆的手指突然松动了一下。

“会死得很惨很惨的！”我哀求。

王静转过脸来，眼泪巴叉地望着我。

“江水会迅速地把你淹没，你像吸气那样喝水，像一只灌满水的饮料瓶一样沉入江底。几天过后，你被泡得全身发白，体积胀大了三倍，江水卷走了你身上的衣裤，和你身上所有的毛发。如果你的那个像孕妇一样胀鼓鼓的肚子被一根竹竿捅破了的话，那么从里面流出来的就全部都是蠕动着的蛆。你以这样一副恶心得叫人呕吐三天三夜也吞不完的样子，出现在哪个回水湾的一个垃圾堆里，清理河道的两个工人，起先还以为你只是一头被俺死了的猪。这就是你跳下去的下场。”

“怎么知道？”

“小的时候，每当山洪暴发，我家附近的一条河里就漂来一具这样的女尸。别做这种傻事，好吗？”

王静抱紧栏杆，埋头抽泣起来。我慢慢地移步过去，把她抱了回来。王静摊坐在桥面上，朝我偏着脸问：

“因为我被你睡过，所以你才不把我当回事？”

“不是的。”我说。

“那么你把我当做一个什么？玩具吗！”

风时紧时徐，往来的车辆如幻影一般穿梭不休。

“我没有不把你当回事。”半晌，我回答，“你就像是一抹阳光，照亮了我的生活。我喜欢你，就像喜欢张娣一样。我想永永远远地和你们待在一起，不失去你们中间的任何人，但那是不可能实现的。如果你跳江的话，那么我就会跟着跳下去救你，那样一来，我们都会被淹死。可是，我还没有做好死的准备，还有很多事情等着我去完成，更不愿意看见你死。你是一个值得哪个男孩用尽一生时间去呵护的女孩，尽管整容过。”

“在乎我整容？”

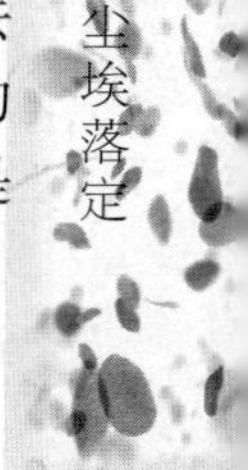

“不在乎。只是随口说说。”

“交往多久了？你和那个张娣。”

“十三年了。从我八岁那一年算起的话。”

“十三年？”

“十三年前，她的父母双双死于非命，我爸爸收留了她，由于家里的床铺不够，她只能和我睡。”

大雨从天而降，在桥面上摔得粉碎。王静闭目合眼，任凭雨水洗刷脸面。良久，王静说了一句什么，我没有听清，声音被雨声湮没了。

“你说什么？”我大声问。

“扶我起来！”

我扶王静起来的当儿，她一只手抠住我的生殖器，另一只手抠住我的肛门，奋力一提。我知道她想把我掀下桥去，所以并没反抗。可是当她把我送上栏杆，她就没有力气了，靠在我的大腿上，喘息了很久，一边喘息，一边抽泣。后来，我背着平静下来的王静，来到南郊公园门前的公交站台，等待152路公共汽车。152路公共汽车从汽车南站出发，开往汽车西站，可以从汽车西站转车，返回学校。不料车门打开过三次，王静也不肯上去，兀自孤零零地蹲在站台左侧的角落里，搂着两只小腿，一动不动，身上的雨水流湿了脚下的地面，整个人看上去仿佛就是一条刚刚被打捞上岸的美人鱼。罢了，我想，她情绪低迷，还没有做好下一步的打算。雨越下越大，直至公交站台被泛滥的雨水变成一座孤岛，王静才好冷地说想回家。

我清楚地记得，那天从南郊公园登上一辆152路公共汽车，在汽车西站下车了以后，王静又变得和之前一样任性了，开始一辆接一辆地乘坐公共汽车。上车，终点站下车，又上车，如此重复不休。没有目的地，没有方向，只要是一辆即将发动的公共汽车，她便爬上去。好在是“非典”时期，乘客不多，无论去哪儿，都有座位。期间，我问王静家在哪里？没有问答。

身上的衣服都湿透了，先找一家旅馆住下好吗？也没有反应。

坐了整整五个钟头，从中午的一点开始，至下午的六点结束。结束的地方，是郊区的一个公交站台。我跟着王静跳下公共汽车，在一条柏油路上一起行走了四五分钟，然后朝右拐进一条砾石铺成的马路。马路不宽，刚好能够通过一台拖拉机的样子。马路两边的大榕树，簇拥着，将马路装扮得像一个洞穴一样，笔直地伸向前方。洞穴的缺口处，不时出现田园的一角，可以窥见荷叶茂盛的池塘，和旱地里的辣椒、茄子、西红柿和黄瓜等物。此情此景，加上雨过天晴后清新的空气，使我产生一种回到家乡的错觉。

王静走在前面，我拉开几步距离跟在后面。她不时驻足，思索什么，或者蹲下，把脚上的运动鞋带系紧。当我加快脚步，和她并肩同行时，她立即把手插进我的臂弯里了。我这才意识到，王静依然在乎我，她知道挽回不了，却又割舍不掉，只能以这样一种微妙的方式向我传达情意。这对我而言，实在无地自容。

后来，两人拐进马路左边一片茂密的竹林。从竹林里出来，右边的天空是黑色的，左边的一小片天空，被晚霞染成火红色。在火红色霞光的辉映下，不难分辨我们眼前的下方是一大片农田，里面的水稻都已经开始抽穗。农田的四周，是和我们站立着的一样的小山丘，像一座环形山似的把农田包围起来了。农田对面的几座山丘上，发出零星的光点，那是农舍的灯光，王静的家，便在那些灯光之间。

两人卷起裤腿，开始在农田中间的田埂上移步。蛙声鼎沸，小腿不时擦过一只触感冰凉的冷血动物。没有走多久，王静不小心把整个身子偏进稻田的水里，再也站不起来了。我伸手去拉她，也把一只皮鞋陷进厚厚的淤泥里，费了九牛二虎之力才拔出来。如此颠簸了约莫二十分钟，穿过农田，来到对面的山脚下。此刻，夜幕已经完全拉下，天上没有月亮，也没有星星，附近又无路灯，唯见几只萤火虫发出的微弱光点在我们眼前的

一片树林里闪烁。虫豸的轰鸣此起彼伏，偶尔传来一两声狗吠，遥远得仿佛来自世界的尽头。我捉住王静身上衬衣的后摆，跟着上坡，右转，左转，又是上坡，继而响起王静为一扇铁门开锁的声响，和铁门打开的“吱嘎”声。接着，铁门两侧院墙上两只橘黄色的灯塔亮了，映入眼帘的，是一栋古希腊风格的别墅，看不出有几层，貌似搭建在丛林深处的一座教堂，又似举家搬走经年的一个废墟。

进屋后，王静直赴二楼，叫我坐在一楼客厅的一张四人沙发上等她。不久，从楼上下来的王静把怀里的几件衣服扔在我的旁边，说是她爸爸生前穿过的。

“你先洗澡，还是我先洗澡？”王静不冷不热地问。

“你先洗吧。”我回答。

王静钻进客厅里端的一间浴室，我则打开摆放在沙发前面一台组合柜上的电视机，欣赏起由赵忠祥主持的《动物世界》来。《动物世界》一集播完，王静才出来，身上的衣服已经换成一袭明代宫女式的睡裙，猩红色，显得妖艳绝伦。

“好看吗？”王静仍拿不冷不热的语气问。

“好看。”我回答。

王静在我身边坐了下来，然后从衣服堆里挑出一件正面印有一只袋鼠图像的T恤，在我胸前比来比去。

“有点大。”她撅着嘴皮抱怨。

“不要紧。”我说。

“不过款式倒是挺可爱，不觉得？”

我来不及回答，王静又说：“我给你搓背吧？”

我回答说不用，然后握着王静为我挑好的她父亲的一件衣服和一条裤子站起身，走进浴室，脱光衣服，缓缓地沉进王静提前为我注满热水的一个浴缸里。从未在浴缸里洗过澡，正如我多年不曾下河游泳一样。那个酷热的夏天，只要是不下雨，我就和苗再兴，也有时会带上张娣，一起去到苗寨附近的一条小河里，一泡就是一整天。那徐缓的水流，那历历可见的鹅卵石，那成群结队的武昌鱼，那欢腾的戏水声。发生在哪一年呢？ 91年？ 92年？记不起来，能够记起的，只有人物、地点和风景。我把整个脑袋沉进浴缸的水里，憋气了五十秒，浮出水面时，看见一对水灵灵的大眼睛。

“怎么了？”王静问。

“没怎么。”

“晚上不能吹口哨。”

“我吹口哨了？”

“听见你的口哨声，我才进来的。”

“是吗？”

“是的。后山上，埋了好多死人，听见你的口哨声，他们都会从坟里钻出来的。”

我点头。

王静把两只手同时探进浴缸的水里，分别捏住我的两颗睾丸，不松手地说：

“我给你搓背吧？”

我还是回答说不用。

王静咬着下嘴唇，想争辩什么，却欲言又止。良久，赌气似的在我背上狠狠地抓几下，出门了。不出十秒，门又被打开了，王静探出半边脸，朝我眨巴了一下眼睛，说：

“不准吹口哨。”

“不吹口哨。”我说。

“疼？”

“疼？”

“只差一点点力气，你的两颗蛋蛋就都破了。”

“疼得要命。”我回答。

“要喝酒吗？”

我想说不要，但是门又被关上了。

从浴室里出来，发现电灯熄灭了，取而代之的，是四人沙发中间一张方形餐桌上呈“门”字形排开的十支蜡烛，每边四支，没有蜡烛的一边，王静端坐在沙发上，一头秀发已经被她朝上拢起，扎成一个髻，像一个持家的朝鲜族少妇。

“停电了吗？”我问。

“关灯了，这样浪漫一些。”

我挨王静坐下。

王静开始往摆在桌上的两只小白酒杯里倒酒。倒满自己那一杯，又把我身前的这一杯满上。我觑了一眼被她抱在手里的白酒瓶，发现是一瓶五十二度的剑南春。这个自以为是的女孩，对白酒似乎还不大在行，勉强咽下半杯后，两只眼角都渗出泪来，带着哭腔说：

“好辣！”

“第一次是这样，多喝几口就没事了。”

王静信以为真，一口气毙掉剩下的部分。然后“呼哈呼哈”的吐气，大吃特吃桌上的零食。刚坐下，又把自己的白酒杯倒满，连续喝下两杯。

“别喝这么猛，发作起来会很难受的。”我奉劝道。

“我，从来都不喝白酒的，爸爸也不怎么喝。相反，厨房的一台冰箱里，什么时候都塞满了啤酒。所以——”王静摇摇晃晃地站起身，解开身上红色睡裙的腰带，指着自己小腹的位置，“别看我这里平平的，有着相当不小的酒量哩。受爸爸的影响吧，可能，毕竟爸爸也是一个酒鬼。”说到这里，王静打了个嗝儿，然后潮红满面地看着我问，“你难道就不觉得，啤酒对乳房的发育大有好处？”

“是吗？”

“我的乳房够大吧？”王静朝我掏出两只乳房，分别用两只在乳房面前显得很小的手掌托住，晃荡了几下。

“够大。”我回答。

“之所以够大，是由于长期饮用啤酒的缘故。在我们班上，身材苗条的女孩并不少见，可是相对苗条身材来说，大乳房并不多见。我的却不是那样，我的就像是两个大木瓜。”说完，抱起剑南春酒瓶，又“咕噜咕噜”喝了起来。

我盯着桌上的一支蜡烛杯发呆。

“不错嘛，既用不着买丰胸产品，又用不着做隆胸手术。”

哪里传来几声炮竹声，若隐若现。

注意到时，王静睡着了。仰面躺在我右边的沙发上，睡裙一半被她拽在手里，一半垂落在地，整个人看上去宛如一幅香艳的人体艺术画像。就在我举起她父亲的一件夹克，轻轻地盖在她身上时，她一把抓住我的左手，霍地坐起身，惊恐地问：

“你要离开我了吗？”

我正要回答，她却立刻松开抓住我的双手，狠狠地扯自己的头发，大声说头好痛啊，然后在沙发上打了个滚，“嗵”的一声摔在地板上，接着像一条母狗一样，摇着屁股朝卧室那边爬去。不到三分钟，又从卧室里“咚咚哐哐”的跑了出来，扑倒在我身上，说“你快点走，我一刻也不想看到你”。旋即一把将我推开，自己却再次倒在沙发上，片刻，又再次滚下沙发，再次横冲直撞，再次说一些莫名其妙的话。如此这般，闹到了半夜。

“我这就回自己的卧室睡觉，要一起吗？”这回，王静拿正常的语声问我。

我回答说不要。

“我爸爸的卧室在二楼，如果你不介意的话，可以去那里睡。”

我说好的。

王静慢悠悠地褪掉身上的睡裙，以一副全裸的姿态立在我跟前，说：

“答应我。”

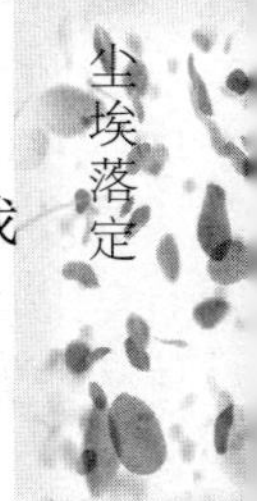

"答应你什么？"我问。

"答应了才能说。"

"无论什么，我都答应你！"

"结婚了以后，通知我一声。"

"结婚？"

"迟早是要结婚的吧？你和张娣。"

"怎么通知你？"

"写信，就寄到这里。"

"好的。"

一个难熬的夜晚，对我来说如此。对王静而言，可能也是这样。她钻进卧室后不久，我吹灭所有的蜡烛，然后交抱双臂，躺在沙发上。本来只是想小憩一会儿，不想就那样睡着了。不知睡了多久，被窗外的几个声音惊醒："咕……咕……"如果我的记忆没有骗我，那是猫头鹰的鸣声。儿时，还是在苗寨的时候，这种声音总是出现在一棵高大椿树的顶端，于是大人们就说："明天，又要死人了。"

我再也无法入眠。遂站起身，把桌上的几只零食包装袋扔进桌下的一个垃圾筐里，把剑南春酒瓶在电视机右边的墙角摆放端正，用拖把拖地，用卫生纸抹桌子。统统做罢，打开大门左边的一扇窗户，望着天上的一轮下弦月。这些事，都是在月光的指引下完成的，没有开灯，尽量不发出声响。可我还是没有睡意。墙上的挂钟指向三时四十五分，离天亮尚有三个钟头。想抽烟，可是裤兜里没有烟。我想象自己从裤兜里摸出一盒白沙，一支接一支地抽，抽到第四支的时候，那个声音终于出现了。

是的，我在等待那个声音。在之前的睡梦中，它一直在我的耳畔萦绕，可是我无法确定它的真实性，因为在我惊醒之时，它消遁了，只剩下猫头鹰的聒噪。此刻，它重现了。它是什么？一个哭声，来自王静的卧室。我闭目合眼，把它作为一个纯粹的哭声聆听良久，然后将它捧在怀里，按在胸口，压进心里。

王静哭，也是我哭，是我在哽咽，在抽泣。

当我觉得够了时，想进去安慰王静几句。或许，王静正等待着我呢。或许，我还能最后一次拥抱她，最后一次进入她。或许，那样过后的她，就不哭了。可是，我不能折磨自己，更不能折磨王静了。哭吧，哭干红泪，等到早上太阳升起的时候，你的人生将重新开始。

我再次走进浴室，脱下身上王静父亲的干净衣服，换上洗漱台上自己的脏衣服。然后回到客厅，在王静的卧室门外驻足良久，几次想敲门，都放弃了。接着出到院子，发现院门紧锁着，院子右边的角落里有一只废弃的狗舍，我从那里爬上院墙，纵身跳下。然后下山，穿过农田。登上竹林时，回头朝王静的方向望去，但见夜空寥廓，月光下群山的轮廓黑黢黢的，仿佛被墨汁粉刷了一千遍。

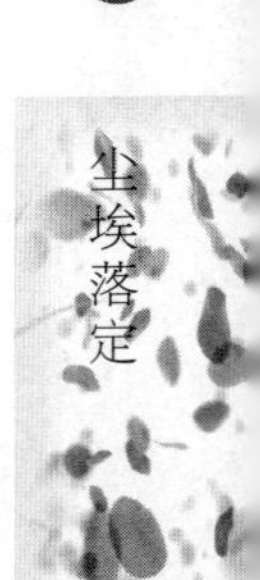

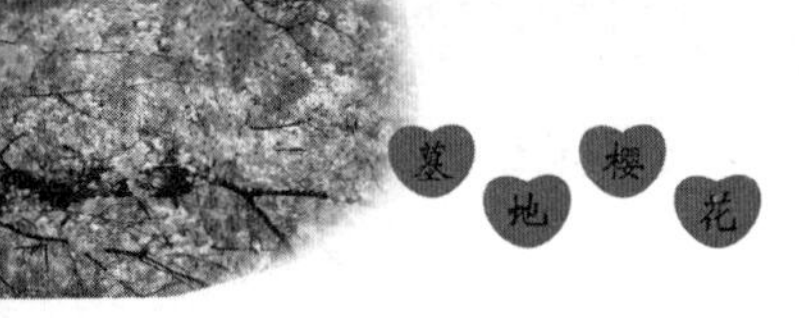

第十二章 香殒

哲人云，两个真心相爱的人，如果一个撒手人寰的话，那么另外一个就必定感应得到。这句话纯属造谣，张娣的死，便是铁证。

那天，从王静家回到学校，是早上八点多钟。看守校门的两个护校队员缴了我向他们出示的学生证，并指着我的双条裤腿，问上面那么多泥，是怎么搞的？帮附近的一位孤寡老人疏通下水道，我回答。又问现在明明是封校期间，我是怎么出去的？走出去的，我回答，难道爬出去的不成？然后从他们手里夺回我的学生证，朝宿舍的方向步去。两个令人作呕的家伙，在怯懦者面前耀武扬威，给他们一点颜色，反倒不敢拿你怎么样了。

回到宿舍，洗了一个冷水澡，换了一身干净的衣服，然后从枕头下面抽出毕业论文，去到教职工家属区的班主任家里，说对不起，昨天发高烧去不了教室。班主任说当然知道我在撒谎，不过懒得追究。

折回宿舍的途中，顺便去了一趟收发室。有我的一封信件，昨天中午寄到的。信封上没有写寄件人的姓名，但是在寄件人地址栏写着“湖南省 XXX 学院 XX（五）班”。是张娣的地址，但不是她的笔迹：

收到一封陌生女人的来信，或许会让你感到失望。但舍此之外，我实在找不到能与你取得联系的别的联系方式。这样说你可能不会高兴，我检查过张娣的所有私人物品，通讯录里没有家庭联系方式，只有标注为“弟弟”的你的地址、座机和手机号码。因此，我才在今天中午拨打你的电话，但是座机也好，手机也好，都无法接通。

首先作一个自我介绍，我叫陈文茜，今年三十三岁，是张娣所在班级的班主任。在我向你说明自己的来意之前，可否和你讨论：灾难为何物？因为我觉得，说明来意之后，无论我接着说什么，你都可能无法平静地读完。我的观点是：灾难没有生命，没有意识，没有选择和被选择性。在灾难面前，众生平等，事与愿违，均系造化。如同天有不测风云，我们只能经受住灾难，却改变不了它。倘若这种观点得到你的认可，我将倍感欣慰。

或许，你已觉察到不是一件好事。是的，今天上午，带着生之依恋和死之恐惧，张娣离开了人世。在半个月之前，那孩子被确诊为一个SARS病例的时候，我向医院递交了一份申请：亲自上阵，把自己的学生从病魔的手中夺回来。张娣是我见过的，最有医学天赋的学生之一，我不希望她有什么三长两短。我如愿以偿地来到张娣所在的重症病房，除料理张娣的衣食起居外，还部分负责病情的观察和治疗。也就是说，我是以半个护士的身份来到这里的，为张娣观测体温、输液、喂药，也有时会和她一起谈心，对她说一些鼓励的话，尽管身上穿着一套厚厚的隔离服。我以为那样做能够让她早日康复。

主治医生说，SARS的死亡率在百分之四至十一之间，罹难者的年龄普遍偏大，对体格强健的年轻人来说，康复的机会很大。加上张娣不想让家里人担心。因此，在整个治疗阶段，我没有通知包括你在内的张娣的任何亲人。当然，里面也有我的个人想法。张娣是一个纯洁得像一张白纸一样的孩子，让她知道大家都在为她担心，反倒会令她难过，对配合治疗不利。现在看来，那只能算是一个错误的决定。对此，我请求你，和你家人的宽恕。

张娣的病情是于今天早上突然恶化的，与其说让我感到悲伤，莫如说让我感到震惊。因为在八点的时候，我还和她谈心来着。她满面春风，说出院了以后，要做的第一件事，就是把她在这里的经历讲给你听。我打趣说这种痛苦的经历，最好还是别和恋人分享。后来，我离开病房，到医院附近的一家面馆吃早餐。吃完早餐，换上一身重重的隔离服重新进去时，发现张娣已经不行了。嘴里吐出好多好多的血，趴在地上一动也不动。我慌忙叫来医护人员，四个人联手把她抬回床上，展开一阵电击式急救。但是没有用，张娣重度昏迷了两个多小时，于十点三十九分完全停止心跳。即便是在五个钟头过后的现在，我仍然不敢相信那是一个事实。因为治疗一直都在顺利地进行，所有迹象都在朝好的方向发展。况且，张娣之前的气色真的很好，根本就看不出什么噩兆。可能，连她自己都没有想到吧。

由于担心被你责备，所以我才把张娣遇难的大致经过在这里写出来。尽管，这可能已经算不上是重点。重点是，张娣的遗体于明天晚上十点准时火化。按上头的规定，今天必须火化，改到明天是我和院长商议后的结果。院长是我爱人的一个大学同学。我告诉他，如果不能改到明天的话，那么我就把他硕士学位造假的事实公之于众。此信的目的，就是为了通知你。但愿你能及时赶到，看张娣最后一眼。你们的关系，远不止姐弟那么简单，这个我知道，在整个住院期间，张娣把自己身上所有的秘密几乎全部都告诉我了。附上我的手机号码，收到信后请立刻打电话给我。

读罢信的内容，我在男生食堂后门旁边的一个小卖部门前停了下来，买了一盒白沙香烟，抽出一支，点燃后仰望头顶金色的天空，努力不让泛滥的泪水从眼眶里漫出来。一个正在购买方便面的学生会干部模样的男生轻轻地拍了一下我的肩膀，拿一种劝诫小朋友的语气叫我把手里的香烟熄掉，我说“熄你老母”，然后走进宿舍，朝二楼爬去，却鬼使神差地上到了楼顶的天台。

一个恶作剧？我想，或者搞错对象了？我坐在天台角落的一块水泥砖上，在一片明晃晃的阳光下，仔细检查信封正面的寄信栏、收信栏、邮票、邮戳，信封背面的印制单位、数量、出厂日期也统统都不放过，可就是找不到任何证据。一个钟头过后，从天台下到五楼，随便走进一间没有关门的寝室，用二零一卡拨通张娣以前所在寝室的电话。

“有几个张娣？” 我问。

“什么？”

“你们班到底有几个张娣？”

“一个。”

“在骗我吧？”

“没有骗你。”

“她在吗？”

“不在。”

“去哪里了？”

“你是谁呀？”

我报上姓名。对方沉吟了五至八秒，然后支支唔唔地叫我联系陈文茜老师，提供的手机号码和信上的一致。我打电话过去。

“收到你的信了。” 我说。

“请问你是？”

我告之姓名。

“怎么现在才联系我呢？”陈文茜显得相当失望。

“你在信里写的，只是一场闹剧，对吗？”

陈文茜沉默良久，然后难以启齿地说：“张娣的遗体，于昨天晚上火化了。”

挂断电话，下到二楼的自家寝室，开始收拾东西。金毛狮王问干嘛？走人，我回答。不是说6月1号才准离开学校吗？他困惑地问，今天是5月27号，提前了？我说是的，然后走出宿舍。快走出校门时，两个护校队员又来阻挠。我警告：如果

两位认为拦得住我，不妨试试。然后从帆布包里翻出一把在《机械制图》课上用来拆图纸的小刀，抵住其中一个家伙的喉咙。

当我顺利地迈出校门，登上一辆公共汽车，将待了将近五年之久的象牙塔抛在身后时，眼泪像决堤的河水一样，从眼睛的各个位置涌了出来。我用手背抹干眼泪，打起精神，试图看清车窗外面的建筑，泪水却再次模糊了视野。这一种潜意识的行为，一直持续到张娣所在的学校。我看不清所乘客车的颜色，看不清周围乘客的面孔，看不清沿途的风景，我的两只眼睛变成了两个没有开关的水龙头，源源不断的液体从它的里面自然而然地流了出来，挡住瞳孔，我什么都看不清楚。

我给陈文茜打去电话，说到了。约十分钟后，一个身穿黄色连衣裙的女子走出校门，一头短发，手里捏着一个钱包，身材高挑，面容清秀，给人一个平面模特的印象。大概是因为平时注重肌肤保养的缘故，年龄看上去远比三十三岁年轻。她自称是陈文茜，问是不是我要见的那个人。我说是的。

“很沉吧？”陈文茜指着我背上的帆布包问，“这么个大东西。”

我说有点。

“饿吗？要不要去对面的餐馆吃点东西？”

我说不饿。

陈文茜表情凝重地从上往下打量我的身体，然后一边注视远方，一边把脸凑近我的耳边，拿一种商量的语气问我进学校里面说话如何？

“你们学校不戒严？”我问。

“怎么不戒。”陈文茜一边回答，一边在前面带路，“只是有大事在身，那些条条框框奈何不了你。”

门卫是一个精神抖擞的老头，听陈文茜说明我的来意后，帮忙脱下我背上的帆布包，挪进值班室。

“装了一座山吧？沉得很呀。”老头打趣道。

“是我的全部家当。”我回答。

“能搬走就在今天搬走吧。要是等到明天，我就把它丢到对面的马路上去。”

“不用等到明天。”我不悦地说。

之前，我只来过这里两次：一次是去年秋天，一次是去年寒假。可是每当想起张娣，这片校园便以一幅背景画的方式跟着出现。所以，这里的每一栋建筑，每一株草木，每一条道路，我都谙熟于心。只要置身于此地，我的整个身心便仿佛浸泡在一池温泉之中。然而这次，冰冷得不行。由于张娣的死，能够带给我暖意的那个东西消失了，这里成了一个随处可见的普普通通的场所。想到这一点，我不禁又落下泪来。陈文茜从钱包里拈出一只手帕，递在我手里。

“不要紧？”她关切地问。

“没事。”

她不放心，紧盯着我的脸不放。

我用手帕擦了下眼睛，然后转移话题：“你们学校的教学环境，比我们学校好多了。”

“我不这样认为，我去过你们学校。”

“是吗？”

“是的。九年前，我在湖南医科大学读书，去你们学校参加过大学英语的过级考试。面积很大，大概是我们这里的两倍。绿化做得相当到位。如果我没有记错，有一个名字叫做‘南湖’的公园？”

“谢谢你的手帕。”我还给她。

两人登上图书馆前面的斜坡，穿过操场，来到教师家属区，在五层高的一栋楼前停下。陈文茜说自己住在三楼，邀请我上去喝茶。我说不喝，在下面等，等了很久，她才从上面下来，手里多了一个白色纱布袋。

“我现在，正式把张娣交还给你。”陈文茜掩饰不住内心

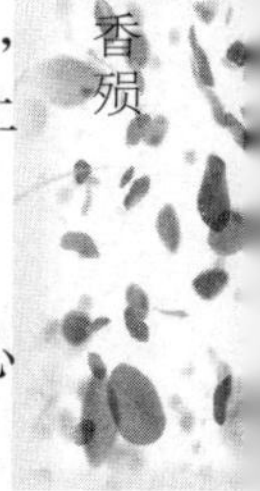

的悲伤，哽咽着说。

我打开纱布袋，看见里面是一只棺材形状的盒子，小巧玲珑，由大理石雕琢而成，深灰色，每个侧面都缀以一幅菊花形状的浮雕。我把脸扭向一旁，不让陈文茜看见，任凭两行眼泪簌簌地落下，然后快步走到足球场的中间位置，在一个葱绿色的草堆里坐下。足球场和以前一样，到处都是茂密的野草。看台上方的食堂入口处，一个身穿白大褂的阿姨正在清扫地面，其晃动的身影，简直同一个守灵者无异。此外再无人影了，可能正值上课时间。

“想再听一遍张娣出事的经过？”良久，陈文茜打破沉寂。

“我来这里，就是为了这个。”

“听之前，可不可以原谅我，没能看护好她？”

我没有作声。

“尽管，我在信里写了张娣出事的大致经过，但觉得还是从头一五一十说起的好。”陈文茜字斟句酌地说，“就像我在信里写的，我担心被你责备。毕竟，我们学校将近两千个学生里，只有张娣一个人感染，就她一个人失去生命。

“先从上个月说起。4 月 30 号，星期三。我对那天的记忆特别深刻，因为第二天就是劳动节。为了抗击‘非典’，学校取消了七天长假，通知全校学生在第二天正常上课，还通知在学校外面租房的学生，当晚十点之前务必都搬回学校。十点之后，就要关闭校门，进行全封闭式管理。估计哪一所大学都是这样，你们学校也不例外吧？”

“我们学校‘五一’过完才封校。”

“可能，每个学校的做法都不一样吧。”陈文茜迟疑片刻，接着说，“那天晚上，我像平时那样去到我们班的教室里督学，发现只有张娣一个人不在。问同学中有谁知道张娣去哪里了？一个和张娣关系要好的女生回答：‘张娣下午看见贴在校门口的一个紧急搬家通知后，回租屋搬东西去了。’我当时没有在意，坐在讲台前，继续备课。可是，第一节晚自习都下课了，张娣还是没有走进教室。怎么回事呢？我想，东西太多了，她一个人搬不了？于是我乘着夜色，朝张娣的租屋赶去。班上有哪几个学生在学校的外面租房？和谁租？在哪里租？房东是谁，有怎样的背景？我都或多或少了解。毕竟是一个班主任，了解这些，方便管理工作的开展。我们学校和别的大学不一样的地方，可能在于延续了初中和高中的管理模式，晚自习是要纳入考勤范围的。拿我以前就读的大学打比方，晚上不用老师督学，不用清点人数，进不进教室，取决于学生的自觉和自愿。在这之前，出勤本上没有出现过张娣的旷课记录，也没有迟到过，成绩好，人缘也好，如果真的只是因为搬家才旷课的话，那么是情有可原的。这是我走在路上时的想法。

“快九点的时候，我来到张娣所在的租屋门前。屋子里没有开灯，窗户是黑色的。喊了几声张娣，没有回应。敲了几下门，‘吱嘎’一声，门开了。是被我推开的。门没有反拴，或者没有拴紧。我又喊了几声张娣，确定人不在后，就打开手机，借手机的光亮往屋里慢慢挪步。知道当时的我是怎么想的吗？”

我没有回答。

“我想，可能在我到达之前，张娣就已经搬走了，所以打算进屋里探个究竟。我打开床头柜上方的电灯开关，发现屋里的所有东西都收拾妥当了——两张被子叠起来了，两箱衣服也和被子一样，整齐地摆放在床架上，地板拖得干干净净，地板上的一个大号提袋里塞满了书——但来不及搬走。看情形，好像刚刚收拾妥当，就因为一件什么十万火急的大事突然离开了似的。”说到这里，陈文茜停顿下来，望着远处的哪里，一动不动。

“后来呢？”我问。

“后来，我打算离开，去隔壁的房东家打听张娣的去向。对了，张娣的病，你是知道的吧？不是这次的‘非典’，而是她身上本来就有的。”

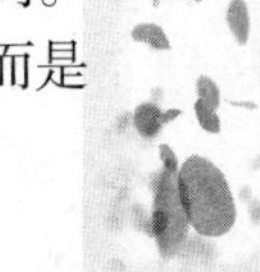

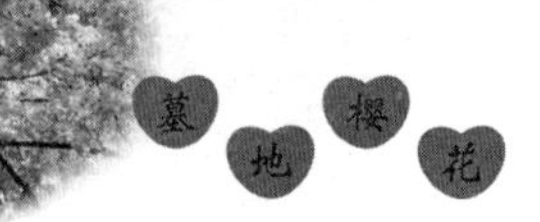

我说知道。

陈文茜确认似的点了点头，继续后话：

“我打算，去隔壁的房东家打听张娣的去向。关掉电灯，朝门口走近三步，就停下来了。不得不停下。我听见了一个声音，觉得屋里除了自己，还有别人。至于是一个什么声音，我不知道。一团漆黑中，好像有个人在我的耳朵边轻轻地哈了口气，又好像谁家的一个老人断气了。反正声音很恐怖很恐怖，我害怕得要命，连背上的汗毛都立起来了。‘谁！’我叫出声音来，但是没有人回答。我蹑手蹑脚地退回床头，重新打开电灯，才发现屋里除了自己，根本就没有别人。好像电灯开着和关了，是完全相反的两个世界似的。谨慎起见，我在屋子里巡视了一圈，终于，在卫生间里找到了张娣。”

我静等后话。

“张娣躺在卫生间的地板上，身上没有穿衣服，好冷似的把光溜溜的身子紧紧地缩成一个团，就像是一个刚刚来到世上的婴儿。身体的四周，到处都是脏兮兮的呕吐物，呕吐物上面还带有血丝。黏黏糊糊的口水流了出来，涂得满嘴都是。翻着白眼，身体每隔几秒钟就抽搐一下。估计是在洗澡的时候，突然发病的。因为在张娣的身上，还残有香皂泡沫的痕迹，旁边的一条小凳子上，也整齐地叠放着本来打算换穿的衣服。发病的时间可能是傍晚。卫生间里没有开灯，灯是我开的。就是说，在张娣发病的时候，天还没有黑，没有必要开灯。你可能想象不到，我看见这一幕时的表情。我惊呆了，立在那里，像一只木鸡一样。大概五分钟过后吧，才回过神来，拨通一二零，说有人食物中毒，不是食物中毒就是癫痫病发作，报上地址，请立刻派一辆救护车过来。问多久能到？回答说大概十五分钟。我说那好，出事的地点和街道之间还有很长一段距离，不容易找到，我这就去街道口等你们。接着，我又拨通学校办公室的电话，请接听电话的一个老师帮忙叫一下五班的班长。我问班长，知不知道张娣租屋的地址？她说知道。我说晚自习别上了，叫上四个女生，一起过来帮忙。她问帮什么忙？我说别问那么多，来就是，马上来。挂断电话，我就撇下张娣，独自一个人朝街道那边赶去了。我想还是别碰她的好，不明就里地对一个突发病人实施抢救，很容易酿成灾难。可是，当我领着所有救护人员，和五个女生一起匆匆忙忙地回到那里的时候，你猜张娣怎么样了？”

“怎么样了？”

“好了。”

“好了？”

“是的，张娣穿好了衣服，正在卫生间里手脚麻利地洗刷地板，还热情地和我们所有的人打招呼，好像之前在她身上什么事情也没有发生一样。一个救护人员问我病人在哪儿？我回答不上来，就把张娣拉到屋子的外面，问要不要紧？她说不要紧。我说在二十分钟以前，你还躺在地板上，一副生命垂危的样子，怎么可能不要紧呢？张娣埋着脸，不肯回答。无奈，我向救护人员们道歉，说是一场误会，请原谅。第二天一早，就把张娣叫到我的办公室。起先，她不愿意多说，在我的一番追问下，才老实向我交代，说那是一种旧病复发，已经习惯了。我问是一种什么旧病？她说她也不知道。我说如果你认为老师值得信赖，那么就和盘托出好吗？就这样，张娣开始向我讲述关于那种病的一切。但是说到后来，她突然哭了起来，哭得好凶好凶，甚至把两只手的手指插进头发，把指甲抠进头皮里地哭。我看得出来，那孩子在病上面吃了相当多而且相当大的苦头，她平时表现出来的恬静也好，温柔也好，镇定也好，统统都是装出来的。张娣所说的旧病复发，想必你也知道？”陈文茜最后问。

“不知道。”我回答。

“她连你都没有告诉？”

“她对我说过她有病，但是从来就没有说过什么发病。”

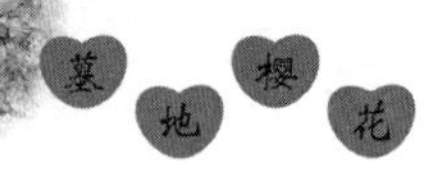

“从哪年开始发病的，也不知道喽？”

“不知道。”

“她爹和她娘都是怎么死的，这个知道？”

“这个知道。”

张娣第一次发病，是在她爹和她娘死后的第二年，1990年，已经过去十三个年头了。那天张娣在半夜里突然醒来了之后，就再也睡不着了，一直躺在床上想念她的爹和娘，可是想到爹和娘一起流着口水追逐自己，以及爹和娘在去世前的最后一刻所吐在地上的那一摊血时，虽然并不觉得恶心，但还是吐了。后面的几次，和想起爹和娘的关系都不是很大，却呕吐得更加厉害，还伴随着身体不由自主地抽搐。起先，是两年这样一次，后来是一年，再后来是半年。周期变得更短的同时，呕吐和抽搐的程度也愈演愈烈。步入大学那一年，已经发展到两三个月一次了，由于担心被同学发现，所以张娣才搬出寝室，在学校的外面租房子住。

陈文茜接着说：“听张娣说完这些，我劝她去市人民医院做一个系统性的检查。她说不用，说已经和你商量好了，等她一毕业，等你工作一年以后有了积蓄，再和你一起物色专科医院。我说那怎么行，病这种东西，拖得越久，危害越大，病入膏肓的故事你又不是没有听说过。可能我的语气重了一点吧，她又哭了起来，说她不敢面对检查结果，说她心里很清楚，自己迟早也会像所有直系亲人那样突然而然地死去。我说傻孩子，你是一个学医的，心里应该很清楚，在这个世界上，除了艾滋病和癌症，再不存在其它的绝症。劝了很久，张娣最后终于动摇了，为了不影响学业，只答应在暑假里动身。可惜呀，没有能够等到暑假，‘非典’就找上门来了。”

“是怎么找上门来的？”我问。

陈文茜长叹一声，盯着脚前的一蔸杂草。

“那次谈话一个星期过后，张娣拿着一张请假条，来到我的办公室里找我签字，说上次搬家仓促，来不及找房东结算水电费和房租。那些天，封校还不久，找各种理由请假的学生还是相当不少的，都没出什么乱子，加上张娣只请假三个小时，我没有多想，就签了。再说了，我这个班主任签字了就未必管用，还得教务处盖章才算真的过关。想不到的是，几天过后，张娣开始发高烧，咳嗽，后来被医务处的工作人员隔离了起来。再后来……再后来的事，我在信里向你交代过了。至于在那三个小时的时间里，张娣究竟去了什么地方，接触了什么人，我没有追究的心情。现在回想起来，全部都是我的错，心太软，对待学生怎么也严厉不起来。我不在那张请假条上签字的话，悲剧就不可能会发生。”

我没说什么。能说什么呢？如果说什么可以让时空逆转，让张娣复活的话，那么我可以连续地说上一个星期。初夏异常亮丽的阳光，打在家属区住宅楼的瓷砖墙上，反射着道道金光。无风，云若涛浪。下课铃响了，空气中荡来一阵喧哗，转瞬又恢复平静。我站起身，向陈文茜道别。

“刚来就要走？”

“还是赶紧离开得好。”

“吃了晚饭再走吧？上我家，有酒，有菜。”

“吃不下。”

“那么我送你？”

陈文茜送我来到校门口的值班室，帮忙把帆布包扶上我的肩膀，然后扯开帆布包的拉链，将一只厚厚的信封塞了进去。我问是什么？她说希望我拿着这些钱，代替她为张娣做点什么，比如立一块漂亮的小墓碑什么的。这个美丽典雅的女子，有一颗残缺的心，可能来自张娣的死，和对我的愧疚。其实我不是特别怪她。怪也没有用。

等待公共汽车的时间里，陈文茜叮嘱我把张娣安葬在墓地樱花。

“是张娣自己的意思。在住院期间，她向我交代过，她万一发生什么不测，就托我转告你，请你带她去那里和她的家人团聚。”

我点头。

“另外，张娣请求你宽恕她的不贞。”

“她的不贞？”

“是的。在她十四岁那一年的夏天，于放学回家的山路上，她被三个流氓拉进山路旁边的一个树林里，玷污了整整一个晚上，她一直隐瞒着你，生怕你嫌弃她。”

从心脏位置传来一股剧烈的阵痛，我用两只手掌死死地按住。

“还有就是，张娣是感染‘非典’的同时，旧病复发，才遭遇不测的。当时的情景，和我之前在她租屋里看到的情景非常相似。”

“验血了吗？”我心痛得睁不开眼，只能闭着眼睛问。

“住院期间，几乎每天都要验血验尿。怎么了？”

“发现虫了吗？”

“虫？什么虫？”

公共汽车疾驰而至。我爬上车厢，一边用手背抹泪，一边朝陈文茜说再见。

“还要来呀。”陈文茜大声说。

“不来了。”我用陈文茜听不见的声音回答。

*

没能看张娣最后一眼，是我此生最大的遗憾。即便是在十二年过后的今天，仍耿耿于怀。在无数个黑夜的无数个睡梦醒来之际，我无数次地肖想她：那一头亮丽的长发，那一张姣美的面孔，那一副羞涩的体态，那两粒浑圆的乳头，那一对丰满的臀部。如此完美的一具胴体，居然被火化掉了，还只剩下一抔骨灰。我叩问自己：倘若能够看张娣最后一眼，我是不是就不致如此悲伤？但是一直都没有答案。

那个凄凉的夏天，我抱着张娣的骨灰盒，揣着陈文茜给的三千元钞票，独自一个人旅行了七十四天。从 5 月 27 日开始，止于 8 月 9 日。或许旅行本身并无多大意义，因为再怎么奔波劳顿，践踏自己，也改变不了张娣已然离开人世的事实。但是我必须那样做。惟其如此，张娣的死对我的打击才不至于致命，我身体里的一个类似能量库的东西才不至于爆炸。一如基督教徒都需要接受洗礼，我也得给自己来一场轰轰烈烈的洗礼。

告别陈文茜，我被公共汽车拉到株洲火车站。排队买票时，售票员问我去哪？我说不知道。下一位，她说。我说等等，然后问身后的一个青年男子去哪？回答说武汉。我即刻买了一张株洲至武汉的火车票。不是装傻，确实不知道应该去哪。武汉站没能下车。第二天早上查票时，列车员说武汉早就过了，都到郑州了。我说不要紧，补票就是。是不要紧。要紧的是，已经离开那座叫人伤心欲绝的城市，往下去哪里都一样。

火车风驰电掣，于第三天清晨抵达终点站包头。下车后，在广播里一个女播音员的提示下，我穿过轨道，爬上月台，登上另一列刚刚到站的火车，没有买票。人满为患的车次，全程都不会查票。就算查票，报上邻近的两个站名，补上即可。如此这般，我在火车上待了两个月。虽说待了两个月，但丝毫不觉得漫长，平常乘车时的那种焦躁情绪和倦怠感也都没有出现。我无休止地转车，贪婪地聆听铁轮辗压铁轨的轰鸣和欣赏风景。没有目的地，没有方向。只要火车的车厢又开始晃动，我便腾起一股离现实越来越远的乖戾感。

由于第一个上车，我总是能够搞到一个挨窗的位子。倘若中途有人，说那个位子是他的，我便走到两节车厢中间的惯力缓冲区，来个席地而卧。车窗外面，有时是巍峨的高山，有时是广袤的森林，有时是横无际涯的草原，有时是浩瀚无垠的沙丘。大凡中华人民共和国通铁路的地方，估计都到了。天空有时雷

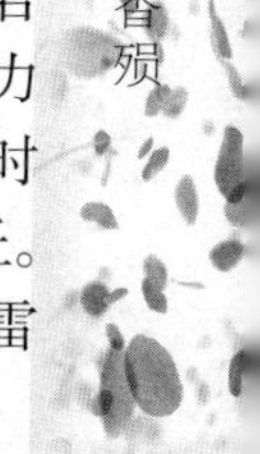

雨交加，有时阴云密布，有时云霞诡谲。倘若晴空万里，车窗外面的风景总是能够轻易地刺痛我的神经。这并非戏言。眼前每每出现一片撩人情怀的风景，我便内心翻江倒海，泪流满面。风景越是迷人，哭得越是凶猛。至于是何缘故，我解释不好。可能和张娣的死有关，可能和风景本身有关，可能和自己的心情有关，抑或三者都有关系。值得探讨的是，我后来的人生也未见得不糟糕，此种歇斯底里式的情况，却再未出现。好吧，回过头来思考：那可能是在一种极端的心情下，于一个极端的环境中，只有在青春期才可能出现的一种情绪失控。随着青春期的消逝，阅历的增加，人格和观念的完善，再次失控的机率被稀释了，或者说被磨平了。若分析得不错，此种情绪失控，人的一生中最多也就出现一两次。

列车上，邂逅一个女孩，身材小巧玲珑，年龄看起来不过十六七岁，相貌并不出众，身上却有一种魔力，来自从嘴里所发出的声音，女人味儿特浓，好像被漂亮地抹上了一层奶油。

“真巧呀。”离火车发动还不到十分钟，她冷不丁地开口。

我以为她在和我旁边的什么人搭话，所以没有理睬，继续盯着窗外。她敲响身体左边的车窗玻璃，见我正好看她，便不失时机地补充：

“缘分？”

我丈二和尚摸不着头脑。

“前面的火车上，也坐在彼此的对面，记得？坐了整整七个小时。只是那一回是斜对面，而这一回是正对面。不觉得巧？”

我努力回忆在前面火车上的情景，但是想不起来。不分昼夜地连续乘车两个月，记忆混乱，像一幅涂鸦了无数遍的油画。

“是蛮巧的。”我懒得多想，敷衍道。

她似乎把我当成了朋友，开始朝我大吐苦水，说什么在她男朋友的脖子上咬了一口，挨了她男朋友两记耳光，故跑出来，打算去她姐姐打工的城市另觅生计。我问和男朋友有和好的余地没？她说得看男朋友的表现。我再没多问。

“里面是什么？”女孩盯着我怀里的白色纱布袋问。

“一个盒子。”我回答。

“很值钱？”

“不值钱。不过对我来说很重要。”

“怪不得。”

“怪不得？”

“怪不得你一直把它紧紧地搂在怀里，好像生怕被别人抢去似的。”

女孩把头偏在车窗玻璃上，饶有兴味地看着我的脸，说：

“我说，上厕所也把它紧紧地搂在怀里，就不担心别有用心的人以为在它的里面装着一件价值连城的宝贝？比如文物、钻石。嗯？”

“那是别人的事。”

女孩莞尔一笑，不无顽皮意味地接着说：

“赏个脸，让我看一眼？”

我敞开纱布袋的口子，让她弓过身来看了一眼。

“是你妈？”她落回原座，并不惊讶地问。

“我妈？”

“一路上，见你总是一副眼泪巴叉的样子，以为你妈过世了。”

我想发火。我妈过世的时候，我出生还不到半刻钟，从哪里来的眼泪？我不想再说什么了，窝成一团，不知不觉睡着了。

“喂……到站了。”半夜的某个时刻，女孩附在我的耳边低语。

我迷迷糊糊地“呃”了一声。

“一起下车好吗？你的头发好脏，好长，应该剪一剪。胡子也到应该剃掉的时候了。身上臭得不可开交，去我姐姐的住处洗个澡。我顺便做几道拿手的好菜给你吃。好么？”

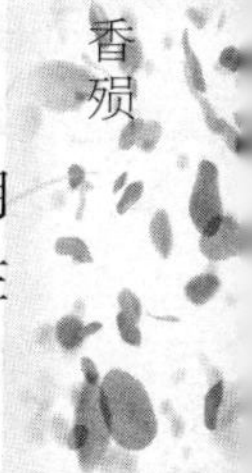

我说不想打扰别人，也不想被别人打扰。

女孩下车的城市，可能是惠州，不是惠州就是河源。起点站是广州无疑，这是我后来翻阅列车时刻表获得的信息。抵达终点站九江，是第二天的早上十点。从那里，我登上北上的一趟列车。到达商丘时，身上所有的钱加起来也不够补票，我被两个列车员从火车上轰了下来，开始徒步旅行。徒步也好，坐车也好，怎样都无所谓。只要可以继续浪荡下去，我便能安然入睡。什么呕吐、抽搐、非典、火化，统统都给老子滚蛋。话虽然这么说，但是每次揭开骨灰盒盖，盯着张娣那如煤炭灰一般颗粒极不均匀的骨灰时，我难免又开始以泪洗面。

我在商丘市霞光泛滟的各个街头寻找自动提款机，自动提款机找到了之后，本来藏在帆布袋底层的银行卡却找不到了。身份证、摩托车驾驶证、学生证、团员证，一样不少，偏偏少了银行卡。存折也安然无恙，可是在外地，根本派不上用场。罢了，我想，是时候打道回府了，再这样消耗下去，搞不好要暴尸街头。我用余下的十几块钱买了十几袋方便面，塞进帆布包，然后朝商丘市的城外进发。当时，“非典”带来的恐慌尚未完全殆尽。无论走到哪里，都是一派萧瑟景象。不见集结的人群，不闻喧嚣的声音，末日论者行色匆匆，戴口罩的模样同窃贼无异。车站、企事业单位的入口处，总是能够望见安保人员个个手持一把测温枪，逢人便射额头。无论谁看见我，都立马现出一副唯恐躲闪不及的样子。大概和我的形象有关，我蓬头垢面，身上的衣服脏兮兮的，连我自己都能够闻到一股既浓烈又恶毒的臭味儿。白天赶路，晚上睡在一条公路边，或者一座立交桥下，抑或一栋未完工的建筑里。很少搭上便车，即便是搭上了，也仅限于货车，还只有蹲后厢的份。数日下来，我成了一个乞丐，起先还有点怀疑，直至某天早上醒来，身边的地上多了几张零钞。

好歹走回长沙，已经不像是一个人类了。倘若有人指着我的背，说那是一只来自非洲的猴子，恐怕也有人相信。我所做的第一件事，就是不脱衣服，跳进湘江，泡澡了一个下午。然后从开户银行里取出存折里的全部存款，在堕落街附近租了一个单人间。洗澡、刷牙、刮须、吃泡面、读报。睡觉之前，拨通班主任家里的电话，问班主任毕业证发下来了没有？回答说早就发下来了。明天去您家里取，可以吗？我问。班主任回答说可以。报上刊登的日期，正是8月9日。

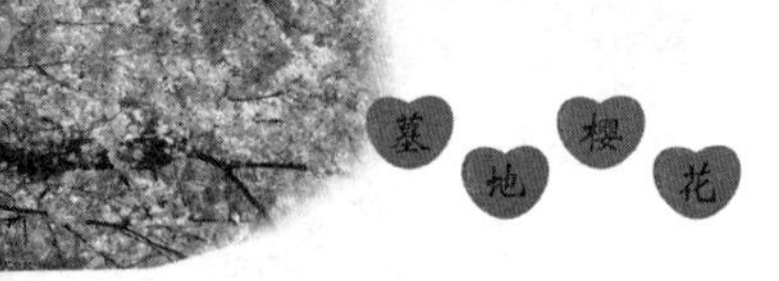

第十三章 别妓

我决定回到湘西去，履行把张娣安葬在墓地樱花的诺言。

早上九点，我提着两斤苹果、一条香烟和一瓶白酒等作为一份礼品，来到学校家属区的班主任家里。班主任将我的毕业证拿给我了之后，执意留我共进午餐。吃完午餐，我搭上一辆公共汽车来到长沙汽车西站。时值下午两点。我记得四点，有发往自家县城的一趟长途卧铺车。不料进站一问，说那是以前，如今已经改到每天的中午一点。无奈，我在车站对面的一家旅馆里租了一个单人间，然后无所事事地在附近的几条街上闲荡。

这是一个骄阳似火的夏日午后，街上的行人屈指可数。距离车站越远，越是显得安宁，仿佛世界正一步一步地陷入一个睡梦的泥沼。我盯着自己投射在马路上的阴影，穿行在鳞次栉比的楼群中，没走多久，背上渗出少许汗来。后面的路应该怎么走呢？我问影子，张娣丢下我，独自一个人去别的世界了，我在这个世界上的路可能还很漫长，可是我太不想一个人形影相吊地走下去。我想到王静。对，王静还活着，起码她还没有离开这个世界。但是又能怎样呢？这能成为一个重修旧好的理由吗？

为了不使脑袋胀裂，我加快脚步，朝来的方向走去。可是我迷路了。我记得李自由曾经说过，河西名头最响的人肉市场，就是汽车西站，每隔那么几分钟，就有一个男子把精液射进一个按摩小姐的身体里，晚上九至十一点的黄金时段，射精的频率甚至要拿秒来计算。此话或许不假，这里到处都是旅馆、按摩院、茶楼、休闲中心等的彩字招牌，铺天盖地，简直如大战告负过后插在每家每户大门上方的丧幡一般。

踌躇不前的当儿，对面一个名字叫做“花想容”的按摩院的玻璃大门被推开了，走出一个赤裸着两条臂膀，身穿一件黑色背心和一条棕色健美裤的年轻女郎，身材高大，体型壮硕，大腿上的肥肉紧绷绷的，像一个游泳健将。女郎漫不经心地左顾右盼，然后朝我伸出右手，勾了勾食指，嗲声嗲气地打招呼：

“帅哥，过来撒。”

“请问西站怎么走？”我抓住机会。

“进去撒，一边按摩，一边说撒。”女郎操一口地地道道的长沙方言。

“怎么收费的？”我问。

“中式三十元，泰式四十元，做点一百三十元。还有特殊服务喔。”

“什么特殊服务？”

“比如波推啦，吹箫啦。”

“能打个折吗？”

“进屋说撒，合适就搞呗。”

我终究没有进去，随便找了一个理由，走了。不是不想，很久没有那个了。上次是在什么时候来着？七个月以前，和王静在学校外面的一个旅馆里。那之后，自慰都没有过。

女郎喊了一声“莫走撒”，见我没有理会，便进屋了。

走出不到十米，身后再次传来一个招呼声——“帅哥”——声音有点耳熟。回头一看，又并不认识。这回是一个少女，约莫十七岁，同样是一身花哨的装扮：一双白跑鞋，一双黑长筒袜，一条黑蓬蓬裙和一件白 T 恤。身材倒是比之前那位要娇小玲珑得多，脸蛋也要漂亮得多，脸上的脂粉也抹得恰到好处，加上发型雅致，倘若手里多一支水晶棒，大概就成了童话世界里的一只精灵。精灵出现在女郎之前站立过的位置。

“如果只要一百块钱的话，那么我可以考虑。”我大声回应。

女孩朝我慢步走来，走路的姿势显得有点羞怯。

“在大街上明目张胆地砍价，就不怕过路的人笑话，嗯？”她压低声音问。

我有点脸红。

“第一次来这种地方？”

我轻轻地点了下头。

女孩从上往下审视我的身体，然后好笑似的说：

“这么嫩的一个嫖客，我是第一次遇见。”

我有点不悦，傻气地说：“你也不老嘛。”

女孩笑出声来，说“看在大家都不老的份上，一百就一百吧。进去？”

我随女孩进去。里面开着空调，凉气袭人。摆在客厅中间位置的一套组合式沙发上，六个打扮既时髦又性感的女郎东倒西歪，要么心不在焉地在给指甲涂色，要么手指灵活地在编写手机短信，我进去时，都扭过头来面无表情地看了小会我的脸。女孩显得似乎很开心，连蹦带跳地穿过客厅，在上楼的楼梯口处停下，旋即轻快地转身，伸出右手拉住我的左手后，一边上楼，一边回头亲切地大声喊：“肖姨，做点。”坐在门口柜台后面的一个中年女人只是“噢”了一声。

上到二楼，女孩同时打开四个房间供我选择。我选择了一个光线充足、带有一个玻璃窗的。刚在挨窗的席梦思床上坐下，女孩就动手解我身上衬衣的纽扣。我有点不习惯，朝她说了声“等一下”，然后出到隔壁的洗手间，摘下挂在墙壁金属挂钩上的一条毛巾，用自来水淋湿后洗了把脸，同时将两个腋窝里和背上的汗水都擦拭干净，折回房间时，发现女孩显得很不自在，其实我也有些难为情。

“说说话吧？”我提议。

“好呀。”女孩装出一副自然的样子。

“你做这个多久了？”我问。

“五天了。”

“才五天？”

“你认为几天合理？”

“不知道。”我笑了下。

“是五天。头三天，来例假，不能接客。就算接客，也只是做做按摩。昨天有事没有来。你是今天的第一位客人。”

“值得怀疑。”

“信不信由你，骗你对我又没有好处。”

“为什么要做这个？”

女孩沉下脸来，说：

“你能不能不要这么问？”

我不好再说什么了。

“你呢，是做什么工作的？”俄顷，女孩问。

“刚走出学校的一个学生，工作还没有着落呢。”

“学生好呀，可以无忧无虑地待在象牙塔里。我高一就辍学了，不是一块读书的料，成绩差得一塌糊涂。”说罢，女孩调皮地吐了一下舌头。

“之前在哪里做什么？”

“在一家玩具厂里打工。累死了，”女孩立刻抱怨，“每天都要工作十四个小时，没做几天就出来了。再之前，倒是在步行街附近帮人家卖衣服，不过工资少得可怜。”

“因为这些，所以才做这个？”

“不全是啦。”

沉默一阵后，我揭掉女孩身上的T恤，又把里面的一副蓝色文胸解开。打算暂且就这样。不想我刚解开文胸，她就自己把下面的蓬蓬裙连同里面的一条粉红色内裤一并褪掉了，身上就只剩下一双带有黑色蕾丝花边的长筒袜。我有点把持不住，

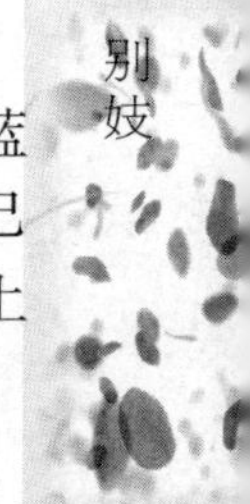

索性进去了。不知道是逢场作戏，还是真情的流露，打从进去的那一刻起，女孩就好像变成了另外一个人似的，嘴里不停地催促，声音大得连我都觉得不好意思。

“真厉害。”半晌，我筋疲力尽地躺在女孩的身上。

“好了吗？”女孩拿一种不带任何感情的语气问。

“还没好。休息一会儿。”

女孩恢复了本来的冷漠面目，甚至不愿意多看一眼我的脸。可是当我重振旗鼓，她又死死地盯住我的眼睛，变得和之前一样兴奋了。怎么回事呢？我一泄而出，再次躺下。

“对不起。”我说。

“怎么了？”

“忘了戴安全套。”

“不要紧。”

“陪你一起去哪里买避孕药吧？怀上就麻烦了。”

“不怕。是安全期。”

外面传来一个招呼声：“梦梦，到点了。”好像来自门外，又好像来自一个很遥远的地方。

女孩坐起身，朝门口亲切地大声回应：“知道啦。”

“到点了。”她对我说。

“是什么意思？”

“一个点四十五分钟。超过四十五分钟的话，就要收你两个点的钱。”

“看来我得走了。”

女孩麻利地穿上衣服，然后帮忙扣我衬衣上的纽扣。我在她的耳边说了声谢谢。

“知道我为什么只收你一百吗？”女孩一边扣纽扣，一边问。

“为什么？”

“两个原因。第一，来这里寻欢作乐的，不是一些上年纪的老人，就是一些在附近一带搞建筑的工人。我不喜欢那种类型，就找个理由推掉，比如只做按摩什么的。可能是因为我做这个的时间还不长吧，我没有见过像你这么年轻的一个小伙子还特意地跑来这种地方，大概都在哪里陪伴自己的女朋友吧。和你，就像和自己的男朋友一样。”

“你有男朋友？”

我的问题女孩没有回答。

招呼声再次传来：“梦梦，到点了。”

“出来喽！”女孩大声回应。怪事，同和我说话相比，口气显得亲热多了。女孩再次把脸转向我：“第二，你像我的一个朋友。”

“是吗？”

“是的。是在一列火车上认识的。不过我不知道他的名字。他坐在我对面的位置，一直哭，我观察了七个小时，就是没见他松开过手里的一个骨灰盒。是他女朋友的骨灰盒，这个我知道。他的做法太叫人感动了，所以，我把他当做是我的朋友。如果我的男朋友也能够那样对我的话，那么叫我立马去死我都愿意。你和我的那个朋友样子很像，不过他可能要大你几岁，胡子要长一些，头发要乱一些，衣服也要脏一些。”

“你邀请他去你姐姐的住处洗澡？”

“是的。”

“还说做几道拿手的好菜给他吃？”

“嗯。”

“是你？”

“是的。”

“怎么可能呢？”我有些意外，“你比她漂亮多了。”

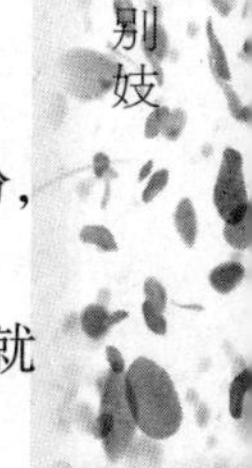

女孩好看地笑了，说：“可能是因为当时的我没怎么打扮，而你，又是一副对任何事物都视而不见的样子吧。”

“想不到，我们是以这样一种方式再次见面的。一开始就认出我来了？”

“是的。”女孩难以启齿地说，“我们还有再次见面的机会吗？”

“我明天要回老家，安葬我的女朋友，打算在她的坟边守候八个月，怕是没有和你再次见面的机会了。”

“守候八个月？”

“守到明年的樱花盛开。”

“晚上过去找你吧？想和你再聊一聊。你住在哪里？”

“附近的一家旅馆。”

“那家旅馆的名字？”

“客满多。三零一号房。”

*

晚上十一点，我身上只穿一条四角裤，躺在所租旅馆里的一张床上，正沉浸在一本川端康成的《雪国》里。这时有人敲门。我套上搁在床头柜上的牛仔裤，来到门边。

“谁？”我屏息敛气。搞不好是几个查房的警察。

“我。”女孩回答。

打开门，果真是她。

“睡了吗？”她问。

“还没有。”

“这么久才开门，以为你睡着了呢。”

我脑袋里有点混乱。

“不想我进去？”女孩指着房间的里面问。

“哪里，请。”

进去后，女孩立刻倒在床上，仰面朝天，四肢大开，一副舒畅无比的神情。我背靠房门，凝视着她，竟生出一种奇异感：她不是人，而是一个幻影，我和她之间所发生的一切，不过是一场梦罢了。

“在想什么呢？”女孩偏头问我。

“没想什么。”我关紧房门，坐在床沿继续看她。

“怎么了？”女孩笑着问。

我没有回答。

“到底怎么了嘛？”

“你怎么真的找来了？”我问。

女孩坐起身，不无尴尬地说：“你不欢迎？”

“不是的。只是有些感动。最近不知道怎么搞的，很容易被什么感动。怎么招待你呢？这里——”我环顾房间，“什么招待客人的东西也没有。”

“不用招待啦。”

“来杯速溶咖啡怎么样？从你那里回来的路上，在路边的一家超市里买的。我尝过，味道还可以。”

“好哇。”

房间外面的一条走廊里充斥一股尿臊味儿。每个房门的旁边，都摆有一只垃圾篓，里面装满了捏成团的卫生纸、撕开的方便面包装袋、带血的卫生巾和棉签等物。走廊尽头处一个不锈钢开水箱的旁边，几只拖把整齐地倒立着，不甚肮脏，却从拖布里散发出一股刺鼻的霉味儿。

我拧开开水箱的水龙头，开始往手里的一个纸咖啡杯里注开水。注满了开水，便伏在开水箱旁边的窗台上，一边轻轻地摇动手里的咖啡杯，让里面的咖啡更快地溶解，一边打量窗台对面的几栋高楼，和横亘在我与几栋高楼之间的一条空荡荡的街道。哪里传来一辆卡车的紧急刹车声；哪里传来几个醉汉的咆哮声；一个少年操一把砍刀，将另一个少年从窗台的这一端撵向那一端；从隔壁的厕所里传出一声水冲马桶的声响，像是一个闷屁。

后来，楼下的街道上响起一串清脆的高跟鞋声，在灯火阑珊的街头发出一阵空洞的回响。我从窗台上探出身子，好奇地望了望：是一对晚归的情侣，情侣中的女孩一头齐耳短发，把

头偏在情侣中的男孩的腋窝处，一副小鸟依人的样子。突然，女孩注意到我了，飞快地扬起脸，朝我所在的窗口望了一眼，还笑了一下。王静，是王静！

我飞快地跑下楼梯，在街道的一个拐弯处，抓住了王静的一只手。我来不及叫她的名字，就被男孩一拳打得晕头转向。他打我一拳，我打他一拳，他再打我，我们都没有倒下。后来，我捡起地上的一块砖头，准备挥向男孩的太阳穴的当儿，后脑勺被什么东西撞了一下。回头一看，女孩抡着一个手提包的双手还在颤抖。怪事，不是王静。我蹲下，双手抱头，死死地揪住头发。男孩拉着女孩跑出很远，才拿一个愤怒的声音向我抗议：

“疯子！你妈的是个疯子！”

回到房间，看见女孩正趴在床上，翻看我扔在那里的《雪国》。她已经脱掉了跑鞋和长筒袜。两条白皙的小腿俨然强风中的一对梧桐树，在她屁股的上方摇来摇去。

“看不懂。”见我进门，她立刻抱怨。

“是吗？”

“嗯。”女孩哗啦啦又翻看了几页，依旧一副懵懂的神情。我把手里的咖啡杯递给她，她坐起身，接过后啜了一口。

“好喝吗？”我问。

“好喝。你也尝尝？”

“看你喝就可以了。”

“尝一尝嘛。”女孩把咖啡杯送来我的嘴边。我呷了一口。

“只是很凉。”她说。

是很凉。

“对不起。”我道歉，“冲咖啡的时候，突然有事离开了二十分钟，所以才这么凉。”

“是什么事？”

“解手。”我说谎道。

女孩笑出声来，说：

"没关系。倒是我，问得好像有些白痴。"

左边的肩头有一块鸡蛋大小的淤青，为了不被女孩发现，我披上搁在床头柜上的白衬衣。咖啡喝到一半时，女孩重新拿起《雪国》，无所事事地把玩了小会儿，然后盯着书的封面，一动不动。身穿黑色蓬蓬裙的她跪坐在床，两条洁白的大腿重叠在一起，中间没有一丝缝隙。

"这个川端康成，是日本人？"女孩突然问。

"是的，日本家喻户晓的一个小说家，1968 年的诺贝尔文学奖得主。"

"喜欢日本人？"

"如果是指平头百姓，应该谈不上喜欢和讨厌。"我想了想回答，"但从历史的角度出发，倒是憎恶他们的帝国主义行径，军国主义教育，靖国神社式的传统，和对女权的蔑视。"

"喜欢日本人写的书？"

"脾性相投才会喜欢。作者是一个日本人，美洲人，欧洲人，都没有分别，和我能够产生谐振，才会喜欢。"

女孩伸出右手的食指，轻轻地挠了挠右边的眉毛，一副半知半解的样子。

"以为你对日本人都怀有好感呢。那些坏蛋，杀了我们三千五百万同胞哩。军事小说里都是怎么写的？'此仇，不共戴天。'"

"我爷爷的二哥，就死在日本鬼子的手里。"

"那你还要看他们的书？"女孩显得有点不可思议。

"我既非一个右翼，又不是一个狭隘的民族主义者，为什么不能看日本作家写的书？文化，是没有国界的。"

女孩"呃"了一声，再未多说。我也想不出一个合适的话题，索性躺在床上，继续看她。她显得有点紧张。

"干吗一直盯着人家嘛。"

"把你当成电影《魂断蓝桥》里的女主角了。"

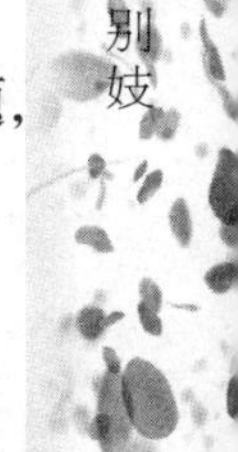

女孩站起身，关掉门旁的电灯开关，而后摸黑爬来床的这一头，伏在我的身上。

“包夜多少钱？”我问。

女孩没有回答。

“两百五？”我猜。

女孩伸出舌头，把舌尖探进我的口里了。

我闭目合眼，感受女孩柔软的舌尖，平稳的呼吸，不重的身体，一动不动。就在我几乎就要睡着的时候，女孩解开我牛仔裤的皮带，褪掉内裤，握住一根硬硬的东西，坐上去了。她一边驱动盆骨，一边从左手边自己的手提袋里摸出一部手机，打电话给谁。通话后，也不说话，而是把手机的声音设置成免提，放在自己小腿旁边的床单上。我能听见从电话那头一个男孩的嘴里所发出的质责声：“你在干嘛？”“你正在和谁？”“你这个蠢货！”男孩越是显得生气，女孩表现得越是淫荡，我敢打赌，整栋旅馆里的人，都被她做作的呻吟声吵醒了。完事时，通话早已结束。

“电话里的那个男孩，是你的男朋友？”我问。

女孩搂住我的大腿，把脸贴在我的腹部，没有作声，我则双手抱后脑，把背枕在木板床架上——两人便以这样一副类似在位于海边的一间玻璃屋里度蜜月的姿势同时望向窗外。可以望见近处几栋楼舍的屋顶，和远处一座大厦的顶端，大厦的顶端有一个绿色不明发光物，闪闪不息。夜空在城市灯火的辉映下，泛出一片血的颜色。此外再无所见了。我想到还不知道女孩的名字。

“我叫黄弟。你呢？”

“刘梦。”

“是牦牛的牛？”

“文刀刘。”

“是孟子的孟？”

"林夕。"

"记住了。真名？"

"艺名。"

刘梦回忆起两人在火车上的情景，说当时的她认定当时的我正行进在自杀的途中，出于一种"救人一命，胜造七级浮屠"的考虑，她才主动向我搭话。

"是吗？"我有点忍俊不禁。

"我一直以为，你自杀过后的尸体，肯定在哪个不为人知的角落里腐烂、发臭、被老鼠撕咬得到处都是，直到今天看到你。"

"真恶心。"

"女朋友去世多久了？"

"七十五天。"

"一场车祸？"

"一言难尽。"

"看看她的骨灰？"

"麻烦。"

"就一眼。"

我下床开灯，打开摆在桌上的帆布包，摸出里面的纱布袋，掏出张娣的骨灰盒，揭开盖子。刘梦拿一种动画片里孩子们打开魔盒时的表情注视良久，说：

"原来是这个样子。"

我物归原处，熄灯上床。

"刚才，在你开灯的时候，对面的屋顶好像有人。"刘梦咬着我的耳朵，不无神秘意味地说。

"应该没有吧？"

"如果有，你和我不就都走光了？"

"是啊。"

刘梦说想抽烟，我说没有烟，只有一根雪茄，和咖啡一起买的，在牛仔裤的裤兜里。

“也行。”

我找到牛仔裤，摸出雪茄，用打火机为刘梦点上火。

“你不抽？”

“只有这一根。”

“那么你抽？”

“算了。又不是一样好东西。”

“那么就一起抽好了。”说着，刘梦把雪茄送到我的嘴边。我吸一口，她吸一口。一起吸到第四口的时候，刘梦问我是不是真的打算在我女朋友的坟边守候八个月。

“是的。”我回答。

“一种赎罪方式？”

“算不上是一种赎罪方式，只是想为她做点事情。在这之前，我什么也不能为她做。由于离得不近，我既没有过多的机会去她所在的城市看望她，在她生病住院期间，我又不在她的身边照顾，就连她的后事，也是她的一个老师帮忙处理的。除此之外，我还能为她做些什么呢？”

女孩猛吸一口雪茄，把烟喷在我的脸上。

“来点诚意吧！”她大声说。

“我很有诚意的。”我说。

“守候八个月，然后离开。心想你做得够可以了，就把她忘掉，又去别的地方搞别的女孩。比如你现在就在搞我。这也叫诚意？”

我羞愧难当，几欲落泪。

“如果我是你的话，那么就永永远远地守护着她，直到生命的最后一刻。最好是离开中国，到地球上最鸟不拉屎的地方去，比如非洲，南美洲，或者太平洋的哪一个小岛上。那里落后，没有人乱搞男女关系，抓住了会被族人五花大绑，投进一个火坑里的。”

“没有去那么遥远的地方的钱。”我苦恼地说。

“那么就想别的办法。”

“什么办法？”

“嘘——”刘梦从我的身上移开，背对着我，做出一副沉思的样子，半晌转回，掐着雪茄的右手在我赤裸裸的胸膛上比来划去。

“你，去新疆！找一个能够填饱肚子的工作。把你女朋友的骨灰盒装进一个花盆，上面填些土，再种上一棵花。上班之前就给她浇水，下班之后就和她谈心，在半夜里突然醒来的话就对她说一些动听的情话。好主意？”

我就刘梦的这句话思忖多时，直至她把即将燃尽的雪茄喂进我的嘴里。

“好主意？”刘梦用双手捧住我的脸问。

“好主意。”我用变形的嘴巴回答。

接着，刘梦终于说起了她的男朋友。也只有说到这个话题的时候，她才显得不那么调皮。于是我断言：她之所以跑来我这里，就是为了向我诉苦。可是我提不起兴趣。在死人的面前，你的事简直不值一提，因为你还活着，根本就没有博取同情的资格。尽管抱有一个这样的想法，但是我听得很认真。

刘梦把自己和男朋友一起翘课、飙车、泡网吧、在油菜田里做爱等在她看来非常有趣的事情巨细无遗地说给我听。由于她说得太过于详细了，我反倒不知道应该如何转述。归纳起来的话就是这样：

两人都是麻阳县人，初二确定恋人关系；刘梦情窦初开，天真烂漫；男朋友英俊潇洒，谈吐不凡；初中毕业了以后，刘梦考进县城的一所高中，男朋友则辍学来到长沙打工；刘梦为了不和男朋友分手，放弃了高中学业，也跑来了长沙；两人在长沙同居了三年，一直太平无事；半个月前，刘梦撞见男朋友和别的女孩偷情，一气之下走了，打算投奔惠州市打工的一个姐姐；八天前，男朋友在电话里向刘梦忏悔，发誓说绝无下次，刘梦半信半疑，于是从惠州偷偷地溜回长沙，却再次将男朋友捉奸在床。

“他是一个不折不扣的花花肠子，在表面上，对我甜言蜜语，呵护有加，家务活他一个人包了，还时不时地帮我捶背、洗脚，我有时候感动得都想哭。可是在背后呢，到处拈花惹草，一有对他不利的传言，就说是我多疑，强调他只爱我一个。我看得很开。在男女关系上，通常对他睁一只眼，闭一只眼。只要不是自己亲眼目睹，就当做什么事情也没有发生。他舞跳得好，比如恰恰、伦巴什么的，一有时间，就跑去堕落街附近一家名字叫做“蓝天”的歌舞厅里跳舞。那里汇集了湖大和师大的大把美女。他邀请别的女孩跳舞，或者教别的女孩跳舞，在那里眉来眼去，卿卿我我，打听姓名，交换电话号码，这些我全都忍了。我忍受不了的，是在我的眼皮子底下做那种事。”

“是你亲眼所见？”我问。

“那还用说！我在步行街附近的一家服装店里做导购员，老板在附近有安排住处。他在中南大学里头的一个校办工厂上班，在学校外面租了一间房子。上晚班的话，我不去他那里过夜，上白班才去。那天上晚班，我身体很不舒服，就向老板请了假。去到他的租房，你猜怎么着？”

“怎么着？”

“打开房门，看见一个女的正在帮他吹呢！”

“报复他，所以你才做这个？”

“他可以乱来，我怎么就不可以乱来？因为他是一个男人，我是一个女人？说到底，你们男人都还是我们女人肚子里的一块肉。不是吗？”

“是的。”

“电话里的那个男的，就是他。”

“这样不好。搞不好就彻底完了。好好谈一次吧？”

“有什么好谈的。完了就完了呗，这次真没想过要和他和好。你要搞清楚，是他接二连三地对不起我。为了他，我书不读了，和家里也闹掰了，他却那样对我。现在的我，简直伤心难过死了。”

我抱住刘梦，吻在她的额头上。

“以后有什么打算？”我问。

“没有什么打算。破罐子破摔呗。”

我没有再说什么。

良久，刘梦捉住我的下面，温柔地问：

“再来一次？”

“好。”我回答。

我闭目合眼，感受刘梦手指的轻柔。

“在乎我是一个妓女吗？”她问。

“如果下辈子，我有幸成为你的男朋友。无论你是一个妓女，还是一个杀人犯，都希望你能够答应做我的妻子。”

“真的？”

“真的。”

“哄我的吧？”

“你又不是一个三岁小孩儿。”

“希望女人们都来为你做这个，嗯？”手指的节奏有所加快。

“很多女人承受不起。承受得起的，都是一些向现实低头，或者心灵遭受创伤的女人，比如你。谁叫我们生活在这样一个时代里呢？这是一个物欲横流，让人不得不委曲求全的时代。我希望这类女人越少越好，因此并不像你所说的那样，希望谁都来为我做这个。做妓女不是一个大错，生存的一种手段。说三道四的人可能不少。对那些人，别抱有幻想。明白？”

“不明白。不明白你究竟是在说我的好话，还是坏话。”

“好话。”

“别骗我。”

“没有骗你。”

刘梦说了句“填满我身上所有的洞”，然后骑在我的身上，和我重叠在一起了。

“他那里好粗。”完事后，刘梦咬着我的耳朵，不胜伤感地说。

“是吗？”

“好粗，好长。”

一个神奇的夜晚，无论怎么折腾，都感觉不到疲惫。刘梦说自己患有轻微的性爱成瘾征，而我，也决意狠狠地整治自己一番，因此两人做了不知道多少次。最后一次，我好像没有排出任何东西。天空泛亮时，两人背对背，沉沉睡去。

一觉醒来，发现外面闹哄哄的：说话声、汽车声、音乐声，嘈杂不堪。在我听来，好像都被放大了五倍一样。我套上昨晚脱在床头柜上的四角裤，来到窗台边，望见太阳位于大概八十五度的位置。穿衬衣时，瞥见放在门旁桌上的两个小笼包、一个卤鸡蛋、一杯豆浆，都装在同一个透明的薄膜袋里，乍一看，我还以为那是昨晚用过的几团卫生纸。小笼包不带一丝热气，估计购买很长时间了。我这才想起刘梦，可是去哪里也找不着她。后来才发现原来床单上摆有一张纸条，是从通讯册上撕下来的，上面用黑色圆珠笔写道：

“坏女孩刘梦是一个傻女孩。”

这句话我默念了三遍，终究没能悟出个中含义，遂整齐折好，揣进裤兜，然后洗脸、刷牙、进餐、出门。路上，钻进一家超市购买了一盒白沙香烟和一支圆珠笔。我推开“花想容”按摩院的玻璃大门，问刘梦在吗？回答说不在。

“美女很多。”说着，被刘梦称作肖姨的中年女人扬起右手，示意坐在客厅沙发上的五个女郎全部起立，“有看上的没？”

“刘梦住哪儿？”我又问。

“住这里。不过昨天晚上有客人，不在这里睡。”

“今天没有来吗？”

“早上回来拿了一点东西，又出去了。”

“去哪里了？”

“刘梦去哪里了？”肖姨大声询问。女郎们面面相觑，都说不知道。

“可能去网吧了吧？”一个红头发女郎征求意见。

被征求意见的一个黄头发女郎耸了耸肩，表示并不知情。

“我们这里很自由。”肖姨告诉我，“想来就来，不想来就不来。”

“陪夜多少钱？”我问。

“三百。”

我掏出三张一百元的钞票，放在柜台上，说：“昨天晚上的客人是我，请转交给刘梦。”

肖姨面无表情地收起三张钞票。

我又把《雪国》放在柜台上。

“请把这本书也转交给刘梦吧？是我送给她的一件礼物。”

肖姨拿起书，看也不看，随手扔进柜台下面的一个抽屉里，嘴里什么也没有说。可是她的表情好像在说：真你娘的幼稚。

出门时，身后传来一个娇滴滴的挽留声：“帅哥，坐会儿撒。”

《雪国》里，收录了川端康成先生的四篇小说《伊豆的舞女》《雪国》《古都》《千只鹤》。以及我写在图书扉页上的我的QQ号码，和一个希望刘梦能够加我为她的QQ好友的愿望。直到一年以后，才有一个以“花想容”作为内容的验证信息请求加我为好友，我以为是她，但不是她，是一个认识她的人。我从认识她的那个人那里得知，刘梦自杀于2003年8月22日的子夜，即我送出《雪国》后的第十一天。她赤身裸体，只穿一双跑鞋，从芙蓉区一家宾馆的十三楼跳下，被三楼的一捆电线接住，倒挂了五个小时，天亮时才被过路的一位老太太发现，享年十八岁。

第十四章 遗失的爱

我带着张娣的骨灰，只身一人来到了新疆。

不表示我对刘梦怀有好感，就非要按照她的话去做不可。说到底，也是一个无奈之举。我需要去到一个像世界尽头一样的地方，清洗脑袋里面往事的痕迹，此其一。其二，我既然错过了去株洲硬质合金厂入职报到的时间，那么再去别的单位面试的机会也就渺茫了。因为在这个时候，无论哪一家用人单位，都在忙着组织新员工上岗之前的培训。况且在有色金属这一块，除了一个有“有色金属之乡”之称的湖南省，别的省还真不容易找到工作，而我，压根儿不想留在湖南。

一番深思熟虑后，我重返学校，在档案室里查到李自由家里的座机号码。几经周折，才联系上李自由本人。

“兄弟，想死你了！”李自由在电话那头激动地说。

“我也想你。”我说。

“过得还好吗？”李自由问。

“凑合，你呢？”

“也凑合。”但听口气，似乎比我更加狼狈。我提到五个月前他怂恿我去新疆的那个提议，问还管用吗？回答说当然管用。第二天中午，按李自由说的，我给他在新疆的一个叔叔打去电话。他叔叔盘问了我的专业、学历、个头大小。“真是李自由的一个远房表弟？”他叔叔最后问。“是的。”我回答。就这样，我踏上了远赴新疆之旅。面试省掉了，只做了一个体检，就成为某集团公司众多储备干部里的一员。那是一家以高纯铝为主导产品的大型上市公司，资产相当雄厚，宣称数十亿元人民币。可惜我去的那个时间段，其各方面业绩都很平凡，但就乌鲁木齐市，乃至整个新疆自治区而言，工资还是算高的。

我被派到电解部。每天的工作，就是巡视电解槽、换阳极、收边、出铝。

一门考验体力的活计，难怪李自由的叔叔在电话里询问我的个头大小。拿一组阳极来说，不算上面的一根铝杆和四个钢爪，只算底下两块碳块中的一块，就重达一千五百斤。虽说被一台天车吊着，但还是需要借用人力去扶正、入槽、用一个四十多斤重的卡具固牢。

一门考验耐热能力的活计。上头说工作环境只有四十几的温度，但是我觉得不止，特别是手握一杆又重又长的铁瓢，从一槽子滚汤的铝水里捞起一层漂浮的碳渣时，顿觉自己成了孙悟空，被投进了太上老君的八卦炉里。冬天还好，夏天的话，上班的时间里，身上的工作服一直都是湿淋淋的。

危险。天上是勾着重物来回晃荡的天车，地上是叉着重物横冲直撞的叉车，脚下是温度高达九百多摄氏度的红彤彤的铝水，和这些劳什子随便亲热一下，也就乌呼哀哉了。还有成排电解槽之间两万四千安培直流电所产生的磁辐射，据说这玩意儿可能引起体内物质的化学反应，杀人于无形。阳极产生的氟化氢气体更加要命，有个传闻：一个干了二十年的电解工在工作中猝死了之后，法医切开他的小腿骨，发现里面竟然是黑色的，那是中毒的迹象。传闻的真假，我自是不得而知。但是在干了两年电解的工作以后，觉得自己的身体确实大不如前了：比进厂时老了四五岁；头发脱落了五分之一；害怕摔跤，担心一旦摔跤腿部的骨骼就会像一块掉在地上的玻璃那样裂成碎片。

2006 年的 3 月份，忍辱负重了两年半以后，我这个储备干部正名了，被上头提拔为一名班长。老实说，我不是很稀罕当

什么班长，虽然每个月都可以比以前多拿五百元的工资，但是精神上的压力大。譬如，每天都要开班会，安排班上所有员工的工作，要公平，要公正，不然就有几个班员在下面议论纷纷，或者跑去公司总部打你的小报告。要处理电解槽运行过程中所产生的一系列异常问题，要考评班员，要填写当班日志。一个星期参加一次部门管理人员会议，一个月参加一次公司骨干会议，缺席按旷工处理，迟到罚款一百元。还要时不时地代表车间跑去公司总部参加一些莫名其妙的考试。无论哪一个部门发生安全事故，质量事故也好，人身事故也罢，都要组织班上员工进行学习和讨论，完了个个写心得，倘若事故发生在自家班上，一番加减乘除后，当月的工资也就所剩无几了。有一段时间，我经常在厂报上发表一些鼓励员工像牛一样卖力干活的文章，有偿的，部门和公司分别奖励五十和一百元。

下班后，则和几个同事一起，钻进文光学校附近一家名字叫做“红太阳”的网吧，玩一些时下流行的网络游戏。刚到新疆那一阵子，流行速战速决的《泡泡堂》，接着是童趣十足的《冒险岛》。同事们很快厌倦了低级趣味的《冒险岛》，开始接触《热血传奇》和《完美世界》，只有我留下，把镖飞升到一百级，直至白雪人变成一个鬼区。后来，玩回合制《问道》，玩国货经典《梦幻西游》，玩人为刀俎我为鱼肉的《征途》。对朝三暮四的我来说，这些游戏都不怎么烧钱，唯一的一次是在玩《问道》的时候，为了获得一只三天技的虹妖宝宝，不惜打了一百元到卖家提供的一个工商银行账户上，尽管卖家赌咒说骗人死全家，可我还是上当了。

我在喀什东路搞到一所带有一个很大阳台的住处，每个月的租金只要二百五十元，就优越的地理位置和房间本身的卓越品质而言，算是捡了一个大便宜。那是从大街拐进一条小巷，步行约莫五分钟，赫然出现在一个三岔口旁边的一栋三层小楼。一楼是面馆，二楼住房东，我住在三楼。经营面馆的，是一对和蔼可亲的维吾尔族夫妇。每次见到我，夫妇中的男子就说：“雅克西目塞斯”。我不知其意，只是傻呵呵地朝五十岁上下的他和他那位胖嘟嘟的妻子微笑。那时候我刚到新疆。后来听一个同事说维吾尔语“雅克西目塞斯”是汉语“你好吗”的意思，便客气地回答“雅克西”，即“很好”。

休息日则不玩游戏，关在租房里读小说。原因很简单：陪张娣。我买了一口可以装下半匹马的瓦缸，摆在阳台靠近太阳升起的一端。然后租了一台零点六吨位的小货车，请了两个帮手，深入古尔班通古特沙漠的腹地，运回一棵不大不小的胡杨树和几麻袋砂土。把装有张娣骨灰盒的白色纱布袋垫在瓦缸的底层，上面垒些砂土，种上胡杨树。这些事，前前后后花掉三个星期的时间。每次有同事来我的住处玩儿，都无不现出一脸困惑的神色，问我种这么个大玩意儿干嘛？我说欣赏，于是同事更加困惑了。同事可能不知道，胡杨树又叫做流泪树，只要折断它们的树枝，它们便流泪，像我一样。

当时读过的小说，有如彗星一般的天才作家弗兰兹·卡夫卡，有意识流鼻祖马塞尔·普鲁斯特，有《百年孤独》。《雪国》又读了几遍。一个偶然的机会，我从一个同事那里搞到一本村上春树先生的《挪威的森林》。也只有读到《挪威的森林》的时候，我才觉得好像是在写我自己，那是一本我在找，但一直就是找不到的书，就像是拨开云层用皎洁的光辉照亮了整个村庄的一轮明月，因此读了不知道多少遍。在村上春树的指引下，开始拜读菲茨杰拉德的《了不起的盖茨比》和《夜色温柔》。正是在那个时候，我萌生了一个把张娣付诸笔端的想法。心想如果自己可以从川端康成、村上春树、菲茨杰拉德这三位非凡作家那里学到一点皮毛的话，那么我就可以把张娣描述出来了，也就不用担心几年，或者几十年过后的自己会把她忘记了。由此之故，在后来长达三年的时间里，我一直在反复阅读他们的书。

2007 年腊月中旬的一天，后妈打来电话，说爷爷于昨天半

夜过世了，过世前一直在念我的名字，希望我能够回家一趟。后妈的话还没有说完，就被爸爸抢过话筒，先是骂我这个畜生究竟还要作孽到什么时候，然后威胁我说要么送回骨灰盒让张娣入土为安，要么和他断绝父子关系。第二天，我向公司递交了当年和次年的年休假条，加上常规假，一共有一个半月的休息时间。第三天一早，我便砸烂瓦缸，掏出张娣的骨灰盒，登上了重返湖南的一列火车。

*

在山路上穿行了一百五十多公里之后，我所乘坐的一辆客运大巴驶入一个盆地——龙山县城。县城不大，阴沉沉的天空下，远方层峦叠嶂，云蒸雾绕，俨然一个超现实主义派画家刚刚完成的一幅杰作。打从永顺县起，我就被沿途的风景迷住了：那气势磅礴的高山，那如坠九幽的峡谷，那迂回曲折的盘山公路，一如往昔地摇撼着我的身心。

拜祭完爷爷，从墓地樱花重新回到这里时，后妈向我打听张娣的遇难日期，连同张娣的生辰八字一起，抄在一张黄纸上，交给一个不知道从哪里找来的算命先生。算命先生说：“来年正月初九，乃是黄道吉日，届时下葬，诸邪莫侵。”还说什么吉神宜趋阴德、福生、除神、鸣犬，凶神宜忌天吏、五虚、五离、元武。意思反正是讲，还不到安葬张娣的时候。

安葬张娣之前的时间里，我一直在忙着相亲。

在此之前，我真不知道后妈原来如此神通广大，随便一个电话，就通过她认识的人，约陌生的女孩出来和我见面。今天见三元乡的包某，明天见石牌乡的李某，后天见华塘镇的覃某。一天见三个女孩的经历都有过。总共见了十七个——若非冰灾，估计还要多——可惜都没有成功。多数情况是人家瞧我不起，不是嫌我年纪大，就是嫌我说话方式古怪——“你好神（经）喔”，其中的一个高个子女孩甚至不留情面地说我性格内向，在社会上吃不开，她如果嫁给我的话，那么她就永无出头之日。

我的要求并不高，样子勉强看得过去，交往数日，合得来就成。可是我连这样的机会都没有。对了，活水乡的那个女孩倒是给过我一次机会，唯一的一次。她家里的经济条件还算可以，人也长得蛮漂亮，和我聊得似乎也很开心。见面后的第二天，就托媒人捎了句话过来：她家里人说了，准备八万块钱，可以随时过门。我哪里拿得出八万，因此告吹了。

之所以相亲，是因为后妈想抱孙子，不让旁人继续看她和爸爸的笑话，为此，朝我罗列了一锅的理由。什么年纪越大，好姑娘越难找啦；苗再兴二十岁结婚，二十一岁当爸爸，我都二十七岁了呀。在我的耳朵边絮絮叨叨了三天，最后我只能顺从。后妈说的，是我们这个地方的实情，我理解。我理解不了的是：为何非要我在张娣入土为安之前就另觅新欢不可呢？难道就因为快要过年了，在外打工的女孩们都回到老家了，错过这一段日子，人就跑光了不成？或许，后妈并不知道我和张娣的恋情。其实，较之四年前那个凄凉的夏天，我现在的心情根本就好不到哪里去。所以相亲完败之时，我着实松了口气。后妈则沮丧到了极点，埋怨爸爸不关心自己唯一的亲生儿子的终身大事。

“无事生非！”爸爸驳斥。

后妈委屈得哭了起来。

爸爸立马现出一副无辜的样子，说：

“姑奶奶，是我错了。我看不如这样好了：亲上加亲。”

“亲上加亲？”后妈抬起脸，困惑地望着爸爸。

“你哥哥的女儿，不是早就认祖归宗了吗？你撮合一下？”

“亏你说得出口！”

我的这位表妹，在大学校园里乱搞男女关系，怀过孕，流过产，没有毕业就出来了，原因不是被学校开除，就是没有脸继续待下去。除了乱搞男女关系，还很拜金，只是长沙某化妆品公司下面一个小小的业务员，薪水并不高，却住别墅，开跑车，如此奢靡的生活，想得到的解释只有傍大款。裸奔过，自杀过。

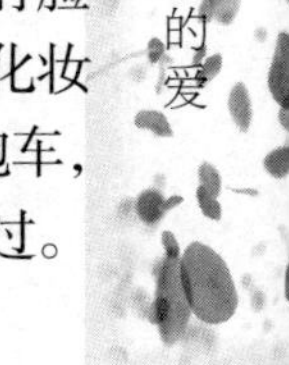

总之，不属于和丈夫一起安安生生过日子的那种类型。

“是听谁说的？”我问后妈。

“在她零五年认祖归宗的时候，我回了一趟娘家，左邻右舍都在这么说。你姥姥当时提起她和你的可能性，我拒绝了。我怎么能够让你娶一个那样的女人？你爸爸倒是非常赞成。他那个人势利得很，只在乎对方的家境什么的。我不是你的亲妈，她却是我的亲侄女，正因为这样，我更不能拿你的婚姻当儿戏。明白？”

“明白。表妹叫什么名字？”

“周静。”

“名字蛮好听的嘛。”

“别说我没有提醒你。”后妈语重心长地说，“城北的那间‘周记大药房’，你还记得？”

我说记得。

“是你舅舅在97年的时候开的。从06年开始，就交给你的这个表妹打理了。她每隔几个月，就从长沙过来一次。每次过来，就住在那里。每年的正月，也都会来我们家拜年，明年的正月可能还会来。你爷爷的葬礼，她就参加了。我要提醒你的是：别被女人漂亮的外表蒙蔽了眼睛。”

“就是说，少和表妹来往？”

“是的。说真的，我怕她。”

“怕她？”

“每次来我们家做客，她都表现得很乖巧，很文静，像一个地地道道的大家闺秀。可是背后呢？一只披着一副美人皮的狐狸精。一想到这一点，我就全身发麻。反正，你记得离她远一点。”

“好的。”

*

正月初八的晚上，一家人围着火炉看电视的时候，电视机旁边的一台座机电话响了。后妈用手里的遥控器关掉电视机，朝爸爸“去”了一声。爸爸不情愿地站起身，走到电话机旁。

“是姑妈家吗？”免提的电话机里传出一个女孩的声音。

“哟，是周静啊！”爸爸显得很高兴。

“晚上好，姑父。”

“好好。”爸爸客气地回应。

“姑父，我刚到龙山，打算明天上午过去给您和姑妈拜年。你们方便吗？”

爸爸回头看后妈，后妈摇头，示意不方便。

“方便。”爸爸唱反调道，“你表哥也在，你现在过来拜年都行。”

“好哇！可是，我刚下车，身上臭死了。加上都这么晚了。”

“那么就明天吧。顺便开你的美人豹过来，送我们去一趟苗寨。”

“去一趟苗寨？姑父，还不到给爷爷扫墓的时间吧？”

“不是去给你爷爷扫墓，而是送你表姐最后一程。”

沉默良久。

“还在？”爸爸问。

“姑父，可能要让您老失望了。美人豹被一个朋友开走了。”

“刚到就被开走了？”

“是的，一起从长沙过来的一个朋友去酉水河对面的来凤县办事，后天才回。跑车是没有了，不过，车库里还有一辆摩托车，勉强挤得下三个人。您看成吗？”

爸爸再次回头看后妈。后妈交抱双臂，铁青着脸，无动于衷。

“这样吧，我和你姑妈，就不去了。你骑你的那辆摩托车，带你表哥去，或者叫你表哥骑车带你。”

“只能这样喽。”

挂断电话后，爸爸被后妈用一根鸡毛掸子打得哇哇大叫。

第二天一早，我收拾完东西，给表妹所在的住处打去电话，

说这就出门，先买花，然后在世纪广场等她。我告诉她：

“看见手里捧着一把菊花的人，那就是我。”

*

一个头戴白色防护头盔的女孩在我身前五米处的位置停下，胯下的一辆两轮摩托车非常破旧，较之她身上那一套光彩照人的桃红色运动装，显得格格不入。她很酷地伸出右臂，朝我弯了弯。

“是表妹吗？”我上前询问。

女孩点头。透过防护头盔上的挡风罩，我觑见架在她鼻梁上的一副金框墨镜。简直酷毙了，我想。

表妹偏头，示意我上车。我把手里的塑料菊花搭在背篓的顶层，上面盖一张报纸，再用一根长长的红毛线紧紧地绊住，扣牢。塑料菊花的下面，是一卷鞭炮、一把香、几只蜡烛、几沓纸钱、上面插有两只筷子的一块猪头肉和一瓶白酒。张娣的骨灰盒装在背篓的底层。锄头之类的掘土工具无需准备，在苗寨借得到。我背着装满这些东西的一个背篓刚坐稳，“轰”的一声，摩托车像一支火箭似的蹿出去了，我死死地抓住后车架。

这是冰灾过后，又一个雪花飘零的日子。雪不大，如霏霏细雨一般。耳畔冷风呼啸，砭人肌骨，我后悔出门时忘了拿棉帽和手套。表妹把手里的摩托车开得飞快，不出二十分钟，两人便攀援在通往沙子坡顶的一条险峻的山路上了，随着山势的增高，公路两旁的雪越积越厚。

山顶，则完全是一个冰雪的世界。大树的枝头挂满了大大小小的冰溜。小树和杂草交织成网，伸手碰一下，纹丝不动，倘若用一根木棍去敲打，便“咔嚓”的一声，上面冰的碎片纷纷抖落在地。这里的公路，是行不通的，因为连路面上都积满了厚厚的白白的雪。只见排成一条长龙的机动车沿着前车之辙缓缓地驱驶，车轮上全都扎着铁链。而我们的摩托车，就只能推着前进了。

跟在表妹身后帮忙推车的时间里，我脑袋里的一个东西动弹了一下。是的，这辆摩托车似曾相识：车把、油缸、保险杠、车架，像极了我于四年前丢弃在学校车棚里的那辆宗申。乖乖，就连尾座下方的车牌号码也一样，唯一不同的，是车架上多了一层像砂纸一样的铁锈。我的宗申，怎么就落到表妹手里了呢？舅舅——我想到舅舅。舅舅把外婆送给我的宗申推回家里了？他没有钥匙呀，宗申的启动钥匙只有两把，我一把，另外一把——

我伤感得不行，鼻子一酸，竟从眼睛里甩出两滴泪来。我仔细审视眼前这个人人都说是我表妹的女孩的背影：即便是身穿一套不薄的桃红色运动装，也掩饰不住其妖娆的身段。一个白色的防护头盔罩住她的头，黑色的秀发从头盔下面抛砖引玉似的探出一小撮。我想象自己冲上前去，摊开双手挡住表妹前进的步伐，然后紧紧地捉住她的两只肩膀，激动地问：“摘下头盔，看看你到底是谁？”或者“我们见过吗？可能，还交往过呢！”

翻过山顶，公路恢复畅通了。表妹加大油门，似乎想要挽回之前在时间上的损失。我伸出双手，搭在她的肋部，她无动于衷。往前挪动身子，搂住她的腰肢，她也没有反抗。我把脸紧紧地贴在表妹的背上，任凭自己决堤的泪水顺着她桃红色运动装的尼龙布料流淌。

宗申在山腰的位置突然停了下来，表妹下车，朝我摘下头上的头盔和鼻梁上的墨镜，旋即用右手的五根手指将一头乌黑亮丽的长发从额头往后脑的方向梳了一圈，接着舒开一对清秀的眉毛，拿一对清澈明亮的眼睛定定地看着我问：

“新疆好玩儿吗？”

“不好玩儿。”我回答。

“玩儿够了，终于肯回来了？”

我没有吱声。

“等着你呢。”两颗豆大的泪珠分别从表妹的两只内眼角

滚了出来，“收到信之前，我会一直等你。”

“过几天就走。”

“你，走不掉了！”

走不掉了！我怎么可以走掉呢？怎么可以丢下王静，再次独自一个人离开呢？王静死死地箍住我的脖子，用自己的额头顶住我的额头，闭目合眼地，屏息敛气地，一动不动地。过了很久很久，王静才想起似的松开双手，跨上宗申，重新发动引擎，载着我和张娣，三个人一起朝墓地樱花的方向驶去。